U0096893

比较文学与世界文学 研究丛书

主编 曹顺庆

二编 第 **21** 册

"诗家语"美学英译研究

钱屏匀 著

花木兰文化事业有限公司

国家图书馆出版品预行编目资料

"诗家语"美学英译研究/钱屏匀 著 -- 初版 -- 新北市：花
木兰文化事业有限公司，2023〔民112〕

目 4+174 面；19×26 公分

（比较文学与世界文学研究丛书 二编 第 21 册）

ISBN 978-626-344-332-7（精装）

1.CST：中国诗 2.CST：翻译 3.CST：研究考订

810.8   111022126

ISBN-978-626-344-332-7

9 786263 443327

比较文学与世界文学研究丛书
二编　第二一册　　　　　　　　ISBN：978-626-344-332-7

"诗家语"美学英译研究

作　　者 钱屏匀

主　　编 曹顺庆

企　　划 四川大学双一流学科暨比较文学研究基地

总 编 辑 杜洁祥

副总编辑 杨嘉乐

编辑主任 许郁翎

编　　辑 张雅淋、潘玟静　美术编辑 陈逸婷

出　　版 花木兰文化事业有限公司

发 行 人 高小娟

联络地址 台湾235 新北市中和区中安街七二号十三楼
　　　　　电话：02-2923-1455 / 传真：02-2923-1452

网　　址 http://www.huamulan.tw 信箱 service@huamulans.com

印　　刷 普罗文化出版广告事业

初　　版 2023 年 3 月

定　　价 二编 28 册（精装）新台币 76,000 元　　　　　版权所有 请勿翻印

"诗家语"美学英译研究

钱屏匀 著

作者简介

钱屏匀，复旦大学文学翻译博士，上海师范大学国家重点学科比较文学与世界文学博士后，英国牛津大学英语语言文学系访问学者，从事文学翻译实践与翻译研究工作多年，出版有《黑曼巴男孩》、《为爱先行——韦德自述》、Epic Footprints——Memory of the Long March 等译著七部，译著曾获中国书刊发行业协会年度全行业优秀畅销书奖。并在《外语教学理论与实践》、《西安外国语大学学报》、《山东外语教学》、《复旦外国语言论丛》等刊物上发表文学翻译研究论文多篇。

提　要

　　诗歌的语言用法、组连方式和成文之道向来与其它文体迥异。在中国传统诗学中，这种偏离日常和散文语言的现象称之为"诗家语"。"诗家语"凝练生动，讲求对篇，章，句，字的锤炼，更赋予诗歌独特的句法和连接技巧，以利于在有限的篇幅中表达深邃思想和悠远意境。它将汉语的长处发挥到了极致，汉诗之气韵流动、言近意远由此而生。但同时汉诗翻译之困也因之而起，要在个性迥异的英语语言中体现汉诗因"诗家语"而形成的"诗意、诗情、诗境"的起伏流动，殊难做到。

　　本书通过深入研究中国古典诗词中"诗家语"在英译过程中与英语表现方式之间的凿枘难合，揭示汉诗英译中的天然障碍。并以实现原、译文美学功能对等为翻译指导思想，提出诸种翻译方法来补偿、重构、再现和创造原诗中极易流失的美学价值，使得译文呈现出既深入中国文化肌理和诗学美学理路，又顺应译入语读者阅读期待的特征。由此原诗的历史内涵和审美价值得以充分保留，新的意义和多重阐释空间成为可能，译作的开放性和延展性得到提升，汉诗英译"味"之失在最大程度上获得补偿。深入探索"诗家语"美学要素的英译，对于加强诗歌译者对诗词意蕴、组连技巧、审美功能的体悟，培养诗性思维，开拓翻译思路，提升翻译美学认知，具有开拓性的镜鉴意义。

比较文学的中国路径

曹顺庆

自德国作家歌德提出"世界文学"观念以来，比较文学已经走过近二百年。比较文学研究也历经欧洲阶段、美洲阶段而至亚洲阶段，并在每一阶段都形成了独具特色学科理论体系、研究方法、研究范围及研究对象。中国比较文学研究面对东西文明之间不断加深的交流和碰撞现况，立足中国之本，辩证吸纳四方之学，而有了如今欣欣向荣之景象，这套丛书可以说是应运而生。本丛书尝试以开放性、包容性分批出版中国比较文学学者研究成果，以观中国比较文学学术脉络、学术理念、学术话语、学术目标之概貌。

一、百年比较文学争讼之端——比较文学的定义

什么是比较文学？常识告诉我们：比较文学就是文学比较。然而当今中国比较文学教学实际情况却并非完全如此。长期以来，中国学术界对"什么是比较文学？"却一直说不清，道不明。这一最基本的问题，几乎成为学术界纠缠不清、莫衷一是的陷阱，存在着各种不同的看法。其中一些看法严重误导了广大学生！如果不辨析这些严重误导了广大学生的观点，是不负责任、问心有愧的。恰如《文心雕龙·序志》说"岂好辩哉，不得已也"，因此我不得不辩。

其中一个极为容易误导学生的说法，就是"比较文学不是文学比较"。目前，一些教科书郑重其事地指出：比较文学不是文学比较。认为把"比较"与"文学"联系在一起，很容易被人们理解为用比较的方法进行文学研究的意思。并进一步强调，比较文学并不等于文学比较，并非任何运用比较方法来进行的比较研究都是比较文学。这种误导学生的说法几乎成为一个定论，

一个基本常识，其实，这个看法是不完全准确的。

让我们来看看一些具体例证，请注意，我列举的例证，对事不对人，因而不提及具体的人名与书名，请大家理解。在 Y 教授主编的教材中，专门设有一节以"比较文学不是文学比较"为题的内容，其中指出"比较文学界面临的最大的困惑就是把'比较文学'误读为'文学比较'"，在高等院校进行比较文学课程教学时需要重点强调"比较文学不是文学比较"。W 教授主编的教材也称"比较文学不是文学的比较"，因为"不是所有用比较的方法来研究文学现象的都是比较文学"。L 教授在其所著教材专门谈到"比较文学不等于文学比较"，因为，"比较"已经远远超出了一般方法论的意义，而具有了跨国家与民族、跨学科的学科性质，认为将比较文学等同于文学比较是以偏概全的。"J 教授在其主编的教材中指出，"比较文学并不等于文学比较"，并以美国学派雷马克的比较文学定义为根据，论证比较文学的"比较"是有前提的，只有在地域观念上跨越打通国家的界限，在学科领域上跨越打通文学与其他学科的界限，进行的比较研究才是比较文学。在 W 教授主编的教材中，作者认为，"若把比较文学精神看作比较精神的话，就是犯了望文生义的错误，一百余年来，比较文学这个名称是名不副实的。"

从列举的以上教材我们可以看出，首先，它们在当下都仍然坚持"比较文学不是文学比较"这一并不完全符合整个比较文学学科发展事实的观点。如果认为一百余年来，比较文学这个名称是名不副实的，所有的比较文学都不是文学比较，那是大错特错！其次，值得注意的是，这些教材在相关叙述中各自的侧重点还并不相同，存在着不同程度、不同方面的分歧。这样一来，错误的观点下多样的谬误解释，加剧了学习者对比较文学学科性质的错误把握，使得学习者对比较文学的理解愈发困惑，十分不利于比较文学方法论的学习、也不利于比较文学学科的传承和发展。当今中国比较文学教材之所以普遍出现以上强作解释，不完全准确的教科书观点，根本原因还是没有仔细研究比较文学学科不同阶段之史实，甚至是根本不清楚比较文学不同阶段的学科史实的体现。

实际上，早期的比较文学"名"与"实"的确不相符合，这主要是指法国学派的学科理论，但是并不包括以后的美国学派及中国学派的学科理论，如果把所有阶段的学科理论一锅煮，是不妥当的。下面，我们就从比较文学学科发展的史实来论证这个问题。"比较文学不是文学比较""comparative literature is not literary comparison"，只是法国学派提出的比较文学口号，只是法国学派一派的主张，而不是整个比较文学学科的基本特征。我们不能够把这个阶段性的比较文学口号扩大化，甚至让其突破时空，用于描述比较文学所有的阶段和学派，更不能够使其"放之四海而皆准"。

法国学派提出"比较文学不是文学比较"，这个"比较"（comparison）是他们坚决反对的！为什么呢，因为他们要的不是文学"比较"（literary comparison），而是文学"关系"（literary relationship），具体而言，他们主张比较文学是实证的国际文学关系，是不同国家文学的影响关系，influences of different literatures，而不是文学比较。

法国学派为什么要反对"比较"（comparison），这与比较文学第一次危机密切相关。比较文学刚刚在欧洲兴起时，难免泥沙俱下，乱比的情形不断出现，暴露了多种隐患和弊端，于是，其合法性遭到了学者们的质疑：究竟比较文学的科学性何在？意大利著名美学大师克罗齐认为，"比较"（comparison）是各个学科都可以应用的方法，所以，"比较"不能成为独立学科的基石。学术界对于比较文学公然的质疑与挑战，引起了欧洲比较文学学者的震撼，到底比较文学如何"比较"才能够避免"乱比"？如何才是科学的比较？

难能可贵的是，法国学者对于比较文学学科的科学性进行了深刻的的反思和探索，并提出了具体的应对的方法：法国学派采取壮士断臂的方式，砍掉"比较"（comparison），提出比较文学不是文学比较（comparative literature is not literary comparison），或者说砍掉了没有影响关系的平行比较，总结出了只注重文学关系（literary relationship）的影响（influences）研究方法论。法国学派的创建者之一基亚指出，比较文学并不是比较。比较不过是一门名字没取好的学科所运用的一种方法……企图对它的性质下一个严格的定义可能是徒劳的。基亚认为：比较文学不是平行比较，而仅仅是文学关系史。以"文学关系"为比较文学研究的正宗。为什么法国学派要反对比较？或者说为什么法国学派要提出"比较文学不是文学比较"，因为法国学派认为"比较"（comparison）实际上是乱比的根源，或者说"比较"是没有可比性的。正如巴登斯佩哲指出："仅仅对两个不同的对象同时看上一眼就作比较，仅仅靠记忆和印象的拼凑，靠一些主观臆想把可能游移不定的东西扯在一起来找点类似点，这样的比较决不可能产生论证的明晰性"。所以必须抛弃"比较"。只承认基于科学的历史实证主义之上的文学影响关系研究（based on scientificity and positivism and literary influences.）。法国学派的代表学者卡雷指出：比较文学是实证性的关系研究："比较文学是文学史的一个分支：它研究拜伦与普希金、歌德与卡莱尔、瓦尔特·司各特与维尼之间，在属于一种以上文学背景的不同作品、不同构思以及不同作家的生平之间所曾存在过的跨国度的精神交往与实际联系。"正因为法国学者善于独辟蹊径，敢于提出"比较文学不是文学比较"，甚至完全抛弃比较（comparison），以防止"乱比"，才形成了一套建立在"科学"实证性为基础的、以影响关系为特征的"不比较"的比较文学学科理论体系，这终于挡住了克罗齐等人对比较文学"乱比"的批判，形成了以"科学"实证为特征的文学影响关系研究，确立了法国学派的学科理论和一整套方法论体系。当然，法国学派悍然砍掉比较研究，又不放弃"比较文学"这个名称，于是不可避免地出现了比较文学名不副实的尴尬现象，出现了打着比较文学名号，而又不比较的法国学派学科理论，这才是问题的关键。

当然，法国学派提出"比较文学不是文学比较"，只注重实证关系而不注重文学比较和文学审美，必然会引起比较文学的危机。这一危机终于由美国著名比较文学家韦勒克（René Wellek）在 1958 年国际比较文学协会第二次大会上明确揭示出来了。在这届年会上，韦勒克作了题为《比较文学的危机》的挑战性发言，对"不比较"的法国学派进行了猛烈批判，宣告了倡导平行比较和注重文学审美的比较文学美国学派的诞生。韦勒克作了题为《比较文学的危机》的挑战性发言，对当时一统天下的法国学派进行了猛烈批判，宣告了比较文学美国学派的诞生。韦勒克说："我认为，内容和方法之间的人为界线，渊源和影响的机械主义概念，以及尽管是十分慷慨的但仍属文化民族主义的动机，是比较文学研究中持久危机的症状。"韦勒克指出："比较也不能仅仅局限在历史上的事实联系中，正如最近语言学家的经验向文学研究者表明的那样，比较的价值既存在于事实联系的影响研究中，也存在于毫无历史关系的语言现象或类型的平等对比中。"很明显，韦勒克提出了比较文学就是要比较（comparison），就是要恢复巴登斯佩哲所讽刺和抛弃的"找点类似点"的平行比较研究。美国著名比较文学家雷马克（Henry Remak）在他的著名论文《比较文学的定义与功用》中深刻地分析了法国学派为什么放弃"比较"（comparison）的原因和本质。他分析说："法国比较文学否定'纯粹'的比较（comparison），它忠实于十九世纪实证主义学术研究的传统，即实证主义所坚持并热切期望的文学研究的'科学性'。按照这种观点，纯粹的类比不会得出任何结论，尤其是不能得出有更大意义的、系统的、概括性的结论。……既然值得尊重的科学必须致力于因果关系的探索，而比较文学必须具有科学性，因此，比较文学应该研究因果关系，即影响、交流、变更等。"雷马克进一步尖锐地指出，"比较文学"不是"影响文学"。只讲影响不要比较的"比较文学"，当然是名不副实的。显然，法国学派抛弃了"比较"（comparison），但是仍然带着一顶"比较文学"的帽子，才造成了比较文学"名"与"实"不相符合，造成比较文学不比较的尴尬，这才是问题的关键。

美国学派最大的贡献，是恢复了被法国学派所抛弃的比较文学应有的本义——"比较"（The American school went back to the original sense of comparative literature——"comparison"），美国学派提出了标志其学派学科理论体系的平行比较和跨学科比较："比较文学是一国文学与另一国或多国文学的比较，是文学与人类其他表现领域的比较。"显然，自从美国学派倡导比较文学应当比较（comparison）以后，比较文学就不再有名与实不相符合的问题了，我们就不应当再继续笼统地说"比较文学不是文学比较"了，不应当再以"比较文学不是文学比较"来误导学生！更不可以说"一百余年来，比较文学这个名称是名不副实的。"不能够将雷马克的观点也强行解释为"比较文学不是比较"。因为在美国学派看来，比较文学就是要比较（comparison）。比较文学就是要恢复被巴登斯佩哲所讽刺和抛弃的"找点类似点"的平行比较研究。因为平行研究的可比性，正是类同性。正如韦勒克所说，"比较的价值既存在于事实联系的影响研究中，也存在于毫无历史关系的语言现象或类型的平等对比中。"恢复平行比较研究、跨学科研究，形成了以"找点类似点"的平行研究和跨学科研究为特征的比较文学美国学派学科理论和方法论体系。美国学派的学科理论以"类型学"、"比较诗学"、"跨学科比较"为主，并拓展原属于影响研究的"主题学"、"文类学"等领域，大大扩展比较文学研究领域。

二、比较文学的三个阶段

下面，我们从比较文学的三个学科理论阶段，进一步剖析比较文学不同阶段的学科理论特征。现代意义上的比较文学学科发展以"跨越"与"沟通"为目标，形成了类似"层叠"式、"涟漪"式的发展模式，经历了三个重要的学科理论阶段，即：

一、欧洲阶段，比较文学的成形期；二、美洲阶段，比较文学的转型期；三、亚洲阶段，比较文学的拓展期。我们将比较文学三个阶段的发展称之为"涟漪式"结构，实际上是揭示了比较文学学科理论的继承与创新的辩证关系：比较文学学科理论的发展，不是以新的理论否定和取代先前的理论，而是层叠式、累进式地形成"涟漪"式的包容性发展模式，逐步积累推进。比较文学学科理论发展呈现为层叠式、"涟漪"式、包容式的发展模式。我们把这个模式描绘如下：

法国学派主张比较文学是国际文学关系，是不同国家文学的影响关系。形成学科理论第一圈层：比较文学——影响研究；美国学派主张恢复平行比较，形成学科理论第二圈层：比较文学——影响研究＋平行研究＋跨学科研究；中国学派提出跨文明研究和变异研究，形成学科理论第三圈层：比较文学——影响研究＋平行研究＋跨学科研究＋跨文明研究＋变异研究。这三个圈层并不互相排斥和否定，而是继承和包容。我们将比较文学三个阶段的发展称之为层叠式、"涟漪"式、包容式结构，实际上是揭示了比较文学学科理论的继承与创新的辩证关系。

法国学派提出，可比性的第一个立足点是同源性，由关系构成的同源性。同源性主要是针对影响关系研究而言的。法国学派将同源性视作可比性的核心，认为影响研究的可比性是同源性。所谓同源性，指的是通过对不同国家、不同民族和不同语言的文学的文学关系研究，寻求一种有事实联系的同源关系，这种影响的同源关系可以通过直接、具体的材料得以证实。同源性往往建立在一条可追溯关系的三点一线的"影响路线"之上，这条路线由发送者、接受者和传递者三部分构成。如果没有相同的源流，也就不可能有影响关系，也就谈不上可比性，这就是"同源性"。以渊源学、流传学和媒介学作为研究的中心，依靠具体的事实材料在国别文学之间寻求主题、题材、文体、原型、思想渊源等方面的同源影响关系。注重事实性的关联和渊源性的影响，并采用严谨的实证方法，重视对史料的搜集和求证，具有重要的学术价值与学术意义，仍然具有广阔的研究前景。渊源学的例子：杨宪益，《西方十四行诗的渊源》。

比较文学学科理论的第二阶段在美洲，第二阶段是比较文学学科理论的转型期。从 20 世纪 60 年代以来，比较文学研究的主要阵地逐渐从法国转向美国，平行研究的可比性是什么？是类同性。类同性是指是没有文学影响关系的不同国家文学所表现出的相似和契合之处。以类同性为基本立足点的平行研究与影响研究一样都是超出国界的文学研究，但它不涉及影响关系研究的放送、流传、媒介等问题。平行研究强调不同国家的作家、作品、文学现象的类同比较，比较结果是总结出于文学作品的美学价值及文学发展具有规律性的东西。其比较必须具有可比性，这个可比性就是类同性。研究文学中类同的：风格、结构、内容、形式、流派、情节、技巧、手法、情调、形象、主题、文类、文学思潮、文学理论、文学规律。例如钱钟书《通感》认为，中国诗文有一种描写手法，古代批评家和修辞学家似乎都没有拈出。宋祁《玉楼春》词有句名句："红杏枝头春意闹。"这与西方的通感描写手法可以比较。

比较文学的又一次危机：比较文学的死亡

九十年代，欧美学者提出，比较文学作为一门学科已经死亡！最早是英国学者苏珊·巴斯奈特 1993 年她在《比较文学》一书中提出了比较文学的死亡论，认为比较文学作为一门学科，在某种意义上已经死亡。尔后，美国学者斯皮瓦克写了一部比较文学专著，书名就叫《一个学科的死亡》。为什么比较文学会死亡，斯皮瓦克的书中并没有明确回答！为什么西方学者会提出比较文学死亡论？全世界比较文学界都十分困惑。我们认为，20 世纪 90 年代以来，欧美比较文学继"理论热"之后，又出现了大规模的"文化转向"。脱离了比较文学的基本立场。首先是不比较，即不讲比较文学的可比性问题。西方比较文学研究充斥大量的 Culture Studies（文化研究），已经不考虑比较的合理性，不考虑比较文学的可比性问题。第二是不文学，即不关心文学问题。西方学者热衷于文化研究，关注的已经不是文学性，而是精神分析、政治、性别、阶级、结构等等。最根本的原因，是比较文学学科长期囿于西方中心论，有意无意地回避东西方不同文明文学的比较问题，基本上忽略了学科理论的新生长点，比较文学学科理论缺乏创新，严重忽略了比较文学的差异性和变异性。

要克服比较文学的又一次危机，就必须打破西方中心论，克服比较文学学科理论一味求同的比较文学学科理论模式，提出适应当今全球化比较文学研究的新话语。中国学派，正是在此次危机中，提出了比较文学变异学研究，总结出了新的学科理论话语和一套新的方法论。

中国大陆第一部比较文学概论性著作是卢康华、孙景尧所著《比较文学导论》，该书指出："什么是比较文学？现在我们可以借用我国学者季羡林先生的解释来回答了：'顾名思义，比较文学就是把不同国家的文学拿出来比较，这可以说是狭义的比较文学。广义的比较文学是把文学同其他学科来比较，包括人文科学和社会科学'。"[1]这个定义可以说是美国雷马克定义的翻版。不过，该书又接着指出："我们认为最精炼易记的还是我国学者钱钟书先生的说法：'比较文学作为一门专门学科，则专指跨越国界和语言界限的文学比较'。更具体地说，就是把不同国家不同语言的文学现象放在一起进行比较，研究他们在文艺理论、文学思潮，具体作家、作品之间的互相影响。"[2]这个定义似乎更接近法国学派的定义，没有强调平行比较与跨学科比较。紧接该书之后的教材是陈挺的《比较文学简编》，该书仍旧以"广义"与"狭义"来解释比较文学的定义，指出："我们认为，通常说的比较文学是狭义的，即指超越国家、民族和语言界限的文学研究……广义的比较文学还可以包括文学与其他艺术（音乐、绘画等）与其他意识形态（历史、哲学、政治、宗教等）之间的相互关系的研究。"[3]中国比较文学早期对于比较文学的定义中凸显了很强的不确定性。

由乐黛云主编，高等教育出版社 1988 年的《中西比较文学教程》，则对比较文学定义有了较为深入的认识，该书在详细考查了中外不同的定义之后，该书指出："比较文学不应受到语言、民族、国家、学科等限制，而要走向一种开放性，力图寻求世界文学发展的共同规律。"[4]"世界文学"概念的纳入极大拓宽了比较文学的内涵，为"跨文化"定义特征的提出做好了铺垫。

随着时间的推移，学界的认识逐步深化。1997 年，陈惇、孙景尧、谢天振主编的《比较文学》提出了自己的定义："把比较文学看作跨民族、跨语言、跨文化、跨学科的文学研究，更符合比较文学的实质，更能反映现阶段人们对于比较文学的认识。"[5]2000 年北京师范大学出版社出版了《比较文学概论》修订本，提出："什么是比较文学呢？比较文学是一种开放式的文学研究，它具有宏观的视野和国际的角度，以跨民族、跨语言、跨文化、跨学科界限的各种文学关系为研究对象，在理论和方法上，具有比较的自觉意识和兼容并包的特色。"[6]这是我们目前所看到的国内较有特色的一个定义。

---

1 卢康华、孙景尧著《比较文学导论》，黑龙江人民出版社 1984，第 15 页。
2 卢康华、孙景尧著《比较文学导论》，黑龙江人民出版社 1984 年版。
3 陈挺《比较文学简编》，华东师范大学出版社 1986 年版。
4 乐黛云主编《中西比较文学教程》，高等教育出版社 1988 年版。
5 陈惇、孙景尧、谢天振主编《比较文学》，高等教育出版社 1997 年版。
6 陈惇、刘象愚《比较文学概论》，北京师范大学出版社 2000 年版。

具有代表性的比较文学定义是 2002 年出版的杨乃乔主编的《比较文学概论》一书，该书的定义如下："比较文学是以跨民族、跨语言、跨文化与跨学科为比较视域而展开的研究，在学科的成立上以研究主体的比较视域为安身立命的本体，因此强调研究主体的定位，同时比较文学把学科的研究客体定位于民族文学之间与文学及其他学科之间的三种关系：材料事实关系、美学价值关系与学科交叉关系，并在开放与多元的文学研究中追寻体系化的汇通。"[7]方汉文则认为："比较文学作为文学研究的一个分支学科，它以理解不同文化体系和不同学科间的同一性和差异性的辩证思维为主导，对那些跨越了民族、语言、文化体系和学科界限的文学现象进行比较研究，以寻求人类文学发生和发展的相似性和规律性。"[8]由此而引申出的"跨文化"成为中国比较文学学者对于比较文学定义所做出的历史性贡献。

我在《比较文学教程》中对比较文学定义表述如下："比较文学是以世界性眼光和胸怀来从事不同国家、不同文明和不同学科之间的跨越式文学比较研究。它主要研究各种跨越中文学的同源性、变异性、类同性、异质性和互补性，以影响研究、变异研究、平行研究、跨学科研究、总体文学研究为基本方法论，其目的在于以世界性眼光来总结文学规律和文学特性，加强世界文学的相互了解与整合，推动世界文学的发展。"[9]在这一定义中，我再次重申"跨国""跨学科""跨文明"三大特征，以"变异性""异质性"突破东西文明之间的"第三堵墙"。

"首在审己，亦必知人"。中国比较文学学者在前人定义的不断论争中反观自身，立足中国经验、学术传统，以中国学者之言为比较文学的危机处境贡献学科转机之道。

三、两岸共建比较文学话语——比较文学中国学派

中国学者对于比较文学定义的不断明确也促成了"比较文学中国学派"的生发。得益于两岸几代学者的垦拓耕耘，这一议题成为近五十年来中国比较文学发展中竖起的最鲜明、最具争议性的一杆大旗，同时也是中国比较文学学科理论研究最有创新性，最亮丽的一道风景线。

---

7 杨乃乔主编《比较文学概论》，北京大学出版社 2002 年版。
8 方汉文《比较文学基本原理》，苏州大学出版社 2002 年版。
9 曹顺庆《比较文学教程》，高等教育出版社 2006 年版。

比较文学"中国学派"这一概念所蕴含的理论的自觉意识最早出现的时间大约是 20 世纪 70 年代。当时的台湾由于派出学生留洋学习,接触到大量的比较文学学术动态,率先掀起了中外文学比较的热潮。1971 年 7 月在台湾淡江大学召开的第一届"国际比较文学会议"上,朱立元、颜元叔、叶维廉、胡辉恒等学者在会议期间提出了比较文学的"中国学派"这一学术构想。同时,李达三、陈鹏翔(陈慧桦)、古添洪等致力于比较文学中国学派早期的理论催生。如 1976 年,古添洪、陈慧桦出版了台湾比较文学论文集《比较文学的垦拓在台湾》。编者在该书的序言中明确提出:"我们不妨大胆宣言说,这援用西方文学理论与方法并加以考验、调整以用之于中国文学的研究,是比较文学中的中国派"[10]。这是关于比较文学中国学派较早的说明性文字,尽管其中提到的研究方法过于强调西方理论的普世性,而遭到美国和中国大陆比较文学学者的批评和否定;但这毕竟是第一次从定义和研究方法上对中国学派的本质进行了系统论述,具有开拓和启明的作用。后来,陈鹏翔又在台湾《中外文学》杂志上连续发表相关文章,对自己提出的观点作了进一步的阐释和补充。

在"中国学派"刚刚起步之际,美国学者李达三起到了启蒙、催生的作用。李达三于 60 年代来华在台湾任教,为中国比较文学培养了一批朝气蓬勃的生力军。1977 年 10 月,李达三在《中外文学》6 卷 5 期上发表了一篇宣言式的文章《比较文学中国学派》,宣告了比较文学的中国学派的建立,并认为比较文学中国学派旨在"与比较文学中早已定于一尊的西方思想模式分庭抗礼。由于这些观念是源自对中国文学及比较文学有兴趣的学者,我们就将含有这些观念的学者统称为比较文学的'中国'学派。"并指出中国学派的三个目标:1、在自己本国的文学中,无论是理论方面或实践方面,找出特具"民族性"的东西,加以发扬光大,以充实世界文学;2、推展非西方国家"地区性"的文学运动,同时认为西方文学仅是众多文学表达方式之一而已;3、做一个非西方国家的发言人,同时并不自诩能代表所有其他非西方的国家。李达三后来又撰文对比较文学研究状况进行了分析研究,积极推动中国学派的理论建设。[11]

继中国台湾学者垦拓之功,在 20 世纪 70 年代末复苏的大陆比较文学研

10 古添洪、陈慧桦《比较文学的垦拓在台湾》,台湾东大图书公司 1976 年版。
11 李达三《比较文学研究之新方向》,台湾联经事业出版公司 1978 年版。

究亦积极参与了"比较文学中国学派"的理论建设和学科建设。

季羡林先生 1982 年在《比较文学译文集》的序言中指出:"以我们东方文学基础之雄厚,历史之悠久,我们中国文学在其中更占有独特的地位,只要我们肯努力学习,认真钻研,比较文学中国学派必然能建立起来,而且日益发扬光大"[12]。1983 年 6 月,在天津召开的新中国第一次比较文学学术会议上,朱维之先生作了题为《比较文学中国学派的回顾与展望》的报告,在报告中他旗帜鲜明地说:"比较文学中国学派的形成(不是建立)已经有了长远的源流,前人已经做出了很多成绩,颇具特色,而且兼有法、美、苏学派的特点。因此,中国学派绝不是欧美学派的尾巴或补充"[13]。1984 年,卢康华、孙景尧在《比较文学导论》中对如何建立比较文学中国学派提出了自己的看法,认为应当以马克思主义作为自己的理论基础,以我国的优秀传统与民族特色为立足点与出发点,汲取古今中外一切有用的营养,去努力发展中国的比较文学研究。同年在《中国比较文学》创刊号上,朱维之、方重、唐弢、杨周翰等人认为中国的比较文学研究应该保持不同于西方的民族特点和独立风貌。1985 年,黄宝生发表《建立比较文学的中国学派:读〈中国比较文学〉创刊号》,认为《中国比较文学》创刊号上多篇讨论比较文学中国学派的论文标志着大陆对比较文学中国学派的探讨进入了实际操作阶段。[14]1988 年,远浩一提出"比较文学是跨文化的文学研究"(载《中国比较文学》1988 年第 3期)。这是对比较文学中国学派在理论特征和方法论体系上的一次前瞻。同年,杨周翰先生发表题为"比较文学:界定'中国学派',危机与前提"(载《中国比较文学通讯》1988 年第 2 期),认为东方文学之间的比较研究应当成为"中国学派"的特色。这不仅打破比较文学中的欧洲中心论,而且也是东方比较学者责无旁贷的任务。此外,国内少数民族文学的比较研究,也应该成为"中国学派"的一个组成部分。所以,杨先生认为比较文学中的大量问题和学派问题并不矛盾,相反有助于理论的讨论。1990 年,远浩一发表"关于'中国学派'"(载《中国比较文学》1990 年第 1 期),进一步推进了"中国学派"的研究。此后直到 20 世纪 90 年代末,中国学者就比较文学中国学派的建立、理论与方法以及相应的学科理论等诸多问题进行了积极而富有成效的探讨。

---

12 张隆溪《比较文学译文集》,北京大学出版社 1984 年版。

13 朱维之《比较文学论文集》,南开大学出版社 1984 年版。

14 参见《世界文学》1985 年第 5 期。

刘介民、远浩一、孙景尧、谢天振、陈淳、刘象愚、杜卫等人都对这些问题付出过不少努力。《暨南学报》1991 年第 3 期发表了一组笔谈，大家就这个问题提出了意见，认为必须打破比较文学研究中长期存在的法美研究模式，建立比较文学中国学派的任务已经迫在眉睫。王富仁在《学术月刊》1991 年第 4 期上发表"论比较文学的中国学派问题"，论述中国学派兴起的必然性。而后，以谢天振等学者为代表的比较文学研究界展开了对"X+Y"模式的批判。比较文学在大陆复兴之后，一些研究者采取了"X+Y"式的比附研究的模式，在发现了"惊人的相似"之后便万事大吉，而不注意中西巨大的文化差异性，成为了浅度的比附性研究。这种情况的出现，不仅是中国学者对比较文学的理解上出了问题，也是由于法美学派研究理论中长期存在的研究模式的影响，一些学者并没有深思中国与西方文学背后巨大的文明差异性，因而形成"X+Y"的研究模式，这更促使一些学者思考比较文学中国学派的问题。

经过学者们的共同努力，比较文学中国学派一些初步的特征和方法论体系逐渐凸显出来。1995 年，我在《中国比较文学》第 1 期上发表《比较文学中国学派基本理论特征及其方法论体系初探》一文，对比较文学在中国复兴十余年来的发展成果作了总结，并在此基础上总结出中国学派的理论特征和方法论体系，对比较文学中国学派作了全方位的阐述。继该文之后，我又发表了《跨越第三堵'墙'创建比较文学中国学派理论体系》等系列论文，论述了以跨文化研究为核心的"中国学派"的基本理论特征及其方法论体系。这些学术论文发表之后在国内外比较文学界引起了较大的反响。台湾著名比较文学学者古添洪认为该文"体大思精，可谓已综合了台湾与大陆两地比较文学中国学派的策略与指归，实可作为'中国学派'在大陆再出发与实践的蓝图"[15]。

在我撰文提出比较文学中国学派的基本特征及方法论体系之后，关于中国学派的论争热潮日益高涨。反对者如前国际比较文学学会会长佛克马（Douwe Fokkema）1987 年在中国比较文学学会第二届学术讨论会上就从所谓的国际观点出发对比较文学中国学派的合法性提出了质疑，并坚定地反对建立比较文学中国学派。来自国际的观点并没有让中国学者失去建立比较文学中国学派的热忱。很快中国学者智量先生就在《文艺理论研究》1988 年第

---

15 古添洪《中国学派与台湾比较文学界的当前走向》，参见黄维梁编《中国比较文学理论的垦拓》167 页，北京大学出版社 1998 年版。

1 期上发表题为《比较文学在中国》一文，文中援引中国比较文学研究取得的成就，为中国学派辩护，认为中国比较文学研究成绩和特色显著，尤其在研究方法上足以与比较文学研究历史上的其他学派相提并论，建立中国学派只会是一个有益的举动。1991 年，孙景尧先生在《文学评论》第 2 期上发表《为"中国学派"一辩》，孙先生认为佛克马所谓的国际主义观点实质上是"欧洲中心主义"的观点，而"中国学派"的提出，正是为了清除东西方文学与比较文学学科史中形成的"欧洲中心主义"。在 1993 年美国印第安纳大学举行的全美比较文学会议上，李达三仍然坚定地认为建立中国学派是有益的。二十年之后，佛克马教授修正了自己的看法，在 2007 年 4 月的"跨文明对话——国际学术研讨会（成都）"上，佛克马教授公开表示欣赏建立比较文学中国学派的想法[16]。即使学派争议一派繁荣景象，但最终仍旧需要落点于学术创见与成果之上。

比较文学变异学便是中国学派的一个重要理论创获。2005 年，我正式在《比较文学学》[17]中提出比较文学变异学，提出比较文学研究应该从"求同"思维中走出来，从"变异"的角度出发，拓宽比较文学的研究。通过前述的法、美学派学科理论的梳理，我们也可以发现前期比较文学学科是缺乏"变异性"研究的。我便从建构中国比较文学学科理论话语体系入手，立足《周易》的"变异"思想，建构起"比较文学变异学"新话语，力图以中国学者的视角为全世界比较文学学科理论提供一个新视角、新方法和新理论。

比较文学变异学的提出根植于中国哲学的深层内涵，如《周易》之"易之三名"所构建的"变易、简易、不易"三位一体的思辨意蕴与意义生成系统。具体而言，"变易"乃四时更替、五行运转、气象畅通、生生不息；"不易"乃天上地下、君南臣北、纲举目张、尊卑有位；"简易"则是乾以易知、坤以简能、易则易知、简则易从。显然，在这个意义结构系统中，变易强调"变"，不易强调"不变"，简易强调变与不变之间的基本关联。万物有所变，有所不变，且变与不变之间存在简单易从之规律，这是一种思辨式的变异模式，这种变异思维的理论特征就是：天人合一、物我不分、对立转化、整体关联。这是中国古代哲学最重要的认识论，也是与西方哲学所不同的"变异"思想。

---

16 见《比较文学报》2007 年 5 月 30 日，总第 43 期。
17 曹顺庆《比较文学学》，四川大学出版社 2005 年版。

由哲学思想衍生于学科理论，比较文学变异学是"指对不同国家、不同文明的文学现象在影响交流中呈现出的变异状态的研究，以及对不同国家、不同文明的文学相互阐发中出现的变异状态的研究。通过研究文学现象在影响交流以及相互阐发中呈现的变异，探究比较文学变异的规律。"[18]变异学理论的重点在求"异"的可比性，研究范围包含跨国变异研究、跨语际变异研究、跨文化变异研究、跨文明变异研究、文学的他国化研究等方面。比较文学变异学所发现的文化创新规律、文学创新路径是基于中国所特有的术语、概念和言说体系之上探索出的"中国话语"，作为比较文学第三阶段中国学派的代表性理论已经受到了国际学界的广泛关注与高度评价，中国学术话语产生了世界性影响。

四、国际视野中的中国比较文学

文明之墙让中国比较文学学者所提出的标识性概念获得国际视野的接纳、理解、认同以及运用，经历了跨语言、跨文化、跨文明的多重关卡，国际视野下的中国比较文学书写亦经历了一个从"遍寻无迹""只言片语"而"专篇专论"，从最初的"话语乌托邦"至"阶段性贡献"的过程。

二十世纪六十年代以来港台学者致力于从课程教学、学术平台、人才培养，国内外学术合作等方面巩固比较文学这一新兴学科的建立基石，如淡江文理学院英文系开设的"比较文学"（1966），香港大学开设的"中西文学关系"（1966）等课程；台湾大学外文系主编出版之《中外文学》月刊、淡江大学出版之《淡江评论》季刊等比较文学研究专刊；后又有台湾比较文学学会（1973 年）、香港比较文学学会（1978）的成立。在这一系列的学术环境构建下，学者前贤以"中国学派"为中国比较文学话语核心在国际比较文学学科理论、方法论中持续探讨，率先启声。例如李达三在 1980 年香港举办的东西方比较文学学术研讨会成果中选取了七篇代表性文章，以 *Chinese-Western Comparative Literature: Theory and Strategy* 为题集结出版，[19]并在其结语中附上那篇"中国学派"宣言文章以申明中国比较文学建立之必要。

学科开山之际，艰难险阻之巨难以想象，但从国际学者相关言论中可见西方对于中国比较文学学科的发展抱有的希望渺小。厄尔·迈纳（Earl Miner）

---

18 曹顺庆主编《比较文学概论》，高等教育出版社 2015 年版。
19 *Chinese-Western Comparative Literature：Theory & Strategy*, Chinese Univ Pr.1980-6

在 1987 年发表的 *Some Theoretical and Methodological Topics for Comparative Literature* 一文中谈到当时西方的比较文学鲜有学者试图将非西方材料纳入西方的比较文学研究中。（until recently there has been little effort to incorporate non-Western evidence into Western com- parative study.）1992 年，斯坦福大学教授 David Palumbo-Liu 直接以《话语的乌托邦：论中国比较文学的不可能性》为题（*The Utopias of Discourse: On the Impossibility of Chinese Comparative Literature*）直言中国比较文学本质上是一项"乌托邦"工程。（My main goal will be to show how and why the task of Chinese comparative literature, particularly of pre-modern literature, is essentially a *utopian* project.）这些对于中国比较文学的诘难与质疑，今美国加州大学圣地亚哥分校文学系主任张英进教授在其 1998 编著的 *China in a polycentric world: essays in Chinese comparative literature* 前言中也不得不承认中国比较文学研究在国际学术界中仍然处于边缘地位（The fact is, however, that Chinese comparative literature remained marginal in academia, even though it has developed closely with the rest of literary studies in the United Stated and even though China has gained increasing importance in the geopolitical world order over the past decades.）。[20]但张英进教授也展望了下一个千年中国比较文学研究的蓝景。

新的千年新的气象，"世界文学""全球化"等概念的冲击下，让西方学者开始注意到东方，注意到中国。如普渡大学教授斯蒂文·托托西（Tötösy de Zepetnek, Steven）1999 年发长文 *From Comparative Literature Today Toward Comparative Cultural Studies* 阐明比较文学研究更应该注重文化的全球性、多元性、平等性而杜绝等级划分的参与。托托西教授注意到了在法德美所谓传统的比较文学研究重镇之外，例如中国、日本、巴西、阿根廷、墨西哥、西班牙、葡萄牙、意大利、希腊等地区，比较文学学科得到了出乎意料的发展（emerging and developing strongly）。在这篇文章中，托托西教授列举了世界各地比较文学研究成果的著作，其中中国地区便是北京大学乐黛云先生出版的代表作品。托托西教授精通多国语言，研究视野也常具跨越性，新世纪以来也致力于以跨越性的视野关注世界各地比较文学研究的动向。[21]

---

20 Moran T . Yingjin Zhang, Ed. China in a Polycentric World: Essays in Chinese Comparative Literature[J].现代中文文学学报,2000,4(1):161-165.

21 Tötösy de Zepetnek, Steven. "From Comparative Literature Today Toward Comparative Cultural Studies." CLCWeb: Comparative Literature and Culture 1.3 (1999):

以上这些国际上不同学者的声音一则质疑中国比较文学建设的可能性，一则观望着这一学科在非西方国家的复兴样态。争议的声音不仅在国际学界，国内学界对于这一新兴学科的全局框架中涉及的理论、方法以及学科本身的立足点，例如前文所说的比较文学的定义，中国学派等等都处于持久论辩的漩涡。我们也通晓如果一直处于争议的漩涡中，便会被漩涡所吞噬，只有将论辩化为成果，才能转漩涡为涟漪，一圈一圈向外辐射，国际学人也在等待中国学者自己的声音。

上海交通大学王宁教授作为中国比较文学学者的国际发声者自 20 世纪末至今已撰文百余篇，他直言，全球化给西方学者带来了学科死亡论，但是中国比较文学必将在这全球化语境中更为兴盛，中国的比较文学学者一定会对国际文学研究做出更大的贡献。新世纪以来中国学者也不断地将自身的学科思考成果呈现在世界之前。2000 年，北京大学周小仪教授发文（*Comparative Literature in China*）[22]率先从学科史角度构建了中国比较文学在两个时期（20 世纪 20 年代至 50 年代，70 年代至 90 年代）的发展概貌，此文关于中国比较文学的复兴崛起是源自中国文学现代性的产生这一观点对美国芝加哥大学教授苏源熙（Haun Saussy）影响较深。苏源熙在 2006 年的专著 *Comparative Literature in an Age of Globalization* 中对于中国比较文学的讨论篇幅极少，其中心便是重申比较文学与中国文学现代性的联系。这篇文章也被哈佛大学教授大卫·达姆罗什（David Damrosch）收录于《普林斯顿比较文学资料手册》（*The Princeton Sourcebook in Comparative Literature*，2009[23]）。类似的学科史介绍在英语世界与法语世界都接续出现，以上大致反映了中国学者对于中国比较文学研究的大概描述在西学界的接受情况。学科史的构架对于国际学术对中国比较文学发展脉络的把握很有必要，但是在此基础上的学科理论实践才是关系于中国比较文学学科国际性发展的根本方向。

我在 20 世纪 80 年代以来 40 余年间便一直思考比较文学研究的理论构建问题，从以西方理论阐释中国文学而造成的中国文艺理论"失语症"思考

---

22 Zhou, Xiaoyi and Q.S. Tong, "Comparative Literature in China", Comparative Literature and Comparative Cultural Studies, ed., Totosy de Zepetnek, West Lafayette, Indiana: Purdue University Press, 2003, 268-283.

23 Damrosch, David (EDT)*The Princeton Sourcebook in Comparative Literature*: Princeton University Press

属于中国比较文学自身的学科方法论，从跨异质文化中产生的"文学误读""文化过滤""文学他国化"提出"比较文学变异学"理论。历经 10 年的不断思考，2013 年，我的英文著作：*The Variation Theory of Comparative Literature*（《比较文学变异学》），由全球著名的出版社之一斯普林格（Springer）出版社出版，并在美国纽约、英国伦敦、德国海德堡出版同时发行。*The Variation Theory of Comparative Literature*（《比较文学变异学》）系统地梳理了比较文学法国学派与美国学派研究范式的特点及局限，首次以全球通用的英语语言提出了中国比较文学学科理论新话语："比较文学变异学"。这一新概念、新范畴和新表述，引导国际学术界展开了对变异学的专刊研究（如普渡大学创办刊物《比较文学与文化》2017 年 19 期）和讨论。

欧洲科学院院士、西班牙圣地亚哥联合大学让·莫内讲席教授、比较文学系教授塞萨尔·多明戈斯教授（Cesar Dominguez），及美国科学院院士、芝加哥大学比较文学教授苏源熙（Haun Saussy）等学者合著的比较文学专著（Introducing Comparative literature: New Trends and Applications[24]）高度评价了比较文学变异学。苏源熙引用了《比较文学变异学》（英文版）中的部分内容，阐明比较文学变异学是十分重要的成果。与比较文学法国学派和美国学派形成对比，曹顺庆教授倡导第三阶段理论，即，新奇的、科学的中国学派的模式，以及具有中国学派本身的研究方法的理论创新与中国学派"（《比较文学变异学》（英文版）第 43 页）。通过对"中西文化异质性的"跨文明研究"，曹顺庆教授的看法会更进一步的发展与进步（《比较文学变异学》（英文版）第 43 页），这对于中国文学理论的转化和西方文学理论的意义具有十分重要的价值。（"Another important contribution in the direction of an imparative comparative literature-at least as procedure-is Cao Shunqing's 2013 *The Variation Theory of Comparative Literature*. In contrast to the "French School" and "American School" of comparative Literature, Cao advocates a "third-phrase theory", namely, "a novel and scientific mode of the Chinese school," a "theoretical innovation and systematization of the Chinese school by relying on our *own* methods" (*Variation Theory* 43; emphasis added). From this etic beginning, his proposal moves forward emically by developing a "cross-civilizaional study on the heterogeneity between

---

24 Cesar Dominguez,Haun Saussy,Dario Villanueva Introducing Comparative literature: New Trends and Applications，Routledge,2015

Chinese and Western culture" (43), which results in both the foreignization of Chinese literary theories and the Signification of Western literary theories.)

法国索邦大学（Sorbonne University）比较文学系主任伯纳德·弗朗科（Bernard Franco）教授在他出版的专著（《比较文学：历史、范畴与方法》）*La littératurecomparée: Histoire, domaines, méthodes* 中以专节引述变异学理论，他认为曹顺庆教授提出了区别于影响研究与平行研究的"第三条路"，即"变异理论"，这对应于观点的转变，从"跨文化研究"到"跨文明研究"。变异理论基于不同文明的文学体系相互碰撞为形式的交流过程中以产生新的文学元素，曹顺庆将其定义为"研究不同国家的文学现象所经历的变化"。因此曹顺庆教授提出的变异学理论概述了一个新的方向，并展示了比较文学在不同语言和文化领域之间建立多种可能的桥梁。(Il évoque l'hypothèse d'une troisième voie, la « théorie de la variation », qui correspond à un déplacement du point de vue, de celui des « études interculturelles » vers celui des « études transcivilisationnelles . » Cao Shunqing la définit comme « l'étude des variations subies par des phénomènes littéraires issus de différents pays, avec ou sans contact factuel, en même temps que l'étude comparative de l'hétérogénéité et de la variabilité de différentes expressions littéraires dans le même domaine ».Cette hypothèse esquisse une nouvelle orientation et montre la multiplicité des passerelles possibles que la littérature comparée établit entre domaines linguistiques et culturels différents.) [25]。

美国哈佛大学（Harvard University）厄内斯特·伯恩鲍姆讲席教授、比较文学教授大卫·达姆罗什（David Damrosch）对该专著尤为关注。他认为《比较文学变异学》（英文版）以中国视角呈现了比较文学学科话语的全球传播的有益尝试。曹顺庆教授对变异的关注提供了较为适用的视角，一方面超越了亨廷顿式简单的文化冲突模式，另一方面也跨越了同质性的普遍化。[26]国际学界对于变异学理论的关注已经逐渐从其创新性价值探讨延伸至文学研究，例如斯蒂文·托托西近日在 *Cultura* 发表的（Peripheralities: "Minor" Literatures, Women's Literature, and Adrienne Orosz de Csicser's Novels）一文中便成功地将变异学理论运用于阿德里安·奥罗兹的小说研究中。

---

25 Bernard Franco La littératurecomparée: Histoire, domaines, méthodes，Armand Colin 2016.

26 David Damrosch Comparing the Literatures,Literary Studies in a Global Age,Princeton University Press,2020.

国际学界对于比较文学变异学的认可也证实了变异学作为一种普遍性理论提出的初衷，其合法性与适用性将在不同文化的学者实践中巩固、拓展与深化。它不仅仅是跨文明研究的方法，而是一种具有超越影响研究和平行研究，超越西方视角或东方视角的宏大视野、一种建立在文化异质性和变异性基础之上的融汇创生、一种追求世界文学和总体问题最终理想的哲学关怀。

以如此篇幅展现中国比较文学之况，是因为中国比较文学研究本就是在各种危机论、唱衰论的压力下，各种质疑论、概念论中艰难前行，不探源溯流难以体察今日中国比较文学研究成果之不易。文明的多样性发展离不开文明之间的交流互鉴。最具"跨文明"特征的比较文学学科更需要文明之间成果的共享、共识、共析与共赏，这是我们致力于比较文学研究领域的学术理想。

千里之行，不积跬步无以至，江海之阔，不积细流无以成！如此宏大的一套比较文学研究丛书得承花木兰总编辑杜洁祥先生之宏志，以及该公司同仁之辛劳，中国比较文学学者之鼎力相助，才可顺利集结出版，在此我要衷心向诸君表达感谢！中国比较文学研究仍有一条长远之途需跋涉，期以系列丛书一展全貌，愿读者诸君敬赐高见！

曹顺庆

二零二一年十月二十三日于成都锦丽园

目

次

前　言

　　在中国古典诗词的创作中，"诗家语"是一种独特的言说方式，其主要表现为对普通文体中语法规范、语言常规表达的突破、乖违甚至背离，以及诗歌在语言常规表达的突破。这种言说方式的形成在客观上源自中国古诗诗律对押韵、平仄和对仗的客观要求，在主观上则出于诗人词家锐意求新、去陈避俗的自觉创作追求，这种在普通文体中被看作是"不合规范"的语用缺陷在诗歌运用中却被视为是一种"破格"现象，不仅能够接受，而且还被奉为诗家"妙语"，是欣赏中国古典诗词最难、同时也是最佳绝之处，因而最能体现原文的"异质美"。其涵蕴的奇思妙想足以摩擦出耀眼夺目的审美火花，激荡起回旋往复的心灵涟漪。然而，这种"破格"现象一旦进入语言体系迥异的另一种文化中时，并不能天然地获得同等"豁免"权。由于"诗家语"特点主要由源语自身的句式、语言和思维特点来展现，因此很难通过简单的直译或异化的方式在译入语中再现其颖妙不凡的独特魅力。因此，本文从考察"诗家语"在源语中的美学意义出发，探讨如何运用变通、补偿、再创造等翻译策略和方法，对"诗家语"中国元素的美学价值进行重新定位和诠释，从而在译语中保留、再现、重构原文因其"异质元素"带来的"陌生化"美感，力求原文与译文在"美学功能"上达到最大的相似与共鸣。

　　本书共分为五章，第一章为引言，主要包括"诗家语"溯源、前人研究综述、"诗家语"美学英译研究的内容、范围、目的、意义以及创新之处等。研究从一开始便将"诗家语"置于外在形态系统和内在形态系统两大框架下分而述之，前者包括诗家"句语"和诗家"词语"，涵盖古典诗词在句式和词汇运用中偏离常规习用的特殊现象；后者则为诗家"篇语"，关涉古典诗词与普通文体相异的成文之道与诗学肌理。第二章为诗家"句语"的美学英译，包括名词语、零指称、错位句、错综句四种类型，这类"诗家语"英译之难点即在于其"超常"句序往往不能见容于英语句法和文法规范，因而形成较大掣肘。在探讨如何在译文中再现诗家"句语"的美学特征时，论文主要运用了阐释和异化等翻译思想，结合西方接受美学、阐释学与俄国形式主义学派的相关学说，提出了若干切实可行的英译方法。第三章为诗家"词语"的美学英译，包括变异语、代字、活用量词三种类型。其英译难点在于：汉诗独特的语词搭配或构成在另一片文化土壤中无法找到天然"对应"，本书中拟运用直译、意译、变通、补偿、再创造等多种翻译方法，结合中国美学思想，力求最大程度上实现原诗语词"反常"带来的美学效果。第四章为诗家"篇语"的美学英译，包括"情景交融"与"虚实相生"二项，其难点主要在于汉英诗学审美的分歧和语言透明度的差异导致诗家"篇语"的独特美感在译入语中容易流失甚而消弭，因此本书从探讨中国古典诗词写作的成文之道与审美取向出发，在比较汉英诗学传统和审美心理差异的基础上，以中国诗学话语为导向，结合中西翻译理论与学说，提出重构诗词美学效果的英译方法。第五章为结语，系对全文立论基础和英译方法的总结，同时指出了本书研究现状的不足之处，并对后续研究提出了可行性设想与规划。

汉诗英译向来是中国典籍作品英译中的热点与难点。随着中国政府加大"中国文化走出去"战略的实施力度，浸淫于深厚历史传统和人文底蕴的中国古典诗词需要得到更为客观、真实、深刻的映认与译介。反映在"诗家语"的英译中，即英译文该如何保留、再现原文的独特审美价值，而不仅仅是传递信息与意义。因为在"诗家语"的表达中，"意义"后退，"意味"登场，源语的审美功能远远大于其信息功能，因而"出味"才是"诗家语"创作的真实追求。因此，本书的英译批评建立在以往对"诗家语"缺少关注而导致的"常规化"英译现象之上，反对凸显"信息功能"而罔顾"美学价值"的英译模式，在英译策略和方法的选择中始终以实现原文与译文"美学功能"的相似为指导原则。笔者认为：如果全盘保留原文戛戛独造的表达方式，势必会对译文的接受度和可读性形成障碍和挑战；而如果无视"诗家语"的特异性，采取与普通文体一致的常规"阐释"表述，又必然会损害"诗家语"因其特有言说方式带来的美学感受。这种两难局面注定了"诗家语"的翻译必然要在此中筹谋取舍，既不能机械照搬形式，也不能完全无视形式，力求在二者间智慧取舍、进退裕如。因为没有"形似"，则"神似"无所凭依；而没有"神似"，则"形似"缺乏灵魂。因此，译者在不违背原诗意义的基础上，可以适当突破英语的成规和习用，展现"诗家语"的特异性，使中国古典诗词即便在纳入另一种语言媒介时，依然能体现出自身鲜明特质所营造的独特审美情趣；同时，在重构源语"陌生化"美学价值的过程中，将译文的可读性和接受性纳入宏观翻译策略选择，发挥译者主体创造性，时刻调整和制衡对英语表达规范的过度乖违之处，艺术地应对"诗家语"美学英译中的悖论，实现二者间的"动态平衡"。

第一章 导 言

1.1 "诗家语"美学英译研究内容

1.1.1 "诗家语"含义

  诗歌是一国文学艺术的最高境界，是语言文字中最凝练、最有力的表现形式，折射出一个民族文化历史的深厚积淀。在中国诗歌艺术发展史上，自《诗经》以降，诗歌的句法、语言和成文理念就不同于一般散文体，主要表现为诗歌形式整齐划一，语言精炼简洁，追求含蓄悠远的审美意境[1]。但在古体诗中，诗歌的这种特异性只是一种大略的倾向，远未形成系统而自成一格。中国诗歌与散文在句法、语言、诗学上的差异真正得到明显体现是在唐代近体诗的出现之后，由于近体诗写作对诗歌的平仄、韵律、对仗都予以了严格规定，因此诗人的创作往往局囿于字句、拘牵于声律、受制于诗意，要在绝句四句和律诗八句（排律除外）的有限空间内完整诠释思想情感、表现意境，诗人们势必要精炼用字、改创句法、巧妙构思，甚至乖违常理，由此带来对诗歌创作的独特审美理念。此种诗歌不受传统句法、词汇拘束且在诗学体悟上独树一帜的现象在中西方兼而有之，各见其妙。英语中有"poetic license"[2]（"诗照"或"诗的破

---

1 "意境"是中国传统诗学中的核心审美概念，指的是一种艺术境界，是审美体验中对外在物象精选加工的艺术架构，又指诗歌艺术中"思与境偕"的一种虚淡沉着的艺术效果，反映作者的审美理想。（刘宓庆，2005：157）

2 John Dryden in the late 17th century defined poetic license as "the liberty which poets have assumed to themselves, in all ages, of speaking things in verse which are beyond

格")之称,而在中国古典诗歌的创作中,这一现象被诗评家们冠以"诗家语"之名。

"诗家语"的说法源自于北宋诗人王安石。宋人魏庆之编的《诗人玉屑》卷六载:

> 王仲至召试馆中,试罢,作一绝题云:"古木森森白玉堂,常年来此试文章。日斜奏罢《长杨赋》[3],闲拂尘埃看画墙。"荆公见之,甚叹爱,为改作"奏赋《长杨》罢",且云:"诗家语,如此乃健。"[4]

从"日斜奏罢《长杨赋》"变成"日斜奏赋《长杨》罢",王安石只是变换了动词的位置,却使动作的层次感和句式的结构感增强,令原诗平铺直叙的风格呈现出诗意的凝练与错落,诗风亦更为老到劲健。而且用"罢"这个"开口音"取代了"赋"这个"合口音",其昂扬的声调也更契合诗人意气风发的精神面貌,一字之调,尽显大家手笔。自此,"诗歌语言"与一般文学作品语言之间的差别得以正名,"诗家语"命题的提出正式为诗人及评家所接受、沿用,也为诗句奇特反常的组合结构提供了必要的理论依据。

不过,"诗家语"在此处的用法是比较狭义的,它仅仅涵盖了诗歌语言的错位和声调现象。事实上,作为近体诗中的一种特殊言说方式,"诗家语"也随着近体诗的漫长发展衍生出各种表现形式,使得"诗"与"文"的区别远远超出字词位置的错置和韵律的变调,进而全方位地体现在诗歌结构的嬗变、选词的别裁和诗学理念的创新之中。历史上不少诗人词家都曾提出自己对于"诗家语"的独到见解,如:刘勰《文心雕龙·定势》中说:"反正为奇,效奇之法,必颠倒文句"(刘勰,2009:132)。杨万里《诚斋诗话》中云:"倒语也,尤为诗家妙法"(杨万里,1986:129)。沈括认为:"语反而意宽"(沈括,2014:

---

the severity of prose." In its most common use the term is confined to diction alone, to justify the poet's departure from the rules and conventions of standard spoken and written prose in matters such as syntax, word order, the use of archaic or newly coined words, and the conventional use of eye-rhymes (wind-bind, daughter-laughter). 参见 Abrams, Meyer Howard. A Glossary of Literature Terms [M]. Peking University Press, 2009. P460-461. 该定义与本文所研究之"诗家语"有相似之处,但因汉诗与英诗诗律存在较大差异,二者并不等同。因此本文根据汉诗"诗家语"的表现方式,拟将其英译为"poetic peculiarity"。

3 《长杨赋》本为汉代杨雄名作,此处借指应试的好文章。

4 〔宋〕魏庆之,诗人玉屑 [M],北京:中华书局,2007,第196-197页。

26）。清人洪亮吉在《北江诗话》卷二中指出："诗家例用倒字倒句法，方觉奇峭生动"（洪亮吉，1983：92）……这些见解都点出了"诗家语"在句式安排中常用倒置以延展廓开诗意空间的特征；而苏轼则认为："诗以奇趣为宗，反常合道为趣"（转引自萧涤非，2004：939）。严羽在《沧浪诗话》中说："诗有别趣，非关理也。……不涉理路，不落言筌"（严羽，2014：15）。叶燮在《原诗》中说："决不能有其事，实为情至之语"（叶燮，2010：49）……以上评论点出的则是"诗家语"中"悖理合情"的特点；此外，宋代诗话家在"诗家语"方面也颇有研究，他们就实现诗歌语言"标新立异"的途径提出了"白战体"[5]、"脱胎换骨"[6]等理论，特别是以黄庭坚为代表的江西诗派更是对诗歌语言提出了"生"、"新"、"瘦"、"硬"[7]的追求，体现出诗人在"诗家语"文字使用中避俗求新、变陈语常谈为新奇语的凤悟先觉；明代吴景旭在《历代诗话》中以杜甫、李白、李贺、卢象四人写"香气"的诗句，提出"妙在不香说香，使本色之外笔补造化"的说法（吴景旭，1998：63），此说则深刻地道出"诗家语"在诗学理念上对"虚实相映互衬"的追求；现代艺术理论家周振甫在其著作《诗词例话》开篇中论及"诗家语"时，认为"诗家语"的特征是"精炼、含蓄，以形象写情思，时空可以跳跃。"（周振甫，2007：2）此说涉及"诗家语"在语言上的刻意求工、情感上的隐晦含蓄、以及审美心理上的极致跨越感；当代美学家朱光潜指出："诗的情思是特殊的，所以诗的语言也是特殊的。"（朱光潜，2009：216）这一看法则将"语言"与"情感"的特殊性看作是"诗家语"的根本要素；现代汉诗学家吕进认为"诗家语"体现在"不合法、不讲理、不说话"这三"不"艺术中（吕进，2005：2-3），道出了"诗家语"之"无理之妙"与"言近意远"的艺术追求；古汉语学者蒋绍愚在《唐诗语言研究》一书中则开拓性地对诗歌的特殊句式、语言与修辞方法进行了科学分类和详尽阐述，令"诗家语"的说法具备了初步的系统化和理论性……纵观中国诗学与诗论，不难发现，尽管"诗家语"这一命题因其涵盖宽泛、波及众多，尚未有一个明确的界定，但其在历代诗人评家的表述中却有着大略相当的共性，即句式上腾挪跳跃，享尽省略倒装之自由；语言表达中汪洋恣肆、灵气满溢，远超

---

5 白战体是一种遵守特写禁例写作的诗，始于宋代欧阳修而得名于苏轼，其规定不得运用通常诗歌中常见的名状、体物和字眼。

6 该理论为黄庭坚首创，目的是"以故为新"。

7 此为黄庭坚诗作为"山谷诗体"的特点，注重诗歌笔势奇纵，力求出人意表。

辞典之"标准"用法；诗学理念上情幽意深、虚实互发，意境之寥远高妙远非普通文体可比拟。因而，**本文认为：**

> "诗家语"在中国古典诗歌中主要表现为外在形式系统和内在
> 形式系统[8]中的艺术独特性，前者包括诗家"句语"（句式）和诗家
> "词语"（词汇）；后者则为诗家"篇语"（诗学）。具体见于近体诗
> 句法上的省略、错位和错综；词汇上的变异语、代字和活用量词；
> 诗学中的情景、虚实关系等。[9]

总而言之，"诗家语"显示出近体诗写作中诗人在组句、选词和立意上享有的特殊"自由度"和"支配权"，它既有诗歌语言的共性，又具备最纯粹美质的、最异质化的、最难以"言说"的个性，体现出诗歌语言的巅峰运用。正是这些极具"诗性"的元素共同构筑起中国古典诗词独一无二的成文之法与欣赏之道，为其营造出一道超乎"意义"之外的独特美学风景线。

1.1.2 "诗家语"美学意义及其英译误区

"诗家语"在句式、词汇和诗学三大层面上构成了与普通文体的明显差异，在深层审美上丰富了诗思、开拓了诗境、提升了诗格，为诗词平添不少难以言传的意趣与美感，是"诗歌语言"的最集中体现，为中国古典诗歌贴上了最耀眼的"诗性"标签，构成中华诗歌文化独有的艺术特质。古代诗人正是通过"诗家语"句式的乖违反叛、用词的匠心独运以及诗境的暗入肌理来有意识地创造"言外之意"、"味外之旨"，诱发读者想象、邀请读者参与，以营造诗词意义之上的一个更广阔、更深邃的艺术审美想象空间。从此种意义而言，"诗家语"亦是中国古典诗词美学的浓缩与精华，中国古典诗词创作中的许多共性问题，都可以在"诗家语"中找到最明显、最有力的佐证。然而，"诗家语"这颗异质种子在被移植到语言体系、思维方式、文化因缘、审美取向迥然有别的英语土壤时，却遭遇到极强的抗译性，导致译者常常不得不倾向于选择"常规化"的方法，来"解释"原文的意义，以避免异质元素交锋中可能产生的扞格。然而这样一来，原文因其独特的结构、组合、选词和诗学理念而带来的实实在在的独特审美享受被无端消解，英译文由此表现为对原诗大意的概括、阐

---

8 这种划分参考采纳了刘宓庆先生的美学理念，详见刘宓庆，翻译美学导论［M］，
  北京：中国对外翻译出版公司，2005，第141页。

9 "诗家语"在诗歌中的表现方式不仅限于本文之划分，本文对"诗家语"的遴选是
  结合英译因素之后的考虑。

释和解说，而非对诗形、诗味、诗韵、诗美的再现。这对于原文而言，实际上亦是一种不"忠"，因为诗歌文体与承载信息功能的普通文体不同，其价值主要立足于对审美认知和审美感受的追求之上，因而读者阅读诗篇并非单纯为求其意，更多时候是遵循着审美感受的心理模式——感觉、知觉、联想、想像、情感、思维……，来寻找、探索和获取美学享受，而中国古典诗词的精华——"诗家语"正是这种审美体验模式的主要载体。从文学文化传播的角度来看，"诗家语"的英译一旦失去源语本身承载的美学意义，那么英译文的价值便不复存在。著名文学翻译家茅盾认为："文学翻译……应该用另一种语言，把原作的艺术意境传达出来，使读者在读译文的时候能够像读原作时一样得到启发、感动和美的感受。"（转引自陈福康，2000：418）由是观之，诗歌从一种语言迻译、转化为另一种语言时，其文学性和诗化的程度不应该降低或减损。

1.1.3 美学视域中的"诗家语"英译立足点

本文认为，"诗家语"在诗歌中的任务不在于作出某种理性的诠释或逻辑的解说，而在于唤起读者的审美体验和对美学旨趣的追求。因此，英译过程中应有效地凸显"话语"和"情感"本身，不仅要达其意，更要传其美，美学价值的重构、再现、创造是其英译文的生命力所在。译者作为原文读者和译文作者，应该与原文作者和译文读者感同身受，不仅要努力达到译文与原文在审美意趣上的"视域融合"，更应设身处地为译文读者考虑，帮助他们在阅读译诗时，也能获得与原文读者大略相当的审美体验与享受，而不可止步于仅在英译文中保留原诗意义。基于此，本文"诗家语"美学英译的立足点即是通过深入研究中国古典诗歌因其句式、语言和诗学理念中的"特异性"所带来的独特审美价值，在尊重原作意义的基础上，在中西方先进翻译思想和理论的指导下，探讨以何种英译策略和方法对"诗家语"美学内涵和价值予以最大程度的重构和再现，力求成方圆于规矩之内，出神韵于法度之中。

1.2 "诗家语"美学英译研究综述

本节根据"诗家语"的两大表现层面——外在形式系统和内在形式系统，结合汉诗英译的三大主要群体——中国本土译者、西方译者、西方华裔译者分别展开讨论，述评他们在研究"诗家语"美学英译中所显示出的不同倾向。

1.2.1　外在形式系统中的"诗家语"

外在形式系统中的"诗家语"包括诗家"句语"（句式）和诗家"词语"（词汇）两项，在句式上表现为游离于母语主流语法规范之外的结构，在词汇上表现为反常态的语词搭配和语言用法。前者以省略、错位、错综为其主要特征，力图以"形"显"神"，即通过形式上的紧缩、倒序或独特搭配取得留白、新奇、蕴藉、模糊、歧义、回环等诗歌"意味"和"神韵"上的审美功效；后者主要以变异语、代字、活用量词为其主要表现形式，意在以"反常合道"、"去俗生新"的审美效果，激发"陌生化"的审美联想。这些"超语法"结构和"反常态"词汇往往蕴含着深厚的中国古代哲学美学观，承载着奇妙的审美心理感应，体现了古代诗人强烈的文体意识和斟酌字词的自觉追求。这类"诗家语"在英译中的难点即在于其"超常"句序往往不能见容于英语句法和文法规范，其"反常态"词汇在英语中存在着空缺或零对应。

国内汉诗英译领域对"诗家语"外在形式系统的英译和研究较为欠缺和零散。句式上，国内译者通常比较注重目标语的通顺流畅，因此多倾向在英译中采取"阐释"或"解说"的方法屈从于英语的文法、解释诗句的意义。无论是早期的直译派译者蔡廷干，意译派译者初大告，还是后来的格律体译者许渊冲、吴钧陶、孙大雨，自由体译者杨宪益、文殊等，他们的译例几乎"一边倒"地以目标语规范为准绳。最常见的做法便是根据审美主体自身的理解，增补原诗有意省略的成分、贯通原诗有意制造的空白、落实原诗模棱两可的诗意、匡正原诗有意颠倒的顺序……总之，以"常规化"手段来应对诗人有意为之的"非常规化"模式（其间差异主要在于阐释的角度和程度不同），而对于句式"反常"带来的文体审美变化则少有关注。国内也有少数译家（如徐忠杰）在译作中体现出对"诗家语"句式的审美敏感，惜未形成一以贯之的理念，其富于创意的译例更像是译者灵感的倏忽而至，而非建立于系统体悟认知基础上的令人信服的结论。词汇上，国内译者常选择以译入语的习用和固有搭配来对应原诗的"变异"表达，或将原诗特意诗化的、但在另一种语言中难以实现的特殊用语或反常搭配浅白化、庸常化，从而令原诗语言的"异质美"遁于无形。译者中对词汇"诗家语"有心者当属许渊冲，其对于原诗独特用字的美学效果把握准确精到，且敢于并擅于突破语词在译入语中的使用规范，自创新词，自主搭配，以各种"变通"或"打破重组"的方式曲尽原词之妙，努力使译文达致美的境界。研究方面，国内译者对"诗家语"外在形态系统的英译研究呈匮乏之态，以"诗家语"为关键字在 CNKI 期刊来源网上可检索到 66 篇专论（截止至 2022 年 9 月），但除了笔者于 2014 年发表于《复旦外国语言文学论丛》11 月刊上的论文《诗家语——古诗英译之困》之外，其余研究均囿于中国诗学领域，对其英译鲜有专述；而以"诗歌句式"、"诗歌语法"、"诗歌语言"、"诗歌词汇"等表述分别与"翻译"或"英译"搭配检索，则无相关项；只有以"汉诗英译"进行模糊搜索（得 2361 篇专论），于其中逐一排查，方可获得少量相关文献。在这些零散的英译研究中，"诗家语"句式中的"名词语"和"无主句"是焦点，但对"名词语"的英译研究往往缺乏美学和比较诗学的意识，只简单地以照搬原文形式的"意象并置"为最终解决之道[10]；而对诗歌"无主句"的英译研究则相对深入，其中张智中（2003）、王建平（2005）等人从"有我之境"和"无我之境"角度讨论了古诗不同人称的选择在意境表达上的差异；王宾（1999）、周发祥（1993）等则从"天人合一"的角度指出古诗词"无主句"的不可译性；庞秀成（2009）则建议力避翻译中将叙事主体"符码化"的做法，并提出了切实可行的策略，论述精当。但对"错综"和"错位"现象的英译研究屈指可数，其中朱纯深（2004）从文体意识讨论了诗歌的"异常"句法，对"错位"句有所涉及，并提出了行之有效的翻译尝试；贾卉（2009）在其博士论文中，从符号学的角度对杜甫诗歌（尤其是其中的句式变异）英译的不同版本进行了比较分析，以此解释多种译本存在的原因，论述有一定新意。"诗家语"在词汇方面的英译研究专论极少，其中卓振英（1998）从"炼词"角度阐述了语言选择在汉诗英译中的重要性；张智中（2010）则对译者许渊冲的用字艺术进行了详尽剖析和深入考量，提出从"炼字"的角度提升英译文的意境，但此类研究由于缺乏科学的分类而缺少系统性及整体性，尚未深入到本文"诗家语"词汇英译的核心问题。综上，国内学界对于"诗家语"的研究尚处于摸索阶段，未形成规模和体系。

西方译者对外在形式层面的"诗家语"关注程度不一。早期以理雅各（James Legge）、翟理斯（H.A.Giles）、伯德（Charles Budd）、克莱默·宾（L.A.Cranmer-Byng）、弗莱彻（W. J. B. Fletcher）等为代表的格律派倾向于为汉诗披上维多利亚时期英诗格律的外衣，将汉诗打造成英诗的外形，因此译文呈现出浓郁的"归化"倾向，完全忽视源语句式和语言上的"异质"；随着英

---

10 如周红民，汉语古诗英译的"感兴"与"理性"——汉语古诗翻译之困［J］，解放军外国语学院学报，2012（1）：39-42，即为一显例。

美主流诗学的更易和意象派诗歌的兴起，汉诗句式特异性受到关注。以庞德（Ezra Pound）和洛威尔（Amy Lowell）等为代表的意象派诗人以其诗人的才华和洞见，敏锐捕捉到了汉诗句式的独特之处。他们模仿汉诗的意象叠加和意象并置（即"名词语"）翻译汉诗并创作英诗，对汉诗句式和语言特点进行了最大程度的模仿、保留，直接促成了 20 世纪 20 年代至 30 年代美国的新诗运动，也推动了汉诗英译在海外的传播和接受。尽管意象派译者在吸收"诗家语"句式为己所用的过程中存在着不少误读，但在体现"诗家语"形式特质这一点上无疑功莫大焉。不过，由于汉英诗歌文化和审美心理的巨大差异，意象派倍加推崇的"意象并置"手法其实与"名词语"的真正审美效果尚有距离（详见第二章第一节）。继庞德之后，美国著名当代诗人译者加里·斯奈德（Gary Snyder）是倾向保留源语语言和句式特征的代表人物，在其翻译的寒山诗和唐代其他诗人的作品中，均体现出较为明显的"异化"倾向。其中有些诗篇几乎完全按照源语言的倒装、错置、省略等结构翻译，以直接呈现意象和极为简约的断裂句为主要特征，兼顾意义的连贯性和可读性，且能根据诗作意境选择精当得体、富于表现力的词汇，并不时以标点符号和空格等外在干预形式营造译者心目中汉语诗词的韵味。其译作意象鲜明、意境优美、理解度高，是对庞德意象派的继承和扬弃。应该说，译者力图通过上述翻译手法凸显原诗特点的尝试确实收到了较好的美学效果，但其中亦有相当一部分原因是因为斯奈德选择翻译的诗作多以清新直白的自然诗为主。换言之，一旦诗作中含有心理的跳跃、意蕴的曲折、诗意的隐晦等复杂因素，则上述翻译手法的实际效用恐怕会大大折损（详见第二章第一节）。上世纪 80 年代，美国汉学家宇文所安（Stephen Owen）出版了一系列以英语撰写的中国文论读本，宇文氏充分考虑到西方读者对汉语思维方式的隔膜，认为"除了在文本的互译、互识和相互比较中认真主动地去学习这种文化，并无更好更便捷的方法"。（转引自陈跃红，2005：73）因此在翻译中国古典诗词时，他一方面采取"直译"方法以保留源语风貌，另一方面则辅以详尽注解，将选定的原文、译文、注疏、解读融为一体，交由读者在互文性的阅读中自行去辨识和理解。这种"深度翻译"[11]的方法使得"诗

---

11 深度翻译（thick translation）的概念由美国著名学者安东尼·阿皮亚（Kwame Anthony Appiah）于 1993 年提出，强调翻译的"厚语境化"（thicker contextualization），即"通过注释及附注将文本置于丰富的语言和文化语境中"（……it seems to me that such "academic" translation, translation that seeks with its annotations and its accompanying glosses to locate the text in a rich cultural and

家语"的外在形式特点得以在译文中获致较大程度的保留（但译文本身的美学效果究竟如何则值得商榷）；其后英国汉学家闵福德（John Minford）在其编著的 *An Anthology of Translations: Classical Chinese Literature* 这本"当今英语世界最为全面广泛，也最具影响力的中国古典文学译文选集"（朱徽，2009：235）中更是选择了两种翻译方式以为互观：一种是基本保留原文语言和句式的直译，另一种是以散文体出之的阐释翻译。作者的用意很明显，即希望读者通过这种方式走进中国诗歌的内核，在理解诗意的同时，也学会欣赏中国诗歌独特的句式和语言表达所带来的"异于常语"的审美意趣。研究方面，西方世界在"诗家语"美学英译方面的专论极少，对于中国古典诗词句式、语言的研究集中于中国诗学和比较诗学领域，翻译可以说仅为其副产品。以"Chinese poetry"＋"sentence pattern"以及"Chinese poetry"＋"word choice"或"diction"等方式在 Web of Science，JSTOR，EBSCO,Springer 等数据库中搭配检索，所得项均位处诗学领域，只有以"Chinese poetry translation"进行模糊搜索与筛选，方可获得关于"诗家语"翻译的若干零星论述。其中美国加州大学伯克利分校的学者 Edward H. Schafer 在 *Supposed "Inversions in T'ang Poetry* 一文中对汉诗错位句法的翻译作了细致的分析，并认为："译者"和"评家"很少去关注唐诗创作中句法上的细微差别和独具匠心的选词——而正是这种功夫才使创作者成为诗人，而非三流诗匠。[12]在文中他给出了自己颇有见解和说服力的译诗（详见第二章第三节）；美国哥伦比亚大学学者 Marsha L.Wagner 则对叶维廉有意乖违英语语法的汉诗英译作出中肯的分析，既肯定了叶从哲学视角看待中西方诗学思维的高度和深度，也指出其汉诗英译的"电报式风格有时太过生硬，显得拗口"。[13]由此可见，西方世界对于"诗家语"的英译研究仅仅停留在零星评论的层面上，谈不上是真正意义的学理探讨。

立足于中西比较范式研究"诗家语"外在形式特征的中坚力量当属以叶维廉、刘若愚、高友工、梅祖麟等为代表的西籍华裔学者。这类译者有着跨语言、

---

linguistic context, is eminently worth doing. I have called this "thick translation"……（Appiah, 1993: 817），又称"厚译"。

12 中文为作者译，英语原文为："The sad truth is that "translators" and "critics" of classical Chinese verse rarely care about the nuances of diction and the discriminating choices made by the T'ang poets——the very qualities that make them poets rather than poetasters."

13 中文为作者译，英语原文为："Yip's renditions may be awkward or obscure in English. His telegraphic style is sometimes too blunt for my taste."

跨文化的背景，常常肩负译者与研究者的双重身份。当代译论家罗宾逊（Douglas Robinson）曾用"离散"（diaspora）概念指代这类去国离乡、进入异文化的特定人群（转引自朱徽，2009：256）。这类"离散译者"的共同特点就是对于传播本土文化都怀有深深的使命感和责任感，文化身份决定了他们的翻译目的首先是要在异文化中尽力表现母语文化的特点，因此他们的译文最终形态多少都带有汉诗的特质；相对而言，译文的地道流畅则是置于其后的考量。如刘若愚在其著作 *The Art of Chinese Poetry* 一书中就专门独辟一章，研究汉诗独特句法和语言对英译的影响。对于"诗家语"所形成的美学价值，刘倾向于适度保留汉诗句式和语言，但行文应依然置于英文句法的法度之内，因此本质上是一种"中庸之道"的翻译策略；而叶维廉在"诗家语"的英译之路中则走得更远，他倾向于"异化"汉诗句式和语言表达，并批评中国古诗的英美译者如翟里斯、宾纳（Witter Bynner）、詹宁斯（Soame Jenyns）等人的译作。因为这些译者认为中国古诗缺乏语法和词汇的细分，因而都倾向于顺应英语规范，通过自己的阐释以"常规化"的方式重新建构原诗。叶维廉认为这些译者忽略了中国古典诗词独有的美学形态和表现方式。事实上，所谓的"缺乏语法和词汇的细分"并非像英美译者理解的那样，是电报体"速记"的符号，而"恰恰标示着更为精细的美感经验，呈现出可以自由活动的空间与境界，但阐释性的'常规化'书写方式会将这些美感经验破坏殆尽。"（叶维廉，2006：330）基于此，叶维廉在其多部著作如《中国诗学》、《埃兹拉·庞德之古中国》中均表达了自身对中国古典诗词句法和词汇特异性的极大关注，并且从哲学思维高度指出中国诗歌独特句式和语言呈现的"经验模式"与西方思维的"分析模式"之间的巨大差异。他坚持认为：尽管在翻译中无法完整地还原这些特质，但译者仍应尽一己之力体现古汉诗的原貌。为保持中国古典诗歌的"原生态"，叶在其著作 *Chinese Poetry: an Anthology of Major Modes and Genres* 中采取了两种翻译方式，即每一首诗都有两种译文，第一种译文主要基于译者对中国古诗句法和语言运用的尊重，采取直译的方式，基本保留原诗的形态；第二种译文则主要考虑译入语读者的阅读习惯，在一定程度上屈从了英语句法，采用了意译的方式（但并未进行过多阐释）。译者试图以这种手段介入译入语读者的阅读过程，唤起他们对原诗风貌的关注。毋庸置疑，这是一种对"诗家语"外在形态系统英译的有益尝试，它使得译语读者有机会接近"诗家语"的原像原貌，通过两种译文结构和语词选择上的比较，更真切地体会汉诗句法组合排列以及语言表达方式在加强视觉审美和心理审美中的特殊效用。此外，高友工、梅祖麟在《唐诗的魅力》和《唐诗的句法、用字与意象》中，以西方语言学理论阐发唐诗的语言与句式特征，从词性、意象、隐喻、典故、句法等各个层面对唐诗的特点条分缕析，其论述角度新颖，阐释极为深入，引起学术界高度关注。尤其难能可贵的是，他们的翻译在"诗家语"的省略、错位等处均作出了标示，以此方式提醒读者关注原文。此种研究方法在一定程度上有助于研究者跳出中国传统美学的模糊性，吸收借鉴西方语言学的逻辑条理性，从而更客观全面地研究"诗家语"的英译。这些"离散译者"均心系中华文化，深厚的母语修养和过硬的英语功底使他们能够从文化比较的高度审视两种语言的差异，并始终致力于体现这些差异，进而促成真正意义上的中西文化融通与交流。他们通过自身的不懈努力，使得"诗家语"的外在形式逐渐进入西方汉诗英译界的视野。

1.2.2　内在形式系统中的"诗家语"

除句法和词汇，"诗家语"还表现在"诗家"篇语，即诗歌内在的诗学理念和成文肌理中。成功的诗作应该是一个有机和谐的整体，离开了这个整体，其中的句法和词汇都将失去其"诗家语"的审美立足点。译者进行翻译或评家评价作品也应从其整体出发，避免"执分寸而忽亿度，处把握而却寥阔"。因此，本书还拟从"诗家语"内在机制中最具特质的要素（包括"景语"、"情语"、"实境"、"虚境"）出发，以整体译文为观照，探讨如何在英译中体现汉诗独特的诗学审美特点。

"诗家语"的内在形式在国内译者的英译实践中受关注程度较为有限，大部分译文存在一味追求"意义对等"的现象。实际上不少译者中英双语的功力都不弱，但古典诗词的修为造诣有限，因此在汉诗英译中对诗歌有别于普通文体的创作手法和深层审美理念往往未能领会参透，他们的译诗更多只是译出字面的"景物"和"实象"，停留在传达原文意义这一层面，而未深入到其背后的生成机制和隐含深意中，因此译文显得较为机械板滞，诗味寡淡，难以体现出古诗词"情景交融，虚实相生"的灵气。这种现象深刻表明了译"文"与译"诗"的天堑鸿沟。国内译者在传达诗家"篇语"审美情趣上的佼佼者当属许渊冲与翁显良。许渊冲先生双语学养深厚，且谙熟中英诗歌，其译诗情韵饱满、走笔灵活、文采斐然，是格律诗中的精品。更值一提者，许不盲从西方译论，善于在实践中总结译诗经验，自创中国古典诗歌"美化之"艺术[14]，其译学思想对中国文论诗论颇多借鉴，对"情景、虚实"等"诗家语"的英译常有生花妙笔；翁显良先生的散体英译因其意境优美、运笔精妙而独步于中国诗歌译坛，虽因其采取散文体方式而导致译诗形式上的损失[15]，但由于译者对古诗词的理解力透彻、英语表达能力高超，且始终致力于表现汉诗诗学的审美特质，因此其译品往往能曲达"诗家篇语"之妙。翁对于诗歌独特成文之道的英译有精到见地，在《情信与词达》、《浅中见深》、《以不切为切》[16]等专论中，都极为朴素而又深刻地指出"情景"、"虚实"等诗学审美问题在汉诗英译中的重要性。研究方面，国内对于汉诗诗学审美的英译主要集中于意象、意境、声律、神韵等方面，而对古诗词"情景交融、虚实相生"之独特成文法英译的研究成果非常稀少和零散，在"中国知网"上分别以"情"、"景"、"虚"、"实"与"英译"或"翻译"搭配搜索，所得项寥寥可数，且研究中描述成分居多，实践指导成分极少。如陈大亮（2012）从"情景"与"象外象"的角度对贾岛的《寻隐者不遇》进行了 18 种译本的比较分析；谭业升（2009）论述了"语言移情"对英译的重要性；还有一些学者在言及古诗"意境"英译时对"情景、虚实"有所提及，如周红民（2010）以"虚实相生"为论据，指出意境的不可译性等等。但这些研究均为散论，缺乏对"诗家语"诗学"异质"的全面透视，足证国内汉诗英译研究领域对诗家"篇语"的研究还很有限。

西方译者的译作对于诗学层面"诗家语"的体现更少，毕竟对于西人而言，要掌握中国文化的内核殊非易事。早期译者中戴维斯（John Francis Davis）、庄延龄（Edward Harper Parker）、弗莱彻等人译笔均十分优美。但由于中西文化诗学的巨大差异和古诗词理解的高难度，译者并未真正深入中国传统诗学的腠理，因此不谙中国古诗的旨趣和幽微隐深之处，只是依据西方诗学传统模式来进行翻译。他们的译文常常带有较强的西方诗学色彩和译者主体审美意识（详见第四章第一节），但却与中国古诗的情趣大相径庭，中国古诗情景交融、

---

14 见许渊冲，文学与翻译 ［M］，北京：北京大学出版社，2003，第 80 页。

15 在谢耀文编著的《中国诗歌与诗学比较研究》一书中，作者将翁显良先生的散文体译诗以分行形式重新排列，规避了散文体的明显缺陷与弊端，使其诗歌特征得到更大的彰显，诗味亦更为浓郁。这可以说是对前人创作和研究的一种致敬和传承。

16 见中国翻译编辑部，诗词翻译的艺术 ［M］，北京：中国对外翻译出版公司，1986，第 271-289 页。

虚实相生的诗意哲学在他们的译文中往往难觅其踪。唐诗英译集中，著名诗人译者宾纳（Witter Bynner）的《群玉山头》[17]堪称翘楚，其中相当一部分译作意象鲜明、情感丰富，体现出译者对"情景关系"的一定了解，呈现出较浓郁的"诗性"，可以说是"对中国唐诗的诗意诠释"（朱徽，2009：81）。吕叔湘先生曾如是评价："Bynner 译唐诗三百首乃好出奇以制胜，虽尽可能依循原来词语，亦往往不甘墨守。"（转引自许渊冲，2005：35）宾纳的"不甘墨守"正体现出作为诗人的译者对诗歌独特表现方式的惊觉和领悟，因而尽管《群玉山头》中不乏误解误译误释，但总体艺术性和美学价值颇高[18]；著名美国后现代诗人肯尼斯·雷克斯罗思（Kenneth Rexroth，中文名"王红公"）也是一位对汉诗"诗性"颇有研究的翻译家。雷氏自己认为中国诗歌对他的影响远远大过其他诗歌，他写诗时也大多遵循一种中国式的法则，营造一种"诗境"（poetic situation）[19]。正是由于秉持"同情"诗歌翻译观，雷氏在翻译实践中能从中国诗词的情感与诗境出发，因而不少译文深得原文神韵，这与本文力图展现的"诗家语"有相通之处。但"创译"主张有时亦令他的译笔太过自由，其译诗中有较多阐释性甚至"改写"成分，难免令原诗语意受损。宇文所安对中国文论的深入研究使他始终能够站在中西诗学比较的层面上看到汉诗的特异之处，并坚持"宁拙勿巧"的翻译策略，以使西方读者能从中窥见一点"中文原文的模样"（宇文所安，2003：14）。他认为自己的"首要目标是给英文读者一双探索中国思想的慧眼，而非优雅的英文。"（宇文所安，2003：15）因而其汉诗英译多以"异化"为主。这样的翻译目的和策略使宇文氏的译文在表现"诗质"时，"忠实"远多于"创造"，充分显示出作为理论家的译者本色之所在。

　　由于汉英诗学审美的巨大差异，译者即便懂得要体现原文之诗家"篇语"，也未必既能在译文中展现原文独特的成文之道并将其区分于英诗，又能使译文获得与原文近似的美学价值，使之能为西方世界认同和接受。这种翻译原则与翻译实践不完全对等的情况在华裔译者叶维廉的译作中表现得尤为突出。叶氏建立在"传释学"基础上的译学思想是要通过对源语文本在美学和文化中

---

17 《群玉山头》题为宾纳与中国学者江亢虎的合译之作，但因江亢虎行踪不定，翻译工作实际上主要由宾纳完成。

18 《群玉山头》是当今《唐诗三百首》电子文库的英语母本，为唐诗的海外传播作出了卓越贡献。

19 朱徽，中国诗歌在英美世界——英美译家汉诗英译研究［M］，上海：上海外语教育出版社，2009，第 133 页。

的充分尊重，使译语读者感受到中国古诗特有的美感和魅力。然而在实际操作中，由于叶对于西文的构成方式过分抗拒，且秉持道家"以物观物、无言独化"的"无我"之境，因此其译诗中的"情味"较淡，诗句的整体效果亦有"文气僵硬"之感，未必能使译语读者获得理想的审美认知和体悟。相比之下，华裔译者中刘若愚、欧阳桢、罗郁正等人在"诗家语"内在形式英译的筹谋平衡中则做得更为出色。三人双语水平均炉火纯青，其汉诗英译大量借鉴中国诗学美学，力图在译文中展现古典诗词的美学特征，同时亦能适当照顾译入语的行文方式和读者接受度，因而"诗家语"内在形式英译中常见的"机械化"、"叙事感"和"过度阐释"弊端（详见第四章第二节）在他们的译文中极少出现。其中刘若愚着眼于在汉诗英译中追求"诗学功能"的相似，擅于"用英语之长"再现汉诗审美，其译文情味合宜、简洁传神；罗郁正（Irving Yucheng Lo）在其主编的《葵晔集——中国历代诗词曲选集》中翻译的近150首译作既有中国古诗轻灵含蓄的"诗味"、又能适度体现出其中的"情味"，较好地实现了诗家"篇语"的特质。欧阳桢的译作主要基于对中国古诗特征的深刻认识，尽管他"从不遵从固有的翻译策略"（朱徽，2009：270），但因其译诗较好地实现了"真"与"美"的统一，而被广泛收录进美国出版的多种中国文学选集中。研究方面，西方译界（包括西方本土译者和华裔译者）关于中国古诗"诗家语"内在形式如何体现于英译则尚未有专论涉及。

1.3 "诗家语"美学英译研究现状与不足之处

综上所述，目前国内外学界对"诗家语"的研究应者寥寥、内容单薄、规模不足，尚未跟上当代译学研究发展的脚步，未能从全方位、多层次、跨学科的视角对研究对象展开深入探讨，而古典诗词翻译中存在的难点重点，以及海外传播中的阻滞点也未能通过"诗家语"的英译研究得到有效突破和针对性解决。作为中国古典诗词中极具特色的"异质"现象，"诗家语"的美学研究仅集中于中国诗学领域，尚未以系统方式进入汉诗英译领域，这主要体现在三个方面。首先，海内外译者普遍对"诗家语"区别于普通文体的"个性"关注不足，导致在英译中将二者同等对待，因而英译汉诗普遍存在一种"文本常规化"现象，即原文中通过"非常规"的句式、选词、成文理念所营造的美学效应被"常规化"，从而使得读者被带进常规的阅读模式之中，接受与原文迥异的思维体验。其次，尽管有少数译者表现出对"诗家语"不同于普通文体的美学价值的关注，在实践中亦有妙译佳作和真知灼见，惜出于散见，未能成体，更缺少专论研究。其三，一些以中英比较诗学为研究立足点的译者虽致力于在英译中保留源语的"异质"，力图再现和重构"诗家语"独特的美学感受，但他们为凸显原文面貌而采取的过度"异化"方式却并不一定能在译语读者的审美接受中取得预期的效果。事实上，过于生硬的译文很难进入读者阅读视野，更不用说为其接受和欣赏。因而，"异化"的方式应以何种程度为限？英译时如何更有效地保留"诗家语"的美学异质？具体可遵循何种翻译策略、采用哪些翻译方法，成为"诗家语"美学英译中乏人关注又亟待解决的问题。

1.4 "诗家语"美学英译研究范围、目的与意义

本书以"诗家语"这一彰显中国古典诗词"诗质"的现象为切入点，从句法、词汇、诗学三个层面深入探究"诗家语"的美学价值、"诗家语"英译的"常规化"现象、以及如何在英译中移植、保留、重构其美学旨趣和精神。需要说明的是：

（1）由于唐以前的古体诗尚未形成对诗歌格律的严格规定，因而"诗家语"实际上起源于唐，成说于宋，故本文选择的诗歌例句基本为近体诗，仅包括少数魏晋南北朝过渡时期的诗歌，古体诗歌不在本文讨论之列。

（2）"诗家语"内涵丰富、品类繁多，而本文所选取的各项组成均系出于英译考虑，此类"诗家语"通常会因其独属于源语的"个性美"而对英译造成较大影响与掣肘。因此，本文旨在通过对英译中如何保留、重构原诗"诗家语"美学价值的深入探讨，唤起译者、译评家对汉诗异质元素的关注，拒绝隐藏"诗性"的"常规化"翻译，力图使西方读者感受到中国古典诗词的"异趣"，从而以更加客观开放的视角汲取中华文明的精华，增强自身对文化差异的敏感性、宽容性，以增进中西文化的交流与学习。

作为中国古代文化的精华部分，古典诗词英译质量的高下优劣直接影响到中国古代文化在西方乃至全世界的接受。而"诗家语"因其极具民族语言文化特色的"异质"美，最能体现中国古典诗词创作中的诗家妙法。要让西方读者更深入全面地了解"中国"而不是"别国"的古典诗词，就应适当突出"异质"，展现中国诗词独特的审美魅力。因此，研究"诗家语"、译好"诗家语"，

成为令译文读者真正走入中国诗词、了解中国文化的重要途径。只有这样，中国古典诗词才能以其独特的审美质感在世界诗歌殿堂中占有一席之地而得以经典化、世界化，成为中国传统文化的有效参照和注释，真正推动"中国文化走出去"战略的有效实施。反而言之，一种文化只有在与其他异质文化的碰撞、交流中，才能够吸收最先进的成果，获得最大程度的丰富与充实。因此，译者如能在"诗家语"的迻译过程中考辩钩沉，沉淀中国文化修养，有效转存或移植源语文化的"异质"，使其为译入语所吸收、借鉴，同时将自身渊博的学识、优美的英语文笔反哺到译作之中，亦能为译入语文化输入新鲜血液，从而助力译本在跨文化之旅中兼收并蓄、涵养自身，最终呈现出道识虚远、中外融通的全新生态，实现中西文学深层次、包容性的平等对话和两种文化之间最大程度的交流与互补。

综上所述，研究"诗家语"美学英译，对于弥补西方读者对中国古典诗词的想象缺失和认识断层，传播这一特殊文本的本真面目、弘扬中华文化的整体价值，促进更深入的中西文化交流有着深远而积极的意义。

1.5 "诗家语"美学英译研究方法

本书探讨的主要是中国古典诗歌中的"诗家语"现象在被移译成英语文本时如何保留、重构其"异质"所体现的美学价值，因此在翻译原则上始终以原文与译文"美学功能"的相似为准绳。本文既不赞成用"常规化"的方式扭曲"诗家语"的本来面貌，也反对为求保留源语"异质"，而一味照搬原文形式、罔顾读者反应的过度"异化"方式。这就决定了"诗家语"的英译会始终处在二者的筹谋平衡之中。即，在不违背原诗意义的基础上，适当突破英语的成规，展现"诗家语"在诗句中营造的各种美学效果，使中国古典诗词即便在纳入另一种语言媒介时，依然能体现出自身鲜明特质所营造的独特美感；同时将译文的可读性和读者的接受度纳入翻译策略的选择中，时刻调整和制衡对英语表达规范的乖违，实现二者间的"动态平衡"。

本书立足中国诗学、美学和翻译学，结合阐释学、比较诗学、接受美学、语言学、文艺学等相关学科的知识，运用融宏观诗学美学研究与微观翻译文本分析结合的综合研究策略，具体方法包括描述研究法、比较研究法、归纳法、演绎法等等。

第二章　诗家"句语"美学英译

　　中国古典诗歌的语句高度凝练，字词结合灵活，在句式的衔接和安排上不像散文那样讲究语法和表述的连贯性及逻辑性，而是在省略、跳跃、错位等方面显示出极大的自由度和灵活性，让"字与读者之间建立一种自由的关系。"（叶维廉，2006：16）同时，古诗词的创造与欣赏都强调联想，诗人为力求展现多重视轴，对句式多所改创，由此产生了许多不合乎语法规范却可感可知的诗家"无理之妙"。这些经过紧缩、颠倒后的句式较之一般结构更为精简凝练，字与字之间的关系更紧密，因此更容易制造出一种模糊甚至多义的审美倾向，为读者解读、欣赏诗歌提供了更广义的视角。加上近体诗词对押韵、平仄和对仗（律诗中）的要求十分严格，因而句法亦不免交错、更易甚或倒装，又间接造成诗句的跌宕回环之味。诗歌句法与普通散文句法的差异就这样在诗人主观创新和诗律客观需要的交织影响中不断发展成熟，最先引起诗人和评家系统性的关注和研究，"诗家语"之称呼即肇端于此。由此可见，句法上享有一定自由度是"诗家语"的最重要特征之一。在古诗词的写作中，这种自由主要体现在三个方面：省略、错位和错综。语言学家王力先生将五言诗在句法上的这三种情况分为四十九个大类，八十九个小类，一百二十三个大目，一百五十个小目（王力，2005：222）。尽管种类繁复多样，但本文的关注点仅集中于其中对汉诗英译审美造成直接冲击和障碍的"诗家语"。归纳起来，这类"诗家语"中的"省略"主要见于谓语（述语）省略和主语省略，即"名词语"和"零指称"；"错位"主要表现为句中成分的移位或倒置；而"错综"则主要体现为句式的超常组合或搭配。本章节将就这几种情况分别展开讨论。

2.1 名词语

2.1.1 "名词语"的含义与分类

"名词语"顾名思义，指省略谓语或述语的名词或名词词组，这一句法由南北朝时期的谢朓和庾信首创，此后在近体诗中获得广泛运用。语言学家王力先生对"名词语"的解释为："在散文里，宁可没有主语，不能没有谓语；诗句里却常常没有谓语，只一个名词仂语[1]便当做一句的用途。"（王力，2005：273）据此可知，"名词语"即指一个名词词组便可作一句用，而无须任何谓语、述词、判断词或连接词成分。需注意此处的"一句"并非是形式上的一句，而是指一个意群。因为"一句诗可以是一个意义上的句子，也可以是两个意义上的句子。"（蒋绍愚，1990：184）根据这一定义，"名词语"出现在句中的情况可分为三种：

（1）半句诗是名词语，半句诗是完整句子。

这种情况下一句诗由两个半句组成，其中一半是"名词语"，另一半是有谓语或描述词的完整句。例如：

香雾云鬟湿，清辉玉臂寒。杜甫《月夜》

卷帘残月影，高枕远江声。杜甫《客夜》

乱云低薄暮，急雪舞回风。杜甫《对雪》

眼看菊蕊重阳泪，手把梨花寒食心。白居易《陵园妾》

（以上例句着重号处为"名词语"）

（2）两个半句均是名词语。

这种情况下诗句依然分为两个半句，但两个半句都为"名词语"。例如：

乾坤万里眼，时序百年心。杜甫《春日江村五首》

明月天涯夜，青山江上秋。周贺《秋宿洞庭》

寒食看花眼，春风落日心。白居易《送常秀才下第东归》

梦泽三秋日，苍梧一片云。宋之问《在荆州重赴岭南》

昨夜星辰昨夜风，画楼西畔桂堂东。李商隐《无题》

这其中还有一种极端的例子，表现为诗中有两个以上的"名词语"，它们

---

1 仂语即词组。

以意象[2]铺排的形式呈现,别出机杼,一空依傍,其中的时空关系全凭读者想象,谓语和述语无从补充,也无需补充。例如:

> 鸡声茅店月,人迹板桥霜。温庭筠《商山早行》
>
> 楼船夜雪瓜洲渡,铁马秋风大散关。陆游《书愤五首·其一》
>
> 深秋帘幕千家雨,落日楼台一笛风。杜牧《题宣州开元寺水阁》

(3) 整句诗是一个名词语。

由这种"名词语"构成的句子只有一个意义,表现为"定语+中心词"结构。例如:

> 一年将尽夜,万里未归人。戴叔伦《除夜宿石头驿》
>
> 江汉思归客,乾坤一腐儒。杜甫《江汉》
>
> 渭北春天树,江东日暮云。杜甫《春日忆李白》
>
> 千秋万岁名,寂寞身后事。杜甫《梦李白二首·其二》

据此可以看出,不同类别的"名词语"中意象与意象之间的距离和关系不尽相同,这将会对本文其后要探讨的英译策略的选择产生影响。

2.1.2 泠然希音、不言而言——"名词语"的美学意义

2.1.2.1 视觉冲击

从诗学机制来看,运用"名词语"压缩句子结构,去除因谓、述、状等语法因素带来的心理分析感,首先可使诗歌容纳更多的意象,并使意象以自然方式呈现,从而获得更强的形象感和视觉冲击。例如,在名词语"(吹面不寒)杨柳风"中,两个词浓缩成一个"名词语",凸显了二者在视觉和心理感受上的高度契合:微风轻拂,柳枝摇曳;风带柳香,柳随风舞。杨柳与清风这两个特定季节中关系密切的典型景物的融合,通过名词语"杨柳风"来表达可谓妙合无痕、形神毕肖。而在"名词语"第二大类中的特殊情况,如"深秋帘幕千家雨,落日楼台一笛风"中,多个意象并置而带来的强烈视觉冲击更是犹如电影镜头一般同时呈现在审美接受者脑海中,产生画面交叠、目不暇接之感,足以催发审美主体的各种心理联想。

---

2 "意象"是中国传统诗学中的一个重要概念,通常指创作主体通过艺术思维所创作的包融主体思绪意蕴的艺术形象。(陈铭,2002:33)简言之,意象是寓"意"之"象",是寄托了主观情思的客观物象,是"物象"与"心象"的结合。

2.1.2.2　文本空白

在含有"名词语"的诗句中，述词、连接词的缺省常令各意象之间产生衔接和逻辑上的空缺，令语意和时空关系变得模棱含糊。以李白《送友人》一诗的颈联"浮云游子意，落日故人情"为例，名词语"浮云"与"游子意"，"落日"与"故人情"的无缝衔接使二者在时空与逻辑上的关系瞬时变得隐约：读者可将其视为比喻关系，即"浮云如游子意，落日似故人情。"也可看作独立的两句，即"浮云飘荡，游子神伤；落日残照，故人惜别。"谓语的省略使意象叠合、诗句凝缩，从而产生视觉和弦，留下了接受美学理论所称的"文本空白"。接受美学主要创始人之一的德国文学评论家伊瑟尔（Wolfgang Iser）借鉴波兰文艺美学家英伽登（Roman Ingarden）的现象学美学理论，认为文学文本给读者提供的只是一个图示的"框架"，其中存在着许多"空白"（gap）和"不定点"（indeterminacy）（Iser，1978：170）。"名词语"句法"意接词不接"式的结构正是"文本空白"最鲜明的诠释。诗人不点破自身对事物的感知和情感走向，而以"并置"的方式安排各意象，使得"物我"界限模糊，"有无"境界相生，留下了大量的"空白"之处和"未解"之谜，有时甚至是"作者之用心未必然，而读者之用心何必不然"。（谭献，1959：106）这些不确定之处不仅未使诗句的整体语义减损，反而能如中国水墨画中的"留白"手法一般使诗歌产生含蓄想象的艺术之美，拓展联想空间，容纳多重解读；或如电影中的剪辑镜头，制造"蒙太奇"效应，淡笔疏墨，却又意境深远。恰如王夫之在《姜斋诗话》中指出的那样："作者用一致之思，读者各以其情而自得"，"人情之游也无涯，而各以其情遇"。

2.1.2.3　召唤结构

"名词语"结构因其浓缩凝练，留下了大量的"文本空白"，正是这些"空白"和"不定点"天然地拥有"召唤"审美接受者根据自身的"前理解"去"参与创造、补充诗意"的功用，吸引和激发其参与文本"再创造"的过程，符合接受美学家伊瑟尔提出的文本"召唤结构"（inviting structure）（Iser, 1978: 170）。这是因为，要理解或解释"名词语"，读者心中势必会根据自己的审美认知和经验来增补句子成分。以杜甫《月夜》诗中"香雾云鬟湿，清辉玉臂寒"一句为例，该句用现代汉语的叙述方式可以增补为"香雾初浓，云鬟似湿；清辉既满，玉臂亦寒"（王力，2006：263）。此种增补将"名词语"看作是整个句子的主语，认为省略的是谓语。但除此之外，也可将"名词语"看成是句中的宾语而补全为"沐香雾而令云鬟湿，浴清辉而致玉臂寒"，或者看成是状语而补全为"香雾中云鬟湿，清辉下玉臂寒"等等。这种对句子积极补缺以完整诗意的过程实际上显示出文本对读者的强烈吸引和召唤，诱使审美接受者走近文本，调动自己的联想、通过自己的体悟完成对"诗境"的整体理解。这也可以用格式塔心理学的概念来解释：当出现不完全形状时（例如缺少一条边的正方形或缺少一个顶点的三角形），人们会生发出强烈的追求完整、和谐的心理冲动，试图参与并"补充"不完整结构。"名词语"就如同这些不完整形状，"召唤"读者发挥想象力去"补充"不完整，使得诗意趋向完满。

2.1.3 "阐释"意义——"名词语"常规化英译

综上所述，通过对汉语句法常规的适度背离，"名词语"营造出汉语古诗词在语言形式上的简洁凝练和诗学审美上的模糊空白。然而，古诗词的这种非常规表达却为汉诗英译带来巨大障碍。在以形合结构为特点的英语句子间、短语间甚至词语间通常都要用连接词、介词表示相互间的逻辑组合和语法关系，诗意的确定更少不了谓语动词。因此，不少译者在此处选择顺应译入语的语言习惯，秉持"翻译即阐释"的翻译策略对"名词语"进行文法和意义上的补充。阐释翻译的思想在现当代译论中运用得十分普遍，例如阐释学大师伽达默尔即认为："任何翻译的同时也是解释。甚至可以说，翻译就是译者对所给定的词语所进行的一个完整的解释过程。"（伽达默尔，1999：494）著名翻译理论家彼得·纽马克也指出："当文本语意模糊，且在时间、空间和认知上相隔遥远时，其中的语言便超越了比喻而成为象征，这时译者就应进行充分阐释，除非他打算将问题留给读者。"[3]（Newmark，2001：142）事实上，要克服由于汉英诗学审美、历史文化、文学传统等不可比性带来的不可译性，汉诗英译必然少不了解释性成分。但是这样一来，原诗的简洁凝练必然受到损伤；而且，诗歌因其独特的形态和审美视角，在翻译策略的考量上较之其它文学样式又更为复杂。在"名词语"的英译中，如果译者增加语法因素和逻辑阐释以使整个诗句更加连贯达意时，"名词叠加"的意象效果马上就会降低，"名词语"不仅会失去简约浓缩的语言形式，其因"意象并置"而赋予诗作的模糊空白美在英

3　中文为笔者译，英语原文为："where the text is obscure, and so remote in time and space and learning that the language goes beyond metaphor to symbolism, the translator has to interpret substantially, unless he is to leave the task to his readers."

译时也不可避免地会坐实为固定的一种解释。试以杜甫《旅夜书怀》中的首联作一分析：

细草微风岸，危樯独夜舟。

按照前文分类，此联属于第三种情况，即整句诗就是一个"名词语"，其中包含了多个意象。由于句中各意象间省略了表示特定语法关系的谓语、连接词和介词，剩余成分"草、风、岸"；"樯、夜、舟"的空间和主次关系便出现了不确定性。如果诗句可以构成一副画面，那么在这幅画面中各个意象的位置、显隐、色度都具有"未定性"，读者在想象时拥有极大的灵活自由度，可对句中成分的关系作多向理解。例如可以理解成：

（1）细草摇曳（之）微风岸，桅樯伫立（之）独夜舟。

（突出静态夜景描写，诗中情绪淡然平和）

（2）细草摇曳（于）微风岸，桅樯独伫立（于）夜舟。

（侧重动态描写，蕴涵情绪的起伏）

（3）岸边，细草摇曳，微风轻拂；夜中，孤舟独行，桅樯伫立。

（动静结合的描写）

原诗文本的空白允许这几种解释并存，但英语重形合、重逻辑的特点使得译文必须添加原文所力避的语法成分进行阐释。这样一来，英译文就不可避免地成为译者发挥其主体性的某一种理解，原诗想像空间由此陡然缩小而呈单一性。例如：

（1）Reeds by the river bank bending, stirred by the breeze,

High-masted boat advancing alone in the night,

——（Birch，1965：238）

回译：微风轻拂，岸边芦苇低垂／高桅小舟独行夜中……（笔者译，下同）

（2）A light breeze rustles the reeds

Along the river banks. The

mast of my lonely boat soars

into the night.

——（Rexroth，1965：33）

回译：轻风摩挲芦苇／沿岸／桅樯高耸孤舟／入夜

（3）Riverside grass caressed by wind so light,

A lonely mast seems to pierce lonely night.

———（许渊冲、许明，2009：251）

回译：轻风拂岸草，孤舟穿独夜。

三首译诗均选词精到、意境优美，但都增加了不少逻辑标记如：in，by，into，along（以此增加译入语语篇的连贯性）；以及阐释性的动词成分如 bend，stir，advance，rustle，soar，caress，pierce 等，显示出译者带有历史"前见"的理解方式以及在此基础上进行的个性化阐释。三首译诗分别代表了三幅清晰的画面，画面中重心明确，意象独立；而原诗抽象模糊、水乳交融的朦胧感则消失了。这是因为："名词语"组合以一个个意象的并置和叠加来呈现的是未受知性干扰的自然原生状态以及情感和意绪的天然流露，而译文则多了许多原文中并不存在的功能词汇和阐释性表达，淹没了清晰意象的直接呈现，原诗"意象并置"所带来的直接视觉冲击和"文本空白"对心理的暗示减弱了，"召唤"少了，取而代之的是客观描述。然而，诗人运用"名词语"主要是为了让诗歌以形象化的方式自我"呈现"，使意象不着痕迹地自然流露，而非以逻辑性的陈述和说明方式来"言说"。因此，增加缺失的逻辑和语意环节对诗歌进行阐释，恰恰正是诗人力避之处。从这个角度而言，阐释性的翻译方法背离了诗人的本意，有违原诗的诗学审美功能，虽字字着力，反而拘于字面；同时，添加过多逻辑标记会减缓汉诗原本简洁明快的节奏，增加叙事感、散文感而减少诗歌的音乐特性。无怪乎闻一多先生在谈及李白诗"人烟寒橘柚，秋色老梧桐"的译文[4]时曾评价道："怎么中文的'浑金璞玉'，移到英文里来，就变成这样的浅薄，这样的庸琐？……这一类浑然天成的名句，它的好处太玄妙了，太精微了，是禁不起翻译的。"[5]由此可见，"名词语"因"文本空白"而营造的朦胧境界由功能词语密布的英语来翻译确实存在天然屏障，英语的文法约束对翻译"名词语"不能不说是一种致命伤。尽管阐释性翻译有利于译者在遣词造句上发挥创造性，以营造意境、表现诗意之美，但对"名词语"这种具有特殊形态和审美功能的结构完全采取屈从目的语行文习惯而无视源语特

4　闻一多所引小畑薫良译文：
　　The smoke from the cottages curls
　　Up around the citron trees,
　　And the hues of late autumn are on the green paulownias
5　见中国翻译编辑部，诗词翻译的艺术 [M]，北京：中国对外翻译出版公司，1986，第 40 页。

点的翻译策略，不仅无助于异域读者了解中国古典诗词的本来面貌，更会阻碍英汉诗歌的深层次交流与相互吸收，因此不可全盘采纳。

2.1.4 "脱节"翻译——"名词语"英译的过度"异化"

在翻译"名词语"时，有些学者倾向于在英译中保留汉语结构，即使用 "disjointed translation"（脱节翻译）的方法。华裔学者叶维廉是此法的坚定拥趸，他反对传统上将汉诗任意切砍，再重新组合成容易消化吸收的阐释形式。他在译诗中身体力行，采用线性脱节译法，力求让译入语读者了解原诗的特点，为今后创造出更完善的译法打好根基。国内学者蒋骁华亦认为这种方法可以"实现原文的多值性"（蒋骁华，2003：176）。周红民也同样认为庞德"荒城空大漠"的译文（desolate castle, the sky, the wide desert）具有开创性意义，因为"这种只呈露意象，不做定性和定量描述的策略，立足于汉诗的本质特征，在英语文化中违背了语言逻辑，给人突兀、陌生的感觉，但是它符合翻译本质，较为本真地传递了古诗歌的形态，充分展示了汉诗空灵简洁、含蓄凝练、多重暗示之美。"（周红民，2012：69）。这种翻译方法实际上源自于 20 世纪初的美国意象派运动。意象派诗人庞德、洛威尔等人深受汉语古诗句法影响，采用意象并置（juxtaposition）和意向叠加（superposition）的方法创作英语诗歌、翻译中国古诗，其中不加以任何解释或评论，让读者发挥主观能动性和想象力去感知、探讨意象之间的关系。如庞德《诗章》第 49 章的开头"rain; empty river; a voyage"就是模仿中国古诗"名词语"之间避用谓、述、连词的写法，试图让诗句中的意象自己感染读者而非以任何评述的方式影响读者。"名词语"直接罗列意象的写作方法为意象派带来灵感源泉，意象派诗人以中国古诗的句法形式入诗，不仅为美国新诗运动吹进了一股清新之风，更推动了中国古诗在西方世界的传播和接受，因而采取此种方法翻译"名词语"的译者不乏其人，如宇文所安（Stephen Owen）就曾将贾至《初至巴陵与李十二白、裴九同泛洞庭湖三首》诗中的"明月秋风洞庭水，孤鸿落叶一扁舟"一句译成：

> Bright moonlight and autumn's wind,
>
> Waters of lake Tung-t'ing,
>
> A lone goose, the falling leaves,
>
> A single tiny boat.

——（Owen，1981：251）

　　该译文基本保留了原文的形式，采取意象并置的翻译方法，没有添加任何谓语成分。应该说，"脱节"翻译在此处的运用是比较合理的，因为原诗"名词语"中的各意象本就属于并列关系，以意象并置的方式还原，能够最大程度地实现意象间的不确定性，制造空白。在这一点上，师法中国古诗的意象派诗歌对英语文法的突破达到了相当程度，由此形成的这种趋近原文的翻译策略对保留"名词语"鲜明的视觉效果和审美上的模糊空白感起到了一定的作用，为中国古诗提供了异化翻译的典范。确实，缺失的环节一经补足，诗就散文化了，增添原文隐去的环节，就是在解释词与词、意象与意象之间的关系，倒不如保持原诗的形式，留待读者自己想象。这样看来，"脱节"翻译法似乎是"名词语"翻译的不二法门。

　　然而，事实情况并非如此，"脱节"翻译存在显而易见的局限性，并不适用于所有"名词语"。

2.1.5　"脱节"翻译与"名词语"的差异

2.1.5.1　语意差异

　　意象派诗人庞德、弗林特（Frank Stuart Flint）和休尔姆（*Thomas* Ernest Hulme）在 1912 年发表的意象主义原则中曾声明要"删除一切无助于呈现的词语"（转引自常耀信，1994：221）。该原则的本意在于提倡诗的简洁精炼，但在实际运用过程中却导致了意象派诗歌纯粹为意象而呈现意象，无视英文文法习惯的倾向。这种"异化"的倾向在"名词语"的英译中一旦走向极端，会完全瓦解英语语言的逻辑性，令诗意晦涩难解，有时甚至导致诗句的释意性几乎为零。这样一来，"名词语"原来的含蓄空白之美不仅未能得到转存，诗句的意义反而会导向不可知论。这种现象多出现于时空和思维上出现巨大跳跃的"名词语"诗句中。试以杜牧《题宣州开元寺水阁，阁下宛溪，夹溪居人》一诗的颈联为例：

　　　　　　六朝文物草连空，天淡云闲今古同。

　　　　　　鸟去鸟来山色里。人歌人哭水声中。

　　　　　　深秋帘幕千家雨，落日楼台一笛风。

　　　　　　惆怅无因见范蠡，参差烟树五湖东。

　　杜诗向以时空和感情上的极大跳跃性而著称，前人对杜诗有"气俊思活"的评价（萧涤非，2004：1087）。在颈联"深秋帘幕千家雨，落日楼台一笛风"

中，出句摹写雨中人家，对句描述晴空晚照，显然不在同一时间范畴，这说明前、后句之间存在着诗意的跳跃，而且单句中意象间究竟是什么关系也很不明确。在原诗中该句主要是通过不同时空景物的描写，抒发作者"江山依旧，人事已非"的古今之慨。但如依照"脱节"翻译法对原诗依样画葫芦地罗列意象，恐怕只能使英语读者莫名其所以然。译例如：

> Deep autumn, screens, a thousand houses, rain;
> Setting sun, towers and terraces, a single flute, wind.
>
> ——（Frankel，1976：149）

该译诗完全采取"脱节"方式来译，俨然成了一首意象派诗歌。但经翻译后的诗句意象全部割裂，诗意支离破碎，趋向无解。产生这种现象主要是由"名词语"意象本身的关系决定的。在前例"明月秋风洞庭水，孤鸿落叶一扁舟"中，虽然各种意象关系呈现出显性的不确定性，但都存在于同一时空当中，且相互之间有所关联，足可构成一幅统一的画面，读者可借助想象在脑海中形成整体意境，体悟诗意。因此，使用"脱节"翻译不仅不影响画面的关联性，更能产生空白和联想。但是，此法并不适用于如杜诗这样含有隐性不确定性的诗句（隐形不确定指其中包含心理、逻辑、时空或语意上的巨大跳跃）。在这种"名词语"结构中，各意象之间的逻辑关系非常松散，意义关联往往经过了几重跳跃，但是其在源语中却并不突兀，因为汉语的意合特征和诗中对偶句法的运用化解了这一尴尬。古汉语学家袁行霈认为："对偶是连接意象的一座很好的桥梁，有了它，意象之间虽有跳跃，而读者心理上并不感到是跳跃，只觉得是自然顺畅的过渡。中国古代的诗人常常打破时间和空间的局限，在广阔的背景上自由地抒发自己的感情。而对偶便是把不同时间和空间的意象连接起来的一种很好的方法……让人看了这一面习惯地再去看另一面。"（袁行霈，2002：61）。汉诗对偶句式将看似不相关的事物巧妙地连接在一起，足令读者产生"意料之外，情理之中"的感受。尽管英语中也有所谓"couplet"（对句）一说，但那只是长度相当、韵脚相同的诗行而已，难以构成语意的互文，与汉诗"对偶"之妙不可相提并论。因此，翻译这类"名词语"时，译者如果按照"脱节"法直接呈现意象，英语的强逻辑性极易导致诗的含义无解。从这一点上来说，虽然"脱节"翻译贯彻了西方翻译理论追求的"等值"，但却以丧失意义和美感体验为代价，可谓得不偿失。类似的诗例如："乾坤万里眼，时序百年心"、"寒食看花眼，春风落日心"、"高风汉阳渡，初日郢门山"、"桃李春风一杯酒，江湖夜雨十年灯"等等，都不能简单地以"脱节"法翻译。

相对而言，适合以"脱节"方式翻译的"名词语"诗句应以描述自然景物和风光为宜，不宜有较深的隐喻、象征特点；句中各意象之间一般应暗含如并列、修饰、判断或陈述等逻辑关系；各意象应处于同一时空中，意象之间的关系主要体现为物理上的显性不确定性（即位置、顺序、大小、显隐等的差异），而非心理上的隐性不确定性；且意象的呈现应足以让读者产生统一完整的画面感，其中虽有多种排列组合，但离诗意都不远，诗的境界应大致统一。这样的诗例如"鸡声茅店月，人迹板桥霜"、"枯藤老树昏鸦，小桥流水人家"、"昨夜星辰昨夜风，画堂西畔桂堂东"、"一川烟草，满城风絮，梅子黄时雨"、"玉剑浮云骑，金鞭明月弓"、"绿杨芳草长亭路"等等。

2.1.5.2　美学差异

从诗学审美而言，英美意象派诗歌虽借鉴于中国古诗，但两者之间存在着本质差别。意象派诗人倡言的"意象"，实际上是鲜明具体、能够直接感知的诗歌形象，这种意象局限于知觉经验，属于浅层心理学范畴；而中国古诗中以"名词语"方式呈现的意象组合则是作者主观情感与外在景物结合的产物，它不以单纯意象呈现为终点，而以整体意境营造为旨归。这种诗学上的审美意识来源于老庄哲学之"道"，所折射的是个人对宇宙、对人生本原的深层次生命体验，因此中国古诗中意象的出现都带有浓厚的情绪，正所谓"一切景语，皆情语也"（王国维：2009：80）。换言之，中国古典诗词中的意象尽管依然以物象的形式呈现，但已经不再是自然界原生的物象，而经过了诗人不露痕迹的妙手营造。意象派诗人对中国古诗的借鉴放大了意象的表层视觉感受，却没有深入挖掘中国古诗的成文之道、文化底蕴和哲学基础，他们孜孜以求的"意象"事实上缺少了朱光潜先生所强调的诗歌之"情趣"，而这恰恰就是"名词语"与"脱节"翻译之诗歌的最大分别。无论译者如何努力再现诗中的原生状态，如果译文读者不了解中国的诗学传统和文化背景、不谙熟其中的艺术思维，"脱节"这种异化翻译策略所保存下来的意象未必能取得很好的美学效果，普通的西方读者会觉得虽新奇却难以理解，很难产生心灵上的共鸣和顿悟，甚至还有可能产生错觉，以为中国古典诗歌类似于简洁的电报形式。因此，尽管叶维廉等译者力图展现汉诗"原生态"的翻译策略可以使诗句中的物我关系、物物关系保持原诗中若即若离的状态，但其最大的问题便是忽略了诗句中的情感要素，因而此法更适用于偏重自然景物描写的诗句，而不适合情绪浓厚的诗句。由此可见，不加分辨地使用"脱节"翻译易导致译者过度依赖外在表象，忽视诗歌的情感肌理，缺乏对原作的深入思考和探究，甚而有机械模仿之嫌。正如翁显良先生在《译诗管见》中所说："倘若采取庞德译《击壤歌》的办法[6]，一天译十首，一年三千六百五，岂不快哉"。（翁显良，1983：179）

因此，即便"脱节"法能够在较大程度上保留意象的视觉效果和时空关系的模糊空白，译诗依然很难达到中国古典诗词的意境，毕竟前者只是单纯呈现意象，体现的是作者个体一时一地的突发感觉，缺乏情感共通的心理基础；而后者呈现的意象却共同营造一种意境，隐含着浓厚的情绪和文化感受，带来"言有尽而意无穷"的回味空间。"脱节"翻译或可实现原诗的"蒙太奇"效果，却很难再现原作高妙辽远的诗意境界。

通过以上分析，我们可以基本了解到"阐释"翻译与"脱节"翻译各自的优劣势，二者比较参见下图：

	"阐释"翻译	"脱节"翻译
语言形式	符合英语规范	游离英语规范
时空关系	明确	模糊
意义特点	封闭单一	开放多样（但极端则无解）
翻译目的	追求译文的可读性和读者接受度	保留汉诗的原生态
译文优点	行文流畅自然，意境优美	时空关系接近原诗
译文不足	落实诗意，缺乏想象空间	易使时空和逻辑关系松散，令意义断层；难以再现原诗深层意境

2.1.6 "阐释"与"脱节"的平衡——"名词语"英译策略与方法

17 世纪的英语诗人皆翻译理论家约翰·德莱顿（John Dryden）将诗歌翻译分为三类；1.metaphrase（逐字译）　2.paraphrase（意译）　3.imitation（仿译）。据此分类，阐释法应归于"paraphrase"范畴，而脱节法则明显属于"metaphrase"。德莱顿本人赞同"paraphrase"而反对极端的"metaphrase"和"imitation"。然而，对于存在"破格"现象的诗句而言，句法上的剑走偏

---

6 击壤歌原文：日出而作，日入而息；凿井而饮，耕田而食，帝力于我何有哉？
庞德译文："Sun up, work/sun down, rest/dig well, drink of the water/dig field, eat of the grain / imperial power, and to us what it is?"

锋本身即是为了通过形式而实现其独特的美学功能，因此在翻译策略的选择中应考虑适当保留句法上的特异性。事实上，如完全以"阐释"法翻译"名词语"，诗句会变为透明；完全以"脱节"法翻译"名词语"，有时又会令诗句完全不透明。而"名词语"给人的感受应该是"半透明"，这就要求译者在"metaphrase"和"paraphrase"这两种策略中筹谋平衡，既没有必要译得"纤毫毕现"，亦不可令逻辑割裂，而应各取所长。诚如柳无忌（Wu-chi Liu）与罗郁正先生在《葵晔集》介绍中所说："汉语言的非曲折性和简练紧凑在20年代令许多美国意象诗人爱不释手，由此衍生出一种舍弃介词、冠词的接近于洋泾浜英语的翻译风格……而我们认为对源语结构的保留应当置于目标语言的掌控中，不能以牺牲理解为代价。"[7]他们以李商隐《小桃园》中的"坐莺当酒重"一句为例，指出："如果以极端方式来译的话，可能就出现如'Sit oriole like wine-heavy'这样令人如堕五里雾中的译文"。因此他们建议："此处补充一个动词或隐含的主语，不见得就会令诗意无存。"[8]（Liu, Lo, 1975: xv）

由此，我们可以得出一个大略的翻译取向，"名词语"的翻译是介于"阐释"和"脱节"之间的一个动态平衡。简言之，"名词语"的翻译是一种"有限度的阐释"。一方面，由于阐释的方法容易拉长句子，使节奏拖沓，因此阐释成分不宜太多，过度则会产生散文感，有违"名词语"本来面貌（相对而言，破碎的短语结构更适合用来翻译"名词语"）因此，应在不影响理解的前提下适当删除诗句中的功能词汇和描述性、陈述性成分，令译语读者感受到汉语诗歌的精炼紧缩，在语法上保持一定的"陌生化"，在意义上保持一定的"模棱性"。另一方面，由于英语的隐喻性和暗示性均不及汉语，因此翻译中应借鉴"阐释翻译"的长处，在不乖违原诗深层含义的基础上，将"名词语"不言情而情意自现的特点略微显化，以深化意境。尽管这对于原诗含蓄的风格不能不说是一种损伤，但却是两相权衡之后的更优选择。许渊冲先生对此的看法是：用含蓄的译法能引起英美读者的共鸣，那自然应该保存原诗含蓄的风格；如果

7　中文为笔者译，英语原文为："It is this quality (the non-inflectional nature of Chinese and the terseness it permits) that endeared Chinese poetry to many imagist poets in America during the twenties, and may have fostered a style of translation which dispenses with prepositions and articles, akin to pidgin English… We believe in preserving the structure of the original, but within the control of the target language, and not at the expense of intelligibility. Chinese grammar must be understood in terms of grammar."

8　中文为笔者译，英语原文为：to supply a verb in the translation in this instance, or a subject when it is implied, need not necessarily detract from a line of poetry as poetry.

不能，那就只好舍风格而取内容了（许渊冲，2005：15）。只有这样，才可能最大限度使译语读者获取与源语读者大略相当的审美心理感受。试以司空曙《喜见外弟卢纶见宿》一诗颔联为例：

> 静夜四无邻，荒居旧业贫。
>
> **雨中黄叶树，灯下白头人。**
>
> 以我独沉久，愧君相见频。
>
> 平生自有分，况是霍家亲。

诗句的颔联"雨中黄叶树，灯下白头人"为"名词语"结构，前后对偶句中"黄叶树"与"白头人"两个意象隐含着比喻关系；而"雨中"和"灯下"两处景语则具备起兴之效，烘托了整个诗行的悲凉气氛。"名词语"结构简洁自然、比兴兼顾，以最简单的方式直击人心，读之令人思绪悠悠，慨叹黄叶飘零，韶华自流，极富艺术感染力。译诗既要再现原诗的意象直陈之妙，又要微露原诗的言外之意，势必需要译者运筹于"阐释"和"脱节"之间，寻找最佳契合点。试举数例说明：

> （1）Under the rain there were yellow-leaved trees;
>
>   In the lamplight were seated grey-haired men.
>
>   ——（曾炳衡，1997：447）

> （2）In the rain stand trees with yellow foliage,
>
>   Under the lamp a man grown hoar with age.
>
>   ——（刘师舜，1968：59）

> （3）With rain, leaves yellow, falling before their time.
>
>   By lamplight, my hair is white—long past my prime.
>
>   ——（徐忠杰，1990：195）

译例（1）是典型的"阐释"译法，枝节繁多芜曼，句法上失去了"名词语"应有的灵动简洁，审美上给人的感受更流于单纯景物描述，译文本身很难让人体会到原诗苍凉的气氛；译例（2）吸收了"阐释"翻译对意境营造的长处，选词精雅，更以"foliage"和"age"之对应含蓄地暗示出"黄叶树"与"白头人"意象间的关联，在一定程度上实现了"名词语"留白而余意不尽的审美效果，但功能词汇的使用过于频密，诗句的散文化痕迹比较明显；相对而言，译例（3）处理得最为均衡，不仅有意识地将前后意象以逗号形式分隔开，而且省略了完整句所需的若干衔接词汇，且丝毫不损理解。同时以"time"与

"prime"之情语诠释出原诗"年与日驰，功业无着"的精神主旨，深化了意境，可谓妙语天成。译例（3）既没有完全就范于英语文法，也没有一味"死忠"汉语的意象并置，而是结合两种翻译的特点，有取有舍。如此，原诗的句法和美学功能都得到了有力体现。依笔者拙见，译文（3）中只起功能作用的人称代词以及系动词"is"删去更好，如此原诗"名词语"之妙会得到更大程度上的转存。即：

> With rain, leaves yellow, falling before time.
>
> By lamplight, my hair white—long past prime.

依照这样的原则，笔者试将前句"深秋帘幕千家雨，落日楼台一笛风"翻译如下：

> In autumn deep, rains croon—curtains drooped—hundreds of houses cold.
>
> In setting sun, towers steeped, wind—floating—a flute song, as of old.

——笔者译

首先，将"深秋"与"落日"处理成状语，使句意具备一定的逻辑关联，避免因时空跳跃在英译文中产生的语意晦涩感，同时也为诗句构筑背景；其次，以破折号而不是连接词来贯通前后几个语意关联模糊的意象，可以避免理性介入，以"视觉化"（visualization）的直观方式呈现画面，这种绘画式的传意方式更符合"名词语"意象叠加的画面感，从而帮助读者"在脑海中视觉化汉诗中的内容，努力捕捉词语背后的东西"（朱徽，2009：240），以产生虚白之效。同时，破折号的衔接作用使前后意象既各自独立，又息息相关。也就是说，上句"curtains drooped"既可能是"rain"的喻体，即"rain is like / as curtains drooped"，又可以成为"hundreds of houses"的修饰语，即"hundreds of houses are with curtains drooped"；同样，下句既可以理解为"wind floating"（风在飘荡），也可以理解为"a flute song floating"（笛声悠扬）。这样一来，"名词语"意象并置带来的语意模糊感得到一定程度的保留；再者，上句以"rains croon"及"cold"之情语暗示对"人事无常"的概叹，下句再以"as of old"表达"景物依旧"的客观规律，均是在为原诗的"古今之慨"作文内注释，以使"名词语"发挥其应有的美学功能和价值。

2.1.7　小结

　　"名词语"的翻译,不落言筌可能难以达意,一落言筌则又难免失去多义。翻译时必须在言与不言之间、畅言与寡言之间谋求一个平衡点,也就是寻求"阐释"与"脱节"的最佳结合,以最终实现原诗与译诗的美学功能近似为目标。一般说来,"名词语"中各意象关系在时空、逻辑、心理上越是疏离,平衡点的位置离"阐释"翻译越近,离"脱节"翻译越远;反之,各意象之间关系越是紧密,平衡点的位置离"脱节"翻译越近,离"阐释"翻译越远。但无论如何,"名词语"的翻译须以不使用功能词汇密集的散文方式和不造成理解障碍为前提。同时,译者还应考虑"名词语"诗句"景语含情语"(详见第四章第一节)的重要特征,对原诗营造的情感、氛围、意境等"象外之象"与"言外之意"悉心揣摩,翻译时略微地化隐为显,适当深化原诗的精神主旨,激发译语读者心灵的共振,召唤并引领他们深入诗作内蕴,体悟"名词语"的审美价值。

2.2　零指称

　　汉语言主要以语意因素作为语言组织手段,因此人称指示词常常被省略、隐匿或淡化,汉语中主语人称代词的缺省是一个非常普遍的现象,在诗歌、散文、公文等各类文体中都大量存在。在现代汉语语法中,这种只有谓语而没有主语的句子称为"零指称"或"主语省略句"。尽管"零指称"非诗歌所独有,但由于"诗"、"文"在哲学基础、成文之道和美学功能上的巨大差异,"零指称"在一般文体中与在诗歌中的英译策略却不尽相同。简而言之,一般文体中的"零指称"已因袭成为汉语的一种固有语言形式,几乎不承载审美信息,其英译研究主要集中于如何通过增补主语或改变句子结构以使译文符合英语语法习惯,因此本质上会向译入语屈从;而诗歌中"零指称"的外在形式背后却蕴涵着深厚的中国哲学—美学思想,对诗歌的阐释、解读和欣赏具有重要意义,因此对其英译应侧重向源语倾斜,以适当的策略显现原诗的审美特质,传达原诗的审美价值。

2.2.1　"零指称"分类

　　古诗词中省略的人称主语大致可分为以下几种情况:

（1）省略叙述者

这类诗句省略的人称为诗句的叙述者，即第一人称"我"。例如：

独坐幽篁里，弹琴复长啸。王维《竹里馆》

欲取鸣琴弹，恨无知音赏。孟浩然《夏日南亭怀辛大》

朝辞白帝彩云间，千里江陵一日还。李白《下江陵》

（2）省略受众

这类诗句省略的人称为受众或听者，即第二人称"你"。例如：

晚来天欲雪，能饮一杯无。白居易《问刘十九》

欲穷千里目，更上一层楼。王之涣《登鹳雀楼》

花开堪折直须折，莫待无花空折枝。杜秋娘《金缕衣》

（3）省略叙述对象

这类诗句省略的人称为诗中叙述的对象，即第三人称"他"或"她"。例如：

却下水晶帘，玲珑望秋月。李白《玉阶怨》

梳洗罢，独倚望江楼。温庭筠《梦江南》

提笼忘采叶，昨夜梦渔阳。张仲素《春闺思》

天阶夜色凉如水，卧看牵牛织女星。杜牧《秋夕》

（4）模糊省略

这种情况下诗句省略的人称非常模糊，可以为以上任一种，因此诠释空间呈开放状态。例如：

晓镜但愁云鬓改，夜吟应觉月光寒。李商隐《无题》

忆君遥在潇湘月，愁听清猿梦里长。王昌龄《送魏二》

醉卧沙场君莫笑，古来征战几人回。王翰《凉州词》

2.2.2 "天道"恒常、"指向"模糊——"零指称"的美学意义

2.2.2.1 物我交融

省略、隐匿人称的现象在中国古典诗词创作中几乎无处不在，其比例远胜于散文中。这种现象一方面是由于汉语言的"话题型"意合特征和诗歌凝练精简的字数限制所致，另一方面则是汉民族内在哲学宇宙观在诗歌创作中潜移

默化的影响使然。长期建立在农业基础上的中国传统文化历来主张自然与人的关系和谐交融,其基本思想是"天人合一,物我不分",也就是创作(审美)主体与客体融为一体,不分彼此(王平,2010: 2)。表现在中国古典诗词的创作中,动作的发出者缺席,审美主体(诗人)往往倾向于退隐一边,采取"以物观物"的运思模式来追求"天人合一"的境界,以此来指向永恒的"道",使心灵在体道、悟道中得到自由释放。这样一来,诗歌的情境在指向上就获得无限延伸而跳出个人"小我"情怀的桎梏,表现出一种浩瀚、永恒、空灵、超脱的天地胸怀,从而能够使"主体和客体,意识和自然现象互参、互补、互认、互显,同时兴现,人应和着物,物应和着人,物应和着物至万事万象相印认。"(叶维廉,2002: 97-98)"零指称"诱发的"物我交融"的诗境令读者在阅读中产生一种独一无二的审美心理,即:由于指称的淡化,个人一时一地的经历在宇宙万物浩瀚气势的烘托之下化为宇宙的普遍意义和恒常性,读者可以自动无碍地融入诗篇设定的情境中,迅速移情,参与其中,获得一种恒久的普适性体验,仿佛天地万物为自己代言,从而在心理上唤起一种"同情"的美学感受。例如,陈子昂《登幽州台歌》本是作者因登临而自作怨艾语,但主语人称的隐没使"小我"消失在宇宙的苍茫浩瀚之中,从而将诗人个人"怀才不遇"的境遇融入天地洪流,化而成为一个时代的悲歌,任读者不知不觉走入诗境,置身其间去体会那一份"薄言情语,悠悠天均"的天地境界。正是由于指称的缺省,"物象"与"心象"才能紧紧相连,互映互照,摆脱个体的"在场感",同时减少"叙事感"和"戏剧感",营造一种空旷超然的意境。这一特征在省略第一人称的诗句中最为常见。

2.2.2.2 模糊蕴藉

除了营造"物我交融"的诗境之外,诗句中指称的省略还经常会带来模糊蕴藉的阅读感受,这主要出现在第四种情况(即人称省略模糊)的诗句中。中国传统诗论向来主张"忌直贵曲",古诗中人称的不确定性使得诗句指代不明,诗句含意就不会流于直露,而多一份含蓄曲婉。例如,在王昌龄《送魏二》"忆君遥在潇湘月,悉听清猿梦里长"一句中,前句的主语是诗人自己,"遥在"的主体是友人。但后句中的主语就颇费思量,若是诗人,可理解为诗人与友人别后的落寞惆怅;若是友人,则可理解为诗人想象朋友在远方的孤寂,两种理解都可成立。但视角的不同带来了读者与诗歌心理距离的差别,前者重内心实感,后者重虚拟想象,诗句由此变得更加耐人寻味、含蓄蕴藉。正是在对诗歌主体的揣测、体认和审美过程中,读者不自觉地深入诗歌氛围、设身处地感受诗中人的情绪起伏波动。可以说,古诗词中人称指示词隐而不发的手法使得诗歌在表达上更加含而不露,在内涵上容量扩大,更利于营造想象空间和无穷回味。

2.2.3　屈从译语、补出人称——"零指称"常规化英译

与中国古典诗词中大量省略人称的方式不同,英语的人称指示词在意义表达和逻辑思维中不可或缺。语法上,它是英语句法结构的核心——主谓结构的决定性因素。英语的强逻辑性使得句中人称必须清楚明晰、判然有别。散文如此,诗歌亦然。哲学认知上,西方世界中的宇宙本质是有着具象结构的物质实体,是人类需要认识、掌握、征服的对象。西方民族"较为彻底地扫荡了原始思维,创立了人与自然分离的哲学认识,即由原始混沌、物我相通的朦胧联系走向物我分离、主客对立的二元世界(徐行言,2004:115)。因此,西方思维中人与自然的关系主要是互相对立的,表现在语言上,即是主客分离、人称判然。吕叔湘在《中诗英译比录》中评价道:"中文常不举主语,韵语尤甚,西文则标举分明,诗作亦然。译中诗者遇此等处,不得不一一为其补出。"(吕叔湘,2002:5-6)"不得不"一词道出了"零指称"英译的天然困境和由此导致的英译"常规化"手法,即译者在英译中国古诗词时常常倾向屈从于译入语英语的语法规范,根据自己的理解将人称补出,由此催生出译文对原文在审美意境上的偏离乃至"不忠"。试举杜牧《山行》首二句为例:

远上寒山石径斜,白云深处有人家。

译文:

(1) I ride a cab up slant stone steps in a cool breeze

　　 Till I come to houses, deep in white clouds nestling.

　　　　　　　　　　　　　　　——(陈君朴,2006:232)

(2) After I climb the chill mountain's steep stone paths,

　　 Deep in the white clouds there are homes of men.

　　　　　　　　　　　　　　　——Kotewell & Smith[9]

原诗是一曲秋之赞歌,通过描摹一幅动人的山行秋色图,显示出秋季不逊于春天的昂扬生命力,富于生活哲理。人称的缺席使得全诗带有一种客观的普

9　见郭著章等,唐诗精品百首英译[M],湖北:武汉大学出版社,2010,第200页。

遍意义，仿佛一切都在静默无言中自兴自现，不假外求。然而两则译诗都将第一人称"I"挤入其中，第一人称的频频介入使得原本清静宁谧的境界带上了人的活动，于是诗歌的叙事视角立刻限定于个人某时某地的感受，读者在阅读时旋即调试到"旁观者"的角度，以物我两分的态度看待诗句的情境。原文读者体会到的是一份悠然出尘的境界，而译诗却由于人称的增补变成了一首有着故事情节的叙事诗，与后文"霜叶红于二月花"所力图营造的哲理禅意难以契合。

如前所述，古诗中隐匿人称的做法还能带来朦胧蕴藉的诗歌境界，令读者因无法确定动作的真实发出者而浮想联翩。然而英译时，英语主语分明的特点会诱使译者补出人称，使原本多维度的叙事视角在英译文中变成单一指向，缩小阐释空间；且同一诗作完全可能因为译者选定的人称"你、我、她"的差别而以不同的方式改变原诗的视角和解读，由此产生意境上的差异，改变读者与诗作之间的距离，令读者获得不同的审美感受。试以李商隐《无题》中的颈联为例：

晓镜但愁云鬓改，夜吟应觉月光寒。

李商隐的无题诗向来以意境朦胧深隐而为后人争相揣测、探究和考辩，除去题旨的隐晦难解之外，人称的隐没也是成就其诗意朦胧多解的一个因素。本首诗中对于"谁照镜"、"谁发愁"、"谁夜吟"、"谁觉月光寒"均未作出明示，一任读者自由骋怀，但常规化的英译却改变了原诗的审美视角，译例如：

（1）In the morning I gaze into my mirror and grieve that my
Cloudy hair must change;
In the night the bright cold moon calls forth my sad songs.
——（Jenyns，1952：81）

（2）At dawn I grieve before the mirror for my graying hair;
Chanting at night, of the chilly moonlight you'd beware.
——（唐正秋，2006：87）

（3）At dawn she'd be afraid to see mirrored hair grey;
At night she would feel cold while I croon by moonlight.
——（许渊冲，1988：347）

译文（1）意为："我愁，我的云鬓改；我吟，我觉月光寒。"译文（2）意为："我愁，我的云鬓改；你吟，你觉月光寒。"译文（3）意为："她愁，她的云鬓改；我吟，她觉月光寒。"原诗中究竟是"自计"还是"计人"，实际上并不清楚，因此存在着人称交错的各种可能性，仿佛我心牵你，你思系我，从而使这首爱情诗更增缱绻缠绵，尽在"不言"中。然而译文中人称的明确化显然破坏了这种说之不尽的倘恍模糊感，消解了原诗的解读空间。

再以王翰《凉州词》中的后两句为例：

醉卧沙场君莫笑，古来征战几人回。

此诗中"醉卧沙场"的动作发出者并未明示，可以是不同人称。译者倾向于根据自己的理解补出主语，译例如：

（1）Oh marvel not if drunken we

　　　lie strewed about the plain;

　　　　　　　　　　——（Giles，1973：171）

（2）...why laugh when they fall asleep drunk on the sand?

　　　　　　　　　　——（Bynner，1929：267）

这两例英译所含意义均存在于原诗的诸多可能性中。译文（1）以第一人称叙述，凸显自身感受，读者听当事人娓娓道来，诗的主题迫在眉睫，"我"的主观体验通过"我"的行为语言表达出来，显得较他人更有力度，其亲历性与体验性令主观抒情效果更为浓郁，易博得读者的同情而感念诗中征人之苦。译文（2）以第三人称作主语，推远了诗的主题，给读者以客观纪实、生动自然的感觉，使诗的字面描述在读者的感觉中转化成一种画外的"叙述声音"，读者从"参与"变为"旁观"。原诗因隐去人称而容忍了包括这两种诠释在内的多种解读，使读者对原文视角的理解呈开放式，时刻"保持着一种客观与主观同时互对互换的模棱性。"（叶维廉，2006：5）但上述英译文由于选定了不同的人称，视角就不可避免地转为单一而影响了原文所具有的模糊感受。从诗歌美学价值是否彰显的角度而言，译诗对原诗的诠释其实是一种"欠额"。

2.2.4　尊重源语、人称隐匿——"零指称"英译策略与方法

既然古诗词中指称的隐匿对于诗歌在读者心目中的呈现方式和心理感受形成如此重要的美学影响，英译时就应尽力保留、还原其真实面貌，而不能随意用译语的既定思维模式和语言形式消解这种美学价值。这一点在一些比较诗学学者（尤其是离散译者）的研究中得到了深刻印证，他们在中英两种语言和文化的互观互照中深刻意识到中国古诗省略人称指示词的诗学和美学内

涵，以及在翻译中由于受到英语文法和思维约束而添加主语所造成的对原诗诗美的缺损和破坏。例如：叶维廉从中国古代的道家美学思想出发，提出了"以物观物"的论点，认为"只有当主体（人）虚位或退却时，朴素的万象天机才会回复活泼的兴现，观者也就可以做到'以物观物'"，从而令"观者自由地从各个不同角度观察事物和画面，而不是只停留在某一个角度。"（叶维廉，2002：3）正是基于对中国古典哲学、诗学和西方文学批评理论的深刻了解，叶维廉在如何英译如"零指称"这样的汉诗"异质"时认为："旧诗中的文言语法反映独特的中国美学特点，是英文语法无法做到的，英语语法应用到中国诗的翻译上，往往会把原诗的观物形态完全破坏。"（叶维廉，2002：23）如果屈从译入语的习惯补出人称，会使诗歌的叙事感和戏剧感增强，而中国古诗词历来都以"抒情"为传统，与英诗的"叙事"传统判然有别，因而补出人称很可能会歪曲中国古诗词的本来面貌。由此可见，译者在英译"零指称"时，不应将着重点放在自我对外物的"言说"和"观感"上，而应该调整角度和表述方式，保持客观中立的"无我"之境，将译文以"无言独化"的方式自然呈现，以凸显宇宙万象的自生自发之态和个人的"不在场"之感，从而使译文读者也能体会到"物我交融"的空灵境界。另一方面，"零指称"在读者心理上引发的模糊解读能够制造接受美学所称的"文本空白"，对读者形成"文本召唤"，邀请他们从各个角度接近原文，解读原文，因此译文不宜通过插入人称的方式使原本含蓄朦胧的空间具体化、单一化。

综上所述，"零指称"的英译应该尊重源语诗词的创作和成文理念，尽量保持原文本超脱个人经验的"物我交融"状态和模糊空间，将源语读者对原诗的审美体认还原给译文读者，避免一味向英语句法和词法规范屈从而采取片面的"物我分离"、"以我观物"的方式为译文添加不必要的人称指示词。这种适度挑战流畅度，走出翻译"舒适区"的做法，可以帮助译文以"陌生化"和"个性化"的表述方式呈现于西方读者面前，带领他们走进异文化的"本真"。具体来说，译者在实践中可选择使用如下英译方法：

2.2.4.1 无灵主语

对于人称不明确，又带有客观恒常感的诗句，译者应避免将诗句的人称主语显露，为此可转换视角，启用英语中常用的无灵主语，规避人物的介入。以杜甫《野望》的首联为例：

清秋望不极，迢递起层阴。

译文：

（1）Clear autumn. I gaze out into

　　　Endless spaces. The horizon

　　　Wavers in bands of haze.

——（Rexroth, 1965: 18）

（2）Clear autumn, sight has no bounds;

　　　High in the distance piling shadows rise.

——（Graham, 1965: 238）

　　原诗因省略了"望"的人称而使诗句带有空阔廖远之感。译文（1）为顺应英语文法，补出了人称"I"，增加了叙事感，却减损了原诗客观自然、不受外物打扰的幽谧意境。译文（2）为保留原诗将人称主语隐匿的风格和诗歌境界，另辟蹊径，从侧面选择无灵主语"sight"作为句子主语。此举既不违背英语文法，又完全留了汉诗因隐匿人称而产生的"物我交融、物我相忘"的客观空灵感，堪称佳译。充分显示出译者对"文化异质"的锐感力。

　　再以杜甫《春夜喜雨》的尾联为例：

晓看红湿处，花重锦官城。

译文：

（1）Morning and I see a damp

　　　Redness on the branches,

　　　Laden down with flowers.

——（Alley，2006：209）

（2）Dawn sees saturated reds;

　　　The town's heavy with blooms.

——（许渊冲，2006：65）

　　同样地，原文"晓看"的主语并未出现，译文（1）增添了第一人称"I"，陡然缩小了原诗的阐释空间，降低了多重诠释的可能性。而译文（2）则选择以无灵主语"dawn"作拟人修辞，保留了原诗将人称隐退的方法，不仅呈现出灵动而又洒脱的面目，更实现了对原诗异质元素和核心文化观的维护。

2.2.4.2　被动语态

　　为保留汉语"零指称"的用法及其产生的诗美效应，译诗中还可适当使用被动句式以保持一种客观感。这种方式只要处理得当，便能起到隐退主语的作用，令译诗与原诗物我不分的氛围相契合。以王维《鹿柴》首二句为例：

空山不见人，但闻人语响。

译文：

（1）On the lonely mountain

　　　I meet no one,

　　　I hear only the echo

　　　of human voices.

——Chen & Bullock[10]

（2）The lonely mountain, none is seen,

　　　Only voices are heard.

——笔者译

原诗主语隐匿，意境空寂清冷。同时，诗人以暂时的"人语"与永恒的寂静形成反衬，更增一份"蝉噪林逾静，鸟鸣山更幽"的艺术辩证美。而译文（1）在多处增添了原诗本没有的主观色彩浓郁的代词"I"，破坏了原诗幽隐和空灵的气氛，使得一幅原本超然悠远的"空山幽寂图"，变成了具有戏剧感和叙事性的"人在山中行"，将原诗幽冷寂静的气氛一转而为活泼灵动，与原诗审美旨趣大相径庭。鉴于此，译文（2）则选择被动语态以抑制添加人称的冲动，以此凸显客观情境。故而读来相对较为"超然"，或可在一定程度上还原原诗"物我交融"的无相之感。

2.2.4.3　辞格借用

对应古诗"零指称"的现象，有些译者还善于另辟蹊径，利用修辞手段形成语词的异常搭配，从而巧妙避开人称的出场。这种翻译策略只要处理得当，可以收到很好的"陌生化"效果，对审美接受者的常规阅读造成审美冲击，延长其阅读的关注时间和感知难度，可以看作是一种翻译"补偿"手段，以还原"诗家语"的非标准化形态。不过，如在使用中"逾矩"，这种方法会滋生出对译文的某些"改写"特征。因此译者既要发挥自己的主观创造力，又要抑制自己的创作冲动，约束创造的限度，避免"改写"过甚而损及原意。试以张继

---

10 见 Cyril Birch. Anthology of Chinese Literature: from Early Times to the Fourteenth Century [M]. New York: Grove Press, 1965. P220.

《枫桥夜泊》的第二句为例：

月落乌啼霜满天，**江枫渔火对愁眠。**

译文：

（1）The maples riv'rside, lamps aboard, sad the fishermen's eyes.

——（赵彦春，2007：215）

（2）By the maples at the riverside twinkles the light of the
fishermen's boats as I take my troubled rest.

——（Jenyns，1952：26）

（3）Dimly-lit fishing boats 'neath maples sadly lie.

——（许渊冲，1994：64）

原诗"愁眠"的发出者并未出现，由此而使诗句获得一种"超然"之感，令羁旅客思的个人心绪升华而为普适性的心灵体验。但译文（1）和（2）分别选择让"渔夫"和"我"出场来补充人称缺席的逻辑空缺。由于增添了个人的活动，译诗少了原诗"物我"的无言交融之感，其交际功能增强，审美功能却减弱。译文（3）则舍弃补出人称的做法，以"情感误置"（pathetic fallacy）[11]的修辞手法对原诗进行了审美上的补偿，其意为"灯光昏暗的渔船悲伤地停泊在枫树下"。译诗不直接写人之悲伤，而通过将情感转嫁于小船，婉曲地将人的心绪道出，通过对无情之物著"我"之色，较好地营造出原诗主客不分、物我交融的诗境。事实上，"情感误置"这种修辞手法因其在"物"与"人"之间的情感贯通作用，尤适用于诗歌翻译，类似的修辞手法还有比喻、移就等等。

2.2.4.4　泛化主语

为保留原诗人称不明的朦胧诗境，译者还可以选择"归化"策略，以英语中的泛化主语"one"来充当人称。"one"这个代词在英语中有主语形式，但却无具体所指功能，适用于普遍或泛化概念，这从英语谚语中经常使用"one"来作主语以表示客观普遍性即可见一斑[12]。试以：王维《鸟鸣涧》首句为例：

人闲桂花落，夜静春山空。

译文：

11　"情感误置"由英国文评家 John Ruskin 提出，属于拟人手法的一种，是一种将人类情感和行为映射到自然界事物中的用法。

12　例如：One can't make bricks without straw.（巧妇难为无米之炊），One can't put back the clock.（光阴一去不复返）。

（1）I hear osmanthus blooms fall unenjoyed;

——（许渊冲等，2005：26）

（2）Osmanthus flowers fall when men are quiet;

——（陈君朴，2006：40）

（3）In leisure one hears cassia petals falling;

——（文殊，1997：22）

原诗中的"人"闲究竟指代谁，并未明示，诗句实际上暗示周围没有人事纷扰，突出内心的宁静，这正是王维山水诗超尘脱俗的禅意之所在。无论是译文（1）选择第一人称为主语，还是译文（2）选择以"众人"作主语，都因其增字反而减意，折损了原诗的空灵模糊美。而译文（3）用"one"作主语，非常有效地保留了原诗的泛指代特点，与原诗的静谧气氛也基本吻合，且巧妙地将原文转译为"听见花落"，则听者之闲、气氛之幽，旋即于译诗中不言自见。

2.2.4.5　祈使句式

在应对省略第二人称"你"的"零指称"诗句时，译者还可选择趋近译入语，采用英语的"祈使句式"，即省略主语，直接使用动词原型，来表示对他人的请求、劝告、警戒等意。此时应注意原、译文的语气和情感指向须保持一致。以白居易《问刘十九》后二句为例：

晚来天欲雪，能饮一杯无？

译文：

（1）it will snow, would you like

　　have a cup of wine with me?

——罗志野[13]

（2）At dusk, there will be snows.

　　Please stay for one more cup.

——（曹顺发，2007：13）

原诗的隐含主语是"你"，为保留原诗的含蓄，可以不必像译文（1）那样将主语显现，而选择如译文（2）那样使用祈使句式，务求转存原诗的风味。考虑到原诗的疑问语气，可将译文（2）略加改动，变成"why not stay for one more cup?"可能更契合原诗口吻。

---

13 见吴钧陶，汉英对照，唐诗三百首［M］，长沙：湖南出版社，1997，第595页。

但是，译者在选择这种用法时，务须提高自己的诗词学养，深刻领悟原诗内蕴，对中国古典诗词中的一些特殊情况进行通盘考量，以免产生"见字译字"的误读误释。试以李煜《浪淘沙》词中的一句为例：

独自莫凭栏，无限江山，别时容易见时难。

译文：

Gaze not alone from the balcony, for the landscape infinite extends.

——林同济[14]

原诗"独自莫凭栏"并非劝人之语，实乃诗人自伤，其暗含主语是作者本人，意指自己不敢凭栏远眺，因"山河犹在国已破"。隐含的第一人称将诗人作为亡国之君无处寄托的哀伤和怨艾衬托得恰到好处。而上例中诗句被译成英语祈使句之后，暗含的主语变成了 you。这样一来，原本自怨自伤的语气变成了劝诫提醒他人，与原诗悲伤感喟的主旨相去甚远，殊难在原、译文读者心中达成审美体验的互通。因此，古典诗词中的这种特殊情况应该为负责任的译者所体察、考辨。译者使用祈使句时宜深刻体会诗境，避免因人称认知上的错误而导致诗意的相悖。

2.2.4.6　文法偏离

当以上手段均难以应用于出现"零指称"的诗句中时，译者或可选择适当偏离英语的文法，以规避不得不补出人称的"常规化"英译手段。以王维《酬张少府》首联为例：

晚年惟好静，万事不关心。

译文：

In evening years given to quietude,

The world's worries no concern of mine,

——（Birch，1965：224）

按照正常英语语法，首句应当译为"In evening years I am given to quietude"，但此处汉学家译者白之敏锐捕捉到了王维原诗中"无相无见"的禅宗美学境界，因此在译文中选择将人称省去，以不合文法的英语结构直接展示原诗的形貌，以此凸显原诗蕴含的幽静抽象的哲学沉思。这种对传统英语规范的适度偏离不但不影响理解，而且有助于引起译语读者对源语形式特征的

---

14 转引自许渊冲，中诗音韵探胜［M］，北京：北京大学出版社，2010，第279页。

关注，激发思考，进而探寻其背后的深层次文化和哲学背景，从而深入中国诗学精神的内核。

再以王维《渡河到清河作》首联为例：

泛舟大河里，积水穷天涯。

译文：

Boating in the wide river:

Confluent waters reach sky's end.

——（叶维廉，1976：65）

王维的这首诗，只开篇两句的豪迈之气，便令人拍案叫绝。其中所蕴含的磅礴气势，正是诗人前期山水诗明朗风格的体现。为彰显原诗开阔的风格，译者规避了必定会缩小视野格局的第一人称"I"，而选择直接使用现在分词"boating"。尽管这种用法并不符合英语文法规范，但一来诗歌的行文本就可以"破格"，二来译者此处明显是有意省略人称，为的是不确指诗中的行为主体，以保持一种若即若离、若有似无的状态，营造诗歌中的"大我"之境，并通过这种方式让译语读者一窥原作结构上的特征和背后隐藏的汉语诗学内涵。

上述两例译作都选择刻意乖违英语文法规范，直接使用分词结构（现在分词和过去分词），而将动作发出者隐匿，从而得以充分展示原作的"异质"，同时也将对诗意的理解纳入翻译策略的选择中。这样的译文所体现出的，不光是语言之间的理想置换，更有观念的更新、思维的转变、诗学能力的提升和精神的投契，是不仅仅要解释、而且要想方设法解释好的一种孜孜以求。因此，它们所呈示的"不一般"之处往往能够起到一定的"陌生"效果，提高西方读者的"参与"意识，从而使其更倾情地体验中国古典诗词的美学意境。从助力中国诗歌以其"本色"进入西方世界这一点而言，这类方式确有可资借鉴之处，值得深入研究。

2.2.5 小结

英国汉学家葛瑞汉（A.C.Graham）认为："中国诗人写诗很少用'我'，除非他自身确实参与到诗的情境之中。因此诗人的感情带有一种客观性，这一点在英语中很难实现……（译文中）选择'我'仅仅是出于英语语法必须为动词配备一个主语的需要，而一旦选择了'我'作主语，就会使整首诗沦为诗人的自说自话或自怨自艾。"[15]（Graham，1977：22-23）的确，古诗词的"零指称"用法通过人称的缺席使得诗意普遍化，诗中的行为或情感成为人人均可直接参与的共同活动；而英译中一旦增加人称，说话人或行为人立刻被限定，原来的朦胧诗意被简化、定格为一种明晰的含义，令想象空间急速压缩。因此，为在译诗中保留原诗的美学功能，建议译者抑制自己补出人称的冲动，运用各种英译策略避免人称的出场。从上述所举各例中也可以看到：优秀的译者在英译中国古诗词这一至为艰深的文学样式之时，常常不遗余力地捕捉相异文化的细微差别，发挥主体意识，勉力突破字、词之"障"，渗入文本的发生土壤、精神世界和诗人风格，勾勒语言背后的深层诗学内涵，从而成功构建源语文本与西方读者之间的"视域融合"。

不过，必须指出：尽管"天人合一、物我交融"的美学思想是中国古典诗词"零指称"的成文之"道"，但并非每一首省略人称的诗歌都是这种思想的强烈外在表现。事实上，还有不少诗歌省略人称是因为主语"我"在诗句中的含义不言自明，无需赘言，或出于诗歌简练之需。对这一类"零指称"诗句的英译采用补出适当人称的方式可令诗意清晰，通常不会对原诗审美造成损害。因此译者在实际操作中，还是要根据整首诗的主旨、意境来确定"零指称"在其中发挥美学价值的含量，以此选择最适合的英译方法。

2.3 错位句

2.3.1 "错位句"的含义与分类

诗歌语言讲究创新，当普通句式难以唤起读者的审美兴趣时，长于诗歌技巧的诗人就会考虑故意突破常规，破坏成熟、标准的句法规范，打破读者的心理期待，带来全新的"陌生化"阅读体验，"错位"就是诗人常用的手段之一。所谓错位句，即指句中的主、谓、宾、定、状、补不在原来的位置上，而是经过调整，移至别处；或者诗句没有按照正常思维逻辑排列，而是以突破陈规的句序重新组合。这一现象集中体现了诗歌句序和常规散文体句序之间的差别，

---

15 中文为笔者译，英语原文为"A Chinese poet seldom writes 'I' unless he is himself an agent in the situation, so that his emotions assume an impersonality difficult to achieve in English. …the word 'I' supplied merely because English grammar requires a subject for the verb, can tip a whole poem over on to the side of self-righteousness or self-pity."

成为近体诗词中的一大显著特色，也是最早被冠以"诗家语"之名的句法现象。杨万里《诚斋诗话》曰："东坡《煎茶》诗云：'雪乳已翻煎处脚，松风仍作泻时声。'此倒语也，尤为诗家妙法，即少陵'红稻啄余鹦鹉粒，碧梧栖老凤凰枝'也。"（转引自蒋绍愚，1990：202）近体诗中的错位种类繁多，常见者有主谓错位、动（述）宾错位、定语错位、时空错位、因果错位、状语错位……等等不一而足。从英译的角度来看，对译入语读者阅读和审美体验造成影响的主要是动宾错位、主谓错位、因果错位和状语错位四种情况。

（1）动宾错位

动宾错位指诗中的宾语成分（通常带有鲜明形象）被移至动词之前，以突出意象的视觉冲击，令读者在深入揣摩诗句内涵之前，先产生强烈的感官印象。这种手法在近体诗的写作中十分普遍，它可以变单纯叙述为生动描写，获得去俗生新的美学效果，引导读者先见其形，再生发进一步的感悟和思考。诗例如：

> 鸿雁不堪愁里听，云山况是客中过。李颀《送魏万之京》
>
> 花径不曾缘客扫，蓬门今始为君开。杜甫《客至》
>
> 白云回望合，青霭入看无。王维《终南山》
>
> 乡泪客中尽，孤帆天际看。孟浩然《早寒江上有怀》
>
> 柳色春山映，梨花夕鸟藏。王维《春日上方即事》

上述诗例正常语序分别应当是"不堪愁里听鸿雁，况是客中过云山"，"不曾缘客扫花径，今始为君开蓬门"，"回望白云合，入看青霭无"，"客中尽乡泪，天际看孤帆"，"春山映柳色，夕鸟藏梨花"。通过动宾的错位，诗中意象得到了深刻凸显。以王维《终南山》中的颔联"白云回望合，青霭入看无"为例，如果按照常规句序安排，诗句就沦为单纯叙述，毫无意趣可言，因此诗人将宾语前置，突出描写感，使整个诗句增添灵动而成为诗化的语言。如果说"回望白云合，入看青霭无"是文，那么"白云回望合，青霭入看无"才是诗。

（2）主谓错位

主谓错位表现为诗句中修饰名词意象的谓语（或述语）成分移至被修饰语之前，以突出描写对象的生气与动态。例如：

> 青青河畔草，郁郁园中柳。《古诗十九首》
>
> 袅袅城边柳，青青陌上桑。张仲素《春闺思》

娉娉垂柳风，点点回塘雨。杜牧《村行》

杳杳寒山道，落落冷涧滨。寒山《杳杳寒山道》

苍苍竹林寺，杳杳钟声晚。刘长卿《送灵澈上人》

这种错位形式先出直觉经验，而将主语移至感知和体验之后，其目的是为了凸显事物通过视觉、听觉、嗅觉等引发的心理感受，使得描写更为形象生动，产生先声夺人、一锤定音的效果。上述诗例按照常规模式，分别应该是"河畔草青青，园中柳郁郁"、"垂柳风娉娉，回塘雨点点"、"寒山道杳杳，冷涧滨落落"和"竹林寺苍苍，钟声晚杳杳"。通过主谓的错位，原本普通的叙事模式立刻脱去陈俗之气，焕发诗性生机。

（3）因果错位

在中国古典诗词的创作中，诗人为渲染主观感受和直觉经验，常常先落笔于结果或影响，而将事实或原因置于其后，即结果在前，原因在后，形成句内或句间的因果倒装。例如：

空山新雨后，天气晚来秋。王维《山居秋暝》

竹喧归浣女，莲动下渔舟。王维《山居秋暝》

星垂平野阔，月涌大江流。杜甫《旅夜书怀》

绿垂风折笋，红绽雨肥梅。杜甫《陪郑广文游何将军山林十

首·其五》

花近高楼伤客心，万方多难此登临。杜甫《登楼》

欲扫柴门迎远客，青苔黄叶满贫家。刘长卿《酬李穆见寄》

以王维《山居秋暝》首句"空山新雨后"一句为例。逻辑上，应该是因为先下了一场雨，所以山才更显空旷，但诗人却将两者的顺序颠倒，以获得不同凡俗的诗意效果。这样一来，山雨初霁、山林空旷的感觉就先跃入读者的脑海；同样地，额联应该是因"浣女归"而"竹喧"，因"渔舟下"而"莲动"，但倒装后的诗句却令读者第一时间便感受到一幅灵动的画面；再如杜甫《旅夜书怀》"星垂平野阔，月涌大江流"一联。因为平原辽阔，所以在视觉上星星才显得格外低垂；因为大江奔流，才令人感到月亮随江流涌动。然而如按照因果思维逻辑写诗，诗句就显得拘泥板滞，缺乏灵动，难以给人新鲜的阅读体验。因果倒装通过打破心理定式和逻辑顺序，不仅增强了视觉感受，更令诗句有起势突兀、添置悬念之感，从而激发读者的探幽寻微之志。

（4）状语错位

古典诗词中为了突出谓语，强调动作感，常将状语后置，谓语提前。这也是中国古代诗人常见的写作手法。例如：

僧敲月下门。贾岛《题李凝幽居》

碧溪弹夜弦。湘驿女子《题玉溪泉》

潮落夜江斜月里。张祜《题金陵渡》

双燕归来细雨中。欧阳修《采桑子》

秋草独寻人去后，寒林空见日斜时。刘长卿《长沙过贾谊宅》

在上述例句中，为了着重渲染动作，作者将状语全部后置。按照常规语序，"僧敲月下门"应该是"僧月下敲门"；"碧溪弹夜弦"应是"碧溪夜弹弦"；"潮落夜江斜月里"应是"斜月里潮落夜江"；"双燕归来细雨中"应是"双燕细雨中归来"。"秋草独寻人去后，寒林空见日斜时"应是"人去后独寻秋草，日斜时空见寒林"。经过倒装之后，诗句的层次更分明，动态感凸显，更增一份拗折诗味。

2.3.2 "陌生"效应、诗有别趣——"错位句"的美学意义

俄国著名形式主义文论家什克洛夫斯基在《作为手法的艺术》一文中提出了一个重要的文论概念——"defamiliarization"（陌生化），他认为：

"艺术的目的是传递事物被感知而不是被了解时的感觉。艺术的技巧就是要将事物"陌生化"，使形式变得难解，从而增加感知的难度和长度，因为艺术的感受过程就是审美目的本身，必须要予以延长。艺术是对事物的艺术性进行体验的一种方式，而这一事物本身并不重要。"（什克洛夫斯基，1994：102）

事实上，"陌生化"作为一种文学创作手法，早已为中外文艺理论界所关注。古希腊文艺理论家亚里士多德在《修辞学》中就曾经说："人们喜欢被不平常的东西打动。在诗歌中，这种方式很常见，并且也使用于这种方式。"（亚里士多德，1979：90）东海西海，心理攸同。钱锺书先生在《谈艺录》中对文学创作的"陌生化"手法也有一段类似的精彩论述：

"余观李氏（清人李重华）《贞一斋诗说》中一则云：'诗求文理能通者，为初学言之也。论山水奇妙曰：径路绝而风云通。径路绝，人之所不能通也，如是而风云又通，其为通也至矣。'古文亦必如此，何况于诗。"（钱锺书，2001：590-591）

通过以上论述,可以看到:文学创作中通过对常规内容或形式的偏离,可以造成语言与感受上的陌生体验,从而使平淡无奇的事物获得新鲜感,提高读者阅读的兴趣。古典诗词中"错位"句式的运用正反映了诗人不因循守旧、锐意求新,力图通过适当"变异"和"反习惯"的方式、保持阅读"陌生感",令读者感受到意外和新奇而使作品获得崭新生命力的自发追求。尽管"错位"句式由于形式上的扭曲可能不如寻常诗句读来逻辑通顺,但用布拉格学派重量级人物穆卡洛夫斯基的话来说,这是一种"具有美学意图的扭曲"(aesthetically intentional distortion),可看作是一种有标记通顺(marked fluency),或者理解为"反通顺"(de-fluency),意即有意违反习见规范,以造成一种诗学冲击力(转引自王东风,2006:527)。"错位"句式正是要通过增加诗句的曲折性和陌生感,先引人注目,再费人思量,继而发人兴致,其后促人索解,通过对词意的逐步破译,实现对诗意认知的渐次领悟。具体来说,这种"陌生化"手段对诗句英译产生的美学影响主要体现在以下三个方面:

2.3.2.1 前景化

诗人通过有意将欲凸显的部分(如意象、描述语、结果等)提前,能突出景物画面感及动态美,从感官上给予读者以先声夺人的感受,催发过目不忘的效果。以"鸿雁不堪愁里听,云山况是客中过"为例,诗人之所以先出"鸿雁"、"云山"这两个直接由视觉接触到的意象,然后才写"愁里听"、"云中过"等主观感受,是因为这种方法能够加深和凸显意象描写,自然而然由景生情,合乎认识规律,所以更易引起读者的共情和共鸣。而且,"鸿雁"、"云山"这两个文化意象在中国古诗词中均寄寓着浓厚的"思乡"意绪。"鸿雁南飞"似游子飘零,"云山雾障"增羁旅愁思,置于句首作"前景化"(foregrounding)处理可以起到"主位突出"的效果。如果按照常规句序安排,诗句的陈述性和叙事感增强,而描写感、形象感却会减弱,致使意象不鲜明、不突出,诗句也会因此缺乏感官冲击力。

2.3.2.2 直觉化

中国古典诗词的创作不像散文那样注重逻辑、说明与分析,而倾向以直接呈现意象的方式令读者自然而然生发感悟,参与创造。"错位句"很好地诠释了这个现象——发生"错位"的部分往往是诗人最欲强调和凸显的来自于自身的感受和直觉经验,它们以自我呈现的方式"逗引"读者"先感后思",拒绝、排斥理性分析成分的介入，从而"提供一个开放的领域，使物象、事象作'不涉理路'、'玲珑透彻'、'如在目前'等近似电影水银灯的活动与演出，一面直接占有读者（观者）美感关注的主位，一面让读者（观者）移入，去感受这些活动所同时提供的多重暗示与意绪。"（叶维廉，2005：34）以杜甫的因果错位句"绿垂风折笋"为例，依逻辑分析，正常语序应是"风折笋垂绿"。当诗人富于匠心地将其倒装，形成"陌生化"句式之后，诗句从形式上看产生了"不妥、不适"之感，但在深层认知上却真正地符合人类活动直觉经验的先后。这是因为，诗人必然是先看到"绿垂"，而后才发现是风折的竹子，而不是相反。如此安排句序，自然浑成，令读者亦能如作者一般对其时其境感同身受，产生"吟咏之间，吐纳珠玉之声；眉睫之前，卷舒风云之色"的直感，在凝神观照之中，扩大想象空间，而不是凭依逻辑判断得出对事物的间接印象，从而令想象空间陡然缩小。由是观之，诗人创作中的这种"错位"手法对于诗歌美感的直接呈现非常关键。

2.3.2.3 诗性化

在古典诗词的写作中，诗人通过变换词语通常所处的、或为人们习见的序列（也就是改变语词的"排列法"），常可令审美接受者在不协调中获得别样的审美意趣。此种词序的颠倒变换如运用得当，会让读者感受到或诗风的劲健、或语势的雄浑、或意象的灵动、或诗意的隐秀……简而言之，"错位"句式比平铺直叙的方式更曲折，更能够令诗意错落有致、产生参差之美而增加"小廊回合曲阑斜"的诗趣诗味。如果还原为正常句序，那么诗句结构平铺直叙，语言浅露直白，尽管意义上没有任何变化，但"诗味"寡淡，"诗性"大大弱化。因此，适当更换句序可令诗句表达含蓄曲婉，诗味浓郁，正如刘熙载在《艺概》中所言："大抵文善醒，诗善醉，醉中语亦有醒时道不到者。"（刘熙载，1978：189）

2.3.3　还原句序、消解"陌生"——"错位句"常规化英译

尽管"错位句"被赋予了常规句式所不具备的诸多"陌生化"美学感受，但在英译中却并未受到应有的关注。不少译家依然倾向用常规化的模式来诠释非常规的诗歌句式，将汉诗中的"异质"及其催生的"陌生效应"全部掩藏、消解。这一方面固然可能是由于译者笔力不济所致，但另一方面也充分暴露出

译者在诗歌翻译中注重译"意"而不注重译"美"的倾向[16]。例如：

（1）鸿雁不堪愁里听，云山况是客中过。李颀《送魏万之京》

译文：

When the crying so sad

is uttered by the wild geese who are flying

over the cloudy mountains, may you

the traveler bear such parting feeling?

——罗志野[17]

（2）花径不曾缘客扫，蓬门今始为君开。杜甫《客至》

译文：

And never yet for any guest this flower-hid path was swept.

To you the first my bower's door was opened wide today.

——（Fletcher，1925：100）

（3）苍苍竹林寺，杳杳钟声晚。

译文：

The temple in the bamboo grove looks bluish,

Sounds of distant vesper bells the vales fill.

——（陈君朴，2006：114）

（4）袅袅城边柳，青青陌上桑。张仲素《春闺思》

译文：

Willows outside the city walls undulate in the breeze;

The mulberry trees lining the roads are luxuriant and green.

——（文殊，1997：91）

在上述各译例中，译者们均采用正常句法结构，以"常规化"的方式翻译原诗，将原诗句式的"陌生效应"消弭于无形，同时还将原本作者意欲凸显的意象放到了诗歌不起眼的位置。这样一来，诗人本欲着力之处被淡化了，从译诗中丝毫不能体会原诗的经典一笔和传世妙处，读来仿佛只是对原作诗味的"稀释"和"蒸馏"，淡而无味矣。无怪乎有学者称："中国天才诗人们在句式

---

16 另有一种可能是译者出于为译文读者减少阅读困难而选择流畅的常规化译文。

17 见吴钧陶，汉英对照，唐诗三百首［M］，长沙：湖南出版社，1997，第105页。

倒装方面的苦心经营在现代阐释学家的常规解读中化为乌有。"[18]（Schafer，1976：120）再如：

（5）星垂平野阔。杜甫《旅夜书怀》

译文：

Stars drawn low by the vastness of the plain

——（Birch，1965：238）

（6）竹喧归浣女。王维《山居秋暝》

译文：

The bamboo rustle as girls return from washing,

——（杨宪益、戴乃迭，1984：10）

（7）白云回望合，青霭入看无。王维《终南山》

译文：

White clouds merge as I turn back to gaze,

While bluish mists vanish when I look closely.

——孙梁[19]

（8）空山新雨后。王维《山居秋暝》

译文：

Through empty hills new washed by rain

——（杨宪益、戴乃迭，2001：36）

以上译例虽然保留了原诗的结构，但都根据英语文法的需要添加了若干表示明显逻辑和语意关系的词，如"drawn by"、"when"、"as"、"washed by"等，因而本质上依然没有跳出英语语法规则和思维模式的拘囿。这样的译文通过逻辑解释与说明，使读者经过思考之后方才获得对诗句意象的感受与把握，把"原是时空未分的直观视觉事物或改为时间的标记，或改为因果式的主属关系，或改为状态、条件的说明。"（叶维廉，2006：23）如此译文，与中国古诗让读者先"感"后"思"的直觉阅读体验大异其趣，因而无法再现"错位句"的异质美感。

---

18 中文为笔者译，英语原文为："gifted Chinese poets did this sort of thing regularly, only, alas, to have their sorceries nullified by conventional modern paraphrases."

19 见郭著章，傅惠生等，汉英对照《千家诗》[M]，湖北：武汉大学出版社，2004，第 423 页。

2.3.4 "创作"融通"翻译"——"错位句"英译策略与方法

作为诗歌创作中的一种手法，"陌生化"毫无疑问也为诗歌翻译带来了足资借鉴的研究新视角。就"错位句"的英译而言，既然其被看作是作者为实现陌生新颖的美学效果而对源语语言现有规范采取的一种有意突破，那么，为求得原、译文美学功能的近似，译者在翻译中也应该避免那种只求意义"忠实"、罔顾美学价值的"常规化"方式，而应该尽可能凸显源语句式"陌生化"特征及其所带来的美学效果。如果译者无视原文特质，选择以规范流畅的译入语阐释原诗的"反常规"现象，那么译诗所呈现的实际上是译者自身对反常规模式的常规化——源语语句的断裂错位处被译者用自己的理解衔接抹平，原文通过变换句序所力图表现的感官冲击由于译者对译入语常规模式的趋同而消解于无形。这样一来，原诗凭借独特的成文方式所设置的诗学风景线将会沦为缺少文学特性的信息流，丢失自身语言风格的新奇感。

美国翻译理论家根茨勒认为："译文应该保留源语文本的'陌生化'表现手法，如果源语文本的表现手法在第二语言中已经存在，译者就要构想出新的表现手法。"（根茨勒，2001：80）中国学者孙艺风也认为："在译入语读者的期待视野里，翻译还应该为译入语注入新鲜的文体风格……轻度的违反规范不仅可以容忍，反倒可能受到鼓励。一般而言，这样的违规行为并非译者有意而为，而是由于在源语文本已经出现了违背规范的情形……应该在译文中保留这些特征。"（孙艺风，2001：3-9）而刘若愚先生则认为：在译文中是否要遵守汉诗句法要看原诗中的句法在语意和诗学功能上起何种作用。有时候保留句法很有必要，如"青青河畔草"这种"错位句"首先呈现出视觉，然后才显示诗人感受到的客观景物，如此安排句序可使读者身临其境。此时如模仿原始句法，译成"green, green: the riverside grass."那么原作的视觉效果就会得到充分的保留；如果完全趋从英语句法，以常规方式译成"the grass by the river is very green."那么，诗句就会沦为一种简单的陈述，赋予读者的感受是"被告知"而不是"体验"。也就是说：意义虽不变，却失去了原诗有意营造的诗意效果。（刘若愚，1962：46）

综上所述，"错位句"的英译原则可归纳如下：为了尽可能展现原诗"错位"的句式特征和美学特质，译者在翻译中应致力于再现原诗的"反常"和"陌生化"。不过，由于中英思维方式存在巨大差异，原诗和译诗表层结构的相似并不一定能带来深层心理的认同，因而此处的"反常"和"陌生化"英译不能简单地理解为对原文结构趋同的"异化"翻译[20]，而应该看作是以"再现"原文美学感受为旨归的"异化"，其程度或变通的手段均须以是否能实现原文和译文美学效果的相似而定，同时适度考量译文的可读性。具体说来，可以从以下几个方面进行操作：

2.3.4.1 适度"突破"、有效"异化"

由上述例证和分析可知，在包含诸如"动宾"和"主谓"错位的诗句中，错位是为了渲染、加强句中的某一成分，因而此处的翻译宜保留诗人为读者设定的认知程序，适度"异化"原诗，着力凸显原诗的美学效果。不过，对原诗美学效果的保留绝非简单照搬原诗句法可以奏效。与此同时，译者还须兼顾英语句法被打破之后的通顺度和可读性，通顺度太低和可读性太差的译文很可能会产生语意空白或不可知，导致读者理解障碍，此时原诗审美精妙的再现就无从谈起了。诗以寒山《诗第九首》为例：

> 杳杳寒山道，落落冷涧滨。
>
> 啾啾常有鸟，寂寂更无人。
>
> 淅淅风吹面，纷纷雪积身。
>
> 朝朝不见日，岁岁不知春。
>
> 译文：
>
> Rough and dark—the Cold Mountain trail,
>
> Sharp cobbles—the icy creek bank.
>
> Yammering, chirping—always birds
>
> Bleak, alone—not even a lone hiker.
>
> Whip, whip—the wind slaps my face
>
> Whirled and tumbled—snow piles on my back.
>
> Morning after morning I don't see the sun.
>
> Year after year, not a sign of spring.
>
> ——Gary Snyder[21]

---

20 德国翻译家施莱尔马赫在《翻译的方法》一书中曾提出：翻译途径"一种是尽可能让作者安居不动，而引导读者去接近作者；另一种是尽可能让读者安居不动，而引导作者去接近读者。"（Schleiermacher, 1977: 75）美籍意大利学者劳伦斯韦努蒂将之名以"归化"与"异化"。

21 转引自朱徽，中国诗歌在英美世界——英美译家汉诗英译研究［M］，上海：上海外语教育出版社，2009，第234页。

原诗采用整齐划一的形式，将"叠字"营造的事物形象性全部"倒置"于诗歌最前端，这种"错位"结构显然是为了制造独特的"陌生化"阅读体验，以凸显意象、增强诗句表现力。加里·斯奈德在翻译中以不符合现代英语规范的行文基本接纳了原诗的"错位"形式：首先，译文突出了原诗对意象采取的"前景化"设置；其次，译者在句式安排上没有机械照搬原文，而是根据其个人对原诗精神的领会和审美原则的把握，积极发挥译者创造性，精心设置了若干"陌生化"表达。例如：以原诗中没有的"破折号"突出节奏的间歇与停顿，从而延宕读者感受意象"形象性"的时间；在句中突兀地插入进行时（yammering, chirping）以示此处的"动态感"，营造原诗"啾啾"带来的生动气氛；以介词结构（morning after morning, year after year）在读者心理上形成对"时间"延长的暗示等等。此时译文中"反常规"的"异化"方式不仅不影响读者理解，而且给人以新颖别致的阅读印象，很能够体现原诗的风貌，可以说是比较成功的尝试。事实上，斯奈德正是要通过这种适度"突破"、有效"异化"的方式制造"陌生化"效果，让英语世界的读者从思想内容和语言结构两方面都感受到中国古典诗歌的独特美感[22]。依照这种英译策略，笔者拟对前引两例作一翻译尝试：

（1）**鸿雁不堪愁里听，云山况是客中过。**李颀《送魏万之京》

译文：

Migrant wild geese whining, harder for troubled hearts to hear;

Cloudy mountains towering, tougher for wandering feet to bear.

——笔者译

译文首先以"whining"和"towering"将原文着力凸显的意象"鸿雁、云山"深度形象化，以加深译语读者的阅读印象；其次以不合英语文法规范的连接法将它们连同"migrant wild geese"和"cloudy mountains"一起置于译文"前景"处以形成连续的"陌生化"效应；同时每句译文中间都以逗号相隔，以此消除"阐释"翻译的冗长阅读感受。此举在避免"常规化"翻译的同时，也便于让读者理解诗意、感受"陌生化"诗美效应。再如：

（2）**白云回望合，青霭入看无。**王维《终南山》

---

22 美国汉学界对斯奈德译寒山诗的艺术造诣评价颇高，如赫伯特·法克勒（Herbert Fackler）就曾将其译诗与韦利及华兹生的译诗相比，认为"在三种译文中，斯奈德用了最引人入胜的文辞。"（转引自钟玲，2007：598）

译文:

White clouds gathering——from behind;

Blue mists thinning——from within.

——笔者译

译文保留了原诗对"白云"、"青霭"的"前景化"处理,并以破折号衔接前后语意,避免像前引"常规化"译文那样使用英语文法所需要的"as"、"when"等连接词,以及"补出人称"的方式。这样一来,诗句可以较为开放的形式自然呈现,符合读者的直觉认知感。

2.3.4.2 拒绝"机械对应"

在重现"错位句"美学效果的过程中,译者容易步入另一个极端,即为了与原文达成形式上的最大"等值",直接照搬原文的句式结构,对原文进行机械化模仿。这种做法很可能既牺牲了英语的语法规范,又无法达到原文的美学功能,甚至可能斫伤诗句意义。实际上,"诗家语"的外在形式旨在以陌生、醒目的方式使诗歌的内在美感得以外化,从而打动读者,因此其最终目的是为了实现诗歌的内在美。如果译者不顾两种语言在语言、文化、审美上的差异,只是机械对应语言外在形式的话,那么外在形式极易成为表现内在美的障碍,不仅无法达到所谓"原汁原味"的效果,而且会背离原作,令意义无存。加州大学伯克利分校的学者 Edward H. Schafer 以杜甫诗《悲青坂》的颈联为例,分析了这一现象,原诗为:

山雪河冰野萧瑟,青是烽烟白人骨。

这两句描写的是唐朝至德元年(756 年)唐军与安禄山叛军之间两场战役之后,唐军战败的惨状。其中"青是烽烟白人骨"一句运用"错位"手法,极大地渲染了战败惨景的触目惊心。针对有些译者的机械对应的译法如:

Blue is the smoke of the beacons and white are the bones.[23]

Edward H. Schafer 认为:"这种译文既不符合语法规范,又嚼之无味,将诗句之所以称妙之处全部抹煞。"[24]在他看来,"错位句"的陌生效应是为美学价值服务的,因此其英译既要体现句式的"陌生化",更要达到美学效果。简

---

23 见 Edward H. Schafer. Supposed "Inversions" in T'ang Poetry [J]. Journal of the American Oriental Society, 1976 (1). P120。

24 中文为笔者译,英语原文为:"This is not only ungrammatical and tasteless, but drains the line of the very quality that makes it good."

单的形式模仿既破坏了英语文法，又无助于诗美的展现，可以说是得不偿失。因此，他建议将该"错位句"作如下英译：

The blue—that is the smoke of beacons; the white—that is bones!

——（Schafer，1976：120）

该首译诗首先以定冠词突出被修饰对象，再将它们作为独立成分与后句分隔开，起势突兀，大大增强了意象感染力；同时，译诗删去了句中令节奏缓慢的阐释连接词"and"，而代之以分号，从而令句意紧凑，节奏铿锵，非常契合疆场硝烟弥漫、尸横遍野的悲壮气氛；最后以感叹号结句，亦传达出几分原诗说之不尽的悲怆之意。可以说，译诗既保留了原诗形式的"陌生化"，又转存了原诗的美学享受。尽管不可能达到与原诗完全相同的效果，但切切实实可以让人体会到译者良苦用心所带来的浓郁诗味，比之机械的字比句对，气象自是不同。

2.3.4.3 不涉"理路"、重现"直感"

如前所述，中国古典诗词在创作中显示出重直观直感、轻逻辑说明的传意方式。读者对诗句整体的意旨无需用语法逻辑去"解"，而要靠自由联想去"悟"，这一点在"错位句"中表现得尤为明显。如果说一般诗句在英译时为了诗意的贯通，有时免不了要增添英语语法所必须的关系标记，那么在英译"错位句"时，译者应该尽力将这种标记减少到最低程度，因为"错位"的很大一部分美学功用就在于它对诗人直感经验的"无言"烘托，这种"不涉理路"的物象呈现方式与事事条分缕析的英语文法截然不同。为使西方读者感受到中国古诗词的异域特色，译者应在保证读者可接受的基础上，转存这种美学特点。具体来说，在译"错位句"时，译者应使发生错置的部分与诗句其余部分之间尽量避免明显的逻辑连接和分析说明，让意象以直觉的方式自然流露，保持自由观感和解读的空间，帮助译语读者"重新'印认'诗人初识这些物象、事象的戏剧过程。"（叶维廉，2006：18）例如，美国汉学家伯顿·华兹生（Burton Watson）对于"星垂平野阔，月涌大江流"给出了如下英译：

Stars hang down, over broad fields sweeping;

The moon boils up, on the great river flowing.

——（Watson，1984：233）

译诗首先将原诗"错位"的部分处理成独立小句，以保留、突出原诗中意象"前景化"的效果；同时，这一独立部分与诗句的其余部分仅以方位词"over"

和"on"淡淡牵连，没有在"星垂"与"平野阔"、"月涌"与"大江流"之间作原因的逻辑说解，从而使被凸显的意象自然流露和呈现，使得读者可以通过自身的联想去体会和揣摩，感受那一时刻物物交融的浑然天成。因此，较之增加诸多逻辑说解成分的译文，这种英译方式在心理认知模式上更贴近原文的美学体认和效果。

与此同时，由于"不涉理路"多少会造成译文的逻辑空缺，因而译者在实践中还应结合语境发挥创造力，适当进行变通或积极补偿。以王维《山居秋暝》中"竹喧归浣女"一句为例。译文如：

  （2）The bamboo grove giggles

   ——girls are back from washing;

        ——（朱纯深，2004：76-77）

在该译例中，译者注意到了"错位"句式带来的"前景化"和意象"直觉化"的"陌生效应"，为了不以"理性"方式干涉这种感受，客观地保留其美学价值，译者首先仅以破折号连接诗中存在因果关系的两个部分，而未用任何语法衔接成分作理性介入和干涉；其次，译者选择以"情感错置"（The bamboo grove giggles）的修辞方式变通原文，通过将"浣女"的"笑声"嫁接到"竹林"上这种超乎读者阅读心理的翻译方式，成功地将原诗句式的"陌生化"转化为译诗中语词搭配上的"陌生化"。如此，译文既再现了原诗的"直觉体验"，又照顾到了西方读者的接受度，较为成熟地体现出原诗"陌生化"效应带来的美学感受。

2.3.5 小结

中国文论中有"文似看山不喜平"的论断，说明在诗句的行文运笔中应避免单调乏味的平铺直叙，这与俄国形式主义所提出的"陌生化"效果不谋而合。而"错位句"正是这样一种"诗家妙法"，它通过打破陈规，变换语序，超脱了呆板的分析性句法，为诗句注入清新独特的审美气息，体现了诗人最大限度运用汉语"意念主轴"的灵活性来追求诗歌不落窠臼的表达方式和高雅艺术境界的自发行为。对于"错位句"的英译，总的原则应该是秉持"反常规"的翻译方法，再现原诗因句式反常带来的美学感受。但"反常规"并不是简单意义上的"异化"，它时刻应以实现原文和译文两者间美学价值的近似为旨归。译者应意识到：一方面，由于原文的特殊句法确实为诗句带来了不同一般的美学效应，因此译者首先应该尽力体现这种异质带来的"陌生化"外形，为此可以在一定程度上对英语的文法习惯有所乖违；另一方面，由于中英思维方式和认知的差异，完全保留原诗的形式未必能在译文中取得与原诗相同的美学效果，有时甚至可能带来理解障碍与误区，因此译者还应该对"反常规"形式进行适当变通、调整和制衡，以最终能为译诗带来与原诗相近的美学价值为目标，同时适当照顾译文的可读性，谋求其中的平衡点。如此一"放"一"收"，方能令"诗家语"的美学价值得以体现，令译文向传播文化"本真"的目标靠近。

令人欣喜的是，新一代的译者们越来越多地关注到了诗歌翻译中异质文化元素的影响力，他们逐渐规避了早期译者遮蔽、过滤或篡改他者异质性的翻译倾向，重视原文特质，尽力还原诗作真实可感的独家风格，不断更新和适度挑战读者思想。可以想见这一过程必定十分艰难，因为译者要不断"消灭"自己，才能成就作者。他们的尝试自然也远非尽善尽美，其中还不可避免地出现了因刻意模仿而造成的语言板滞、情感超载或蛇足之笔，但他们依然为追求更高层次的"忠实"——对原作美学价值的忠实——而勉力为之。他们的努力，不仅有助于在译文中留存汉语原诗的独特美学风味，更可冲击透明流畅的英语，为之注入新鲜血液，助其更新升级，从而逐步实现中西诗学话语顺畅沟通的圆融境界。

2.4　错综句

2.4.1　"错综句"分类与"常规化"英译

从广义上而言，"错综句"也是一种"错位"，本章之所以将二者分而述之，是因为"错位句"一般可以通过调整字词位置而还原为正常句序，而"错综句"却无法简单地以常理还原之。这类句式主要表现为句法错综缠结、云波诡谲、超越常规。本节根据"错综句"所体现的语言共性，将直接对英译造成掣肘的常见代表性"错综句"分为三类：特殊兼语式、特殊使动式和谓语双叙式（因诗歌中"兼语"、"使动"等用法一般不适用于散文中用法，故冠以"特殊"二字，以正区别）[25]。这类句式源出散文而又不同于散文，在散文中可能是语病的现象在诗歌中却恰是一种表达特色，诗人正是利用了诗歌的短小精悍、紧缩

---

25 见蒋绍愚，唐诗语言研究［M］，郑州：中州古籍出版社，1990，第 223 页。

凝练而令这类句式产生了多种说解，获得了比在散文中广阔得多的阐释空间。当然，汉诗之错综现象千变万化，其中不乏戛戛独造、自出机杼者，固非此三类可尽述，是故本节之遴选分类仅为管窥蠡测，以收引玉之效。

2.4.1.1 特殊兼语式

特殊兼语式表现为诗句中的谓语部分是连用的动词（有的后一个为形容词），这两个动词不属于同一个主语，前一个谓语的宾语同时又是后一个谓语的主语，相当于一个动宾结构和主谓结构连环在一起，中间没有语音停顿。其结构形式是主语＋谓语＋兼语＋谓语（形容词），例如：

竹批双耳峻，风入四蹄轻。（杜甫《房兵曹胡马》

峡云笼树小，湖日落船明。（杜甫《送段功曹归广州》）

楼雪融城湿，宫云去殿低。（杜甫《晚出左掖》）

树绕温泉绿，尘遮晚日红。孟浩然《京还留别》

细雨梦回鸡塞远，小楼吹彻玉笙寒。（李璟《摊破浣溪沙》）

（以上各句中着重号处为"兼语"）

从上述例子中可以看出，兼语式中的最末一字（动词或形容词）既是句中宾语的谓语或述语，又可作为第一个动词的补语，以进一步说明主语发出动作带来的影响或效果。诗歌的这种兼语式与散文中的不同，散文中的兼语式动词有限制，一般仅限于"使"、"令"等词，但诗歌中的兼语式则不然，上述诗例中的兼语式在散文体中是不能成立的；而且，在散文体中，后一个谓语不会和全句主语发生主谓关系，但诗歌的紧缩凝练打破了这一常规，字与字位置上的趋近诱发了意义上的关联，从而产生双重含义。针对这种差别，蒋绍愚先生将之称为"特殊兼语式"。这种句式在杜甫诗中尤为常见，宋王得臣言："子美善于用事及常语，多离析或倒句，则语健而体峻，意亦深稳。"（萧涤非，2004：506）兹录杜甫《房兵曹胡马诗》中的颔联作一说明：

竹批双耳峻，风入四蹄轻。

该句描述的是：房兵曹之马为著名的大宛马。其两耳尖锐，犹如削竹；四蹄轻快，疾似劲风。诗句通过"兼语式"形象刻画出大宛马的峻健敏捷。余光中先生就此句评价道："'峻'和'轻'俨然有英文文法受词补足语（objective complement）的功用，不但分别补足'批'和'入'的语势，而且标出两个动词作用在受词'双耳'和'四蹄'上的后果。所以'峻'和'轻'两个形容词，不但分别叠合了竹与双耳，风与四蹄，也使'批'与'入'的动作臻于高度的完成。"（余光中，2007：7-8）换言之，如此句式排列，使"竹峻"过渡至"耳峻"、"风轻"化为"蹄轻"，从而叠合为一体，二意兼得，使原诗既平添一种奇峭劲健之风，又获得了意义上的多层次。但英文的语法机制使得译文很难两相兼顾。译例如：

（1）Like pointed bamboo its sharp ear,

As swift wind its fleet hoofs，O hear!

——（许渊冲，1994：60）

回译：锐耳如削竹，飞蹄若疾风，哦听！（笔者译）

（2）With sharp ears

Standing erect, like sliced corners of

Bamboo; at the gallop four hoofs that seem

To ride on the wind;

——（Alley，2005: 5）

回译：

锐利双耳

挺立，如削竹之刃；

飞奔中，四蹄仿佛

乘风而行；（笔者译）

两则译例都是译者根据自身的理解在对原诗进行解释。不可否认，此处"诗性"的损失比较多：译诗中"批"与"入"的动作都不见了，"竹峻"与"耳峻"、"风轻"与"蹄轻"都只是作一单纯类比，未能将原诗中"竹峻与耳峻、风轻与蹄轻"自然过渡、兼而有之的诗意译出，原诗"特殊兼语句"带来的双重含义与强劲气势不见了。译例（2）更是选择以散文体改造原文，使译文完全屈从目标语规范，语法完整准确，语序循规蹈矩，节奏缓慢。这种"常规化"的译文基本消解了原诗由句法错综而带来的模棱语意和劲健文风。

再如南唐中主李璟小令词《摊破浣溪沙》中的一句：

细雨梦回鸡塞远，小楼吹彻玉笙寒。

同样，"远"字和"寒"字所处的位置打破了常规句式的平顺感，使诗句浸润一种错落之美，同时也使原诗产生了多种解释。上句究竟是"鸡塞远"还是"醒时梦已远"？或是两者兼而有之？答案显然是开放的；下句可以是"玉笙之声清寒",也可以是"吹彻玉笙,小楼生寒意";同时,根据诗作的意境,作者更想要渲染的恐怕还有"高处玉笙独奏,内心更增凄寒"之言外意,以达到主客合一的诗学境界。相比常规句式,这样的句法结构使诗句的意义和意境更多一层倘恍迷离的效果,从而为诗作更添一份悠长回味。译例如:

（1）In the fine rain my dreams return from faraway Ch'i-sai;

Through a low tower blows the cold sound of jade pipes.

——（Bryant，1975: 300）

（2）In the fine rain she dreams of far-away frontiers;

Out of her bower wafts cold sound of flute of jade.

——（许渊冲，2006: 31）

回译：细雨梦回远鸡塞，小楼吹彻寒玉笙。（笔者译）

显然,此处两位译者均认为"鸡塞远"就是"远鸡塞";"玉笙寒"就是"寒玉笙",因此译文所异者仅在于不同的人称选择（例1为第一人称,例2为第三人称）。然而这样一来,诗人为求奇崛多义而匠心独运的"作诗法"在译者的个人解读中被消解于无形,原诗的诗风从崎岖变为平缓,视角从多棱变为单一,译文读者自此亦无缘得见原诗曼妙多维的诗意空间。

2.4.1.2　特殊使动式

特殊使动式指句中的谓语动词具有"使...怎么样"的意义。换言之,句中谓语动词表示的动作实际上不由其前的主语发出,而由其后的宾语发出。这种句式中的谓语并不是仅仅表现动作的及物动词,而是可以表现动作活动和效果的使动词。例如:

感时花溅泪,恨别鸟惊心。杜甫《春望》

云想衣裳花想容,春风拂槛露华浓。李白《清平调词三首》

风鸣两岸叶,月照一孤舟。（孟浩然《宿桐庐江寄广陵旧游》）

山光悦鸟性,潭影空人心。（常建《破山寺后禅院》）

（以上各句中着重号处为使动词）

使动式在散文体中用法固定,语意清楚,但在诗歌中却可能因为句式的凝练而产生多义,同时令诗风更为老到浑成。试以杜甫《春望》之颔联作一说明:

感时花溅泪,恨别鸟惊心。

余光中先生称这一联"语法暧昧,歧义四出,难有定解,当然难有定译。"

宋司马光的《续诗话》评这一联说："花鸟，平时可娱之物，见之而泣，闻之
而悲，则时可知矣。"这种解法表明："溅"和"惊"都是使动用法，"溅泪"
和"惊心"的并非"花"、"鸟"，而是诗人自己。然而，因其句式紧缩，西方
译者往往根据自身的语言习惯，将之理解为：以花鸟拟人，感时伤别，花也溅
泪，鸟亦惊心。西人此解虽与我国传统解法背离，却已被国内学术界承认，收
入了《唐诗鉴赏辞典》，使原诗又多了一层含义（王建开，1990：3）。这两
种说法一则触景生情，一则移情于物，正见好诗含蕴之丰富（萧涤非，2004：
506）。译例如：

（1）Aggrieved by the times' events,

On flowers I shed my tears;

With regrets for enforced partings,

The birds' songs stir up my fears.

　　　　　　　　　　——（孙大雨，2007：171）

（2）In grief for the times, a tear the flower stains.

In woe for such parting, the birds fly from thence.

　　　　　　　　　　——（Fletcher，1925：96）

（3）The flower shed tears of grief for the troubled times,

And the birds seem startled,

As if with the anguish of separation,

　　　　　　　　　　——（Hawkes，1967：48）

译例（1）（国内译者）取第一种解释（即"溅泪"和"惊心"的动作发出
者为诗人自身，而非"花、鸟"）。译例（2）和（3）（西方译者）均取第二种
解释（即"花溅泪"，"鸟惊心"）。由此可见因译者文化身份的不同而造成译诗
策略的差别。原诗中由于使动句法造成的错综模棱使这两种解释可以并行不
悖，但对逻辑严格的英语而言，要在句法上同样实现这一点并不现实。译者只
能退而求之，选择其一。

同样地，所举前例中"云想衣裳花想容"可以指"看到云和花就使人想到
（杨贵妃的）衣裳和容貌"，也可以把衣裳想象为云，把容貌想象为花（萧涤
非，2004：250）。许渊冲将之译为"her face is seen in flower and her dress in
cloud."（许渊冲，2009：12）其与宇文所安的译文"clouds call to mind her robes,
the flowers recall her face."（Stephen Owen，1981：116）基本语意一致，所取

皆为传统解法。但杨虚英的译文却为"clouds want to be her dress and blooms her face."[26]该译文采用了拟人手法，将主语定格为"云"和"花"，读来意趣盎然，也不失为诗歌解读的一种别裁。而"风鸣两岸叶"既可以理解为：风使叶鸣；也可以理解为：风鸣于叶间。徐忠杰先生取前一种解释，将之译为"trees on both banks sound the winds whispering note."（徐忠杰，1990：25）而宾纳则取后一种解释，将其译为"a wind in the leaves along both banks."（Bynner，1929：36）对于"山光悦鸟性，潭影空人心"，闵福德将之译为"here birds are alive with mountain-light, and the mind of man touches peace in a pool."（Minford，2000：841）而孙大雨则译为"the rare aura of the mount pleased the nature of the birds, images in rock pit pools freed one's mind's ups and downs."（孙大雨，2007：279）二者一自发一使动，诗意判然有别。由此可见，特殊使动式因其句式特异，因而富含多义。而英译文由于语法机制所限，并不享有此等自由，此间无论哪种英译文都只是对原文众多可能性的一种解释。

2.4.1.3 谓语双叙式

谓语双叙表现为两个简单意象中插入一个动词或述语，这一动作或述语可以同时作用于两个意象、兼管前后两个词，从而令句式产生交错回旋之美，使诗句内容出现多义，因而不能简单地以"主—谓—宾"的传统句法方式解读。例如：

泉声咽危石，日色冷青松。王维《过香积寺》

大江流日夜，客心悲未央。谢朓《暂使下都夜发新林至京邑赠西府同僚》

乱云低薄暮，急雪舞回风。杜甫《对雪》

忘记看白日，留客醉瑶琴。戎昱《题严氏竹亭》

丛菊两开他日泪，孤舟一系故园心。杜甫《秋兴八首·其一》

（以上各句中着重号处为可"双叙"之谓语）

由于汉字词性和词意的极大活跃，在这种错综句式中，连接两个名词意象的动词或述词可以同时与二者发生语义关联，从而将句式完全解放，极大地增强了意义的阐释维度。试以王维《过香积寺》中的颔联作一说明：

泉声咽危石，日色冷青松。

---

26 见吴钧陶，汉英对照，唐诗三百首［M］，长沙：湖南出版社，1997，第 211 页。

该句在瞬间传达了三种各自独立的感受——泉声（听觉）、水流汩汩（听觉和动感）、危石（视觉），它们以某种不确定的方式联系在一起。按照散文的解释，可以理解为"泉水流过危石，发出汩汩的声响"或"危石阻路，泉声呜咽"，王力先生将之解释为"危石阻水泉声咽"（王力，2006：264）。但无论哪种解释都将原诗的立体动感降格为线性逻辑。更有甚者，下句究竟是"日光冷了青松"，还是"日色中，青松冷"或是"日光在青松中变冷"，无法作答也无须作答，因为读者的注意力完全集中在意象上而无暇顾及句法逻辑。由此刘若愚先生给出了三种均能成立的英译文：

（1）Sun's color chills green pine.

（2）Sun's color chills among green pines.

（3）Sun's color is chilled by green pine.（刘若愚，1989：67-68）

英国汉学家葛瑞汉（A.C.Graham）在其 *The Translation of Chinese Poetry*（《中国诗的翻译》）一文中，也举过一个典型的例子，即杜甫《秋兴八首》中的两句："丛菊两开他日泪，孤舟一系故园心。"（Graham，1977：13）艾米·洛威尔的译文为：

（1）The myriad chrysanthemum have bloomed twice, Days to come—tears.

The solitary little boat is moored, but my heart is in the old-time garden.

回译：丛菊两开，明日——有泪。

孤舟已泊，我心仍在旧时园。（笔者译）

而洪业（William Hung）的译文则为：

（2）The sight of chrysanthemums again loosen the tears of past memories;

To a lonely detained boat, I vainly attach my hope of going home."

回译：又见菊花开，遥想往事泪纷纷；

孤舟迟未发，系我归心徒枉然。（笔者译）

正是由于对原文的理解不一，两位译者作出了不同的解释和翻译。王力先生则将之解释为："丛菊两开，他日之泪未干；孤舟一系，故园之心弥切。"（王力，2006：164）葛瑞汉由此分析原句可能的含义：到底是花开还是泪花开？

系着的到底是舟还是诗人的心？"他日"是已经过去还是尚未到来？"眼泪"是真正的眼泪还是花朵上的露珠？[27]……他一举提出十二个问题，而原文的两句由于"谓语双叙"句法之故，可以包含所有这些含义。最后，葛瑞汉给出了自己的译文：

（3）The clustered chrysanthemums have opened twice, in tears of other days:

The forlorn boat, once and for all, tethers my homeward thoughts.

回译：丛菊两开，泪洒他日：

孤舟，永牵，思乡心。（笔者译）

但他同时不得不承认自己的译文只是去除了其中的某些解释，而另一些则被保留了下来。由此他感叹道："汉语是一种可以包容所有语意的语言。"[28]确实，要将"谓语双叙"句式带来的诗句回环之美和多层语意用逻辑井然、语法严谨的英语译出，几无可能。

2.4.2 模棱奇谲、劲健峭拔——"错综句"的美学意义

从以上分析可以看出，由于句式错综而形成的"诗家语"具有典型的美学意义，其中对英译产生影响的因素主要有：

2.4.2.1 模棱奇谲

由于错综句的句法不固定，层次不分明、词义不明确，因此极易产生多重阐释空间，即诗的模棱两可性、多义性或歧义性。模棱歧义在一般情况下是需要避忌的语言弊病，但在诗歌中却恰恰是诗家追求的目标。因诗句不同于文句，诗的创作应避免语意单一化，以朦胧多义为高格，如此才能产生"言尽意远"的联想空间和蕴藉效果。"错综"结构正是以简洁的文本为读者提供了几重诗意、激发了丰富想象、阔开了审美空间，形成了充盈弹性与张力的语义场，召唤读者参与体味，共同构建诗意空间，从而令读者感到萦怀绕心，追摹不尽，为诗句带来模糊美感和无尽索解空间。

---

27 Graham, A.C. Poems of the Late T'ang [M]. Great Britain: The Chaucer Press Ltd, 1977. P21.

28 中文为笔者译，英语原文为："this is the language which does mean all that it can mean."

2.4.2.2 劲健峭拔

"错综句"不仅易造成语意的歧义,而且还带来诗风的磊落不平。由于句式层次复叠,环环相扣,字字缠结,因此较之一览无余的普通表达更增一份"行神如空,行气如虹"的奇峭曲折美,使寻常诗歌化呆板为流动、化平稳为顿宕,既流转自然,又风神摇曳,传统诗论对此多以"语健"目之。而且,句式的变化必然会引起节奏的变化,读来更令诗风峭拔,品之不尽,完美诠释了中国古典诗词在创作传统中对句式"曲达"、"劲健"和"峭拔"的一种自觉追求。

2.4.3 以"形似"求"神似"——"错综句"英译策略与方法

尽管在源语中句式的"错综"可以发挥"奇峭多义"的美学功能,但在运用于英语这种以形式为主轴且语法几近刻板的语言中时却阻碍重重。译者受此牵制,多选择"常规化"的翻译策略,但这样一来,"错综句"奇崛曲折的诗风由于英语形式枷锁的牵制而被一扫而空,多义性也因为英语语法的束缚变得单一精准;原文中的"错综句"变成了译文中的普通散文句,虽含有原诗的意义,却失去了原文的风采神韵。这是因为:"错综句"的形式本身就是内容的一个主要方面,是其诗学、美学价值所在,对于这种形式与内容紧密结合的原文本而言,如果选择使用文学翻译中通常提倡的得"意"忘"形"、"神似"而后"形似"[29]的方法进行翻译,恰恰是对原文文学性(literariness)的不忠,在牺牲其形式的同时也会牺牲其内容。

为使译文能获得与原文大略相当的"意义多重"和"风格奇特"的美学效果,译者应当先从"形似"入手,传达"错综句"在形式组合上的参差感,力求通过形式上的刻意安排,达致译文与原文内涵和神韵的相似,再现原文的奇崛多义之美。必须指出的是:此处的"形似"绝非简单地对原文进行照搬模仿,翻译理论家王东风认为:文学翻译针对"变异"与"常规"的翻译策略应该是以变异对变异,以常规对常规。但并不要求变异的形式要与原文一模一样,关键是变异的模式及其效果(王东风,2002:439)。从中可以看出,译文与原文的"形似"并不需要译文对原文形式进行亦步亦趋的模仿(事实上也不可能),而是要求译者在译入语中也积极发挥诗歌形式的作用,以"形"驭"神",以达成与原文相似的美学效果。

---

29 "形似神似说"为翻译家傅雷先生的重要翻译思想,他认为:"以效果而论,翻译应当像临画一样,所求的不在形似而在神似。"

具体来说,首先,译者可从英语语言的结构入手,利用结构干预,采用尽可能扩大阐释空间的行文模式以取得多义之效;其次,译者应秉持"去散文化"的原则,尽量避免英译诗如同散文般在一个长句中句序井然,语意一气呵成,慎用各类连接成分使诗句过于逻辑化,以此体现原文句式的劲健风格;同时,译者应该考虑适度背离英语规范,以求最大程度展现原文风貌。笔者拟用以下三种方式对"错综句"的英译作一探索:

2.4.3.1 外位结构

外位结构指在一个完整的句子前、中或后部,额外以独立形式出现的一个或数个词或短语。其在结构上与全句分离,但在意义上却紧密相连。外位结构本身既是一种语法现象,又常被作为一种修辞手段广泛应用于文学作品之中。由于其游离的句式特点,使得这部分独立结构与句中各部分以及整句之间产生了一种不即不离之感,如使用得当可以很好地体现错综句(尤其是特殊兼语式)造成的歧义,保留模糊语意,使译语读者也能感受到诗意的朦胧迂回和文风的曲折跌宕。试以上文提及的李璟《摊破浣溪沙》中二句为例:

细雨梦回鸡塞远,小楼吹彻玉笙寒。

译文:

In the drizzle lingers a dream of frontier, remote.

In the tower hovers the sound of jade pipes, cold.

——笔者译

该译文用逗号将前后两个部分隔开,以"外位结构"来译容易引起歧义的"远"和"寒"字,使"兼语式"中的补足语既可修饰宾语,又可修饰主语乃至兼及整个句子。换言之,此时由于"remote"一词以单独呈现的形式与前句隔开,因此它所隶属的主语是模糊未定的,既可以是"frontier",也可以是"dream",还可以看作是对全句的一个总结性评述。同样,下句的"cold"既可修饰"jade pipes",亦可看成作用于"sound"而形成"cold sound"的"通感"修辞效果,或者是对整句的概述。译文中"外位结构"对英语文法规范有一定的背离,在句式上与原文近似,其制造的搭配不确定效果令诗句产生多义和发散的阐释空间,从而带来绵远悠长的回味效果,较为契合原诗奇崛多义的美学追求。

2.4.3.2 跳脱结构

跳脱结构源自于庞德等意象派诗人对汉语古诗的理解和英译。意象派诗人采取"意象并置"或"意象叠加"的形式处理句中的各个意象，由此诗歌被分割成若干独立部分，令诗句意义产生游离和不确定之感。这种模式的优势为有些译者所用，并从读者接受角度考虑，修正了其中因逻辑缺席而产生的"诗意晦涩"之弊，在一定语境下可以用来应对"错综句"的多义美学效果。以王维《过香积寺》的颔联为例：

泉声咽危石，日色冷青松。

译文：

Sound of the spring, the standing stones, sobbing.

Color of the sun, the green pines, freezing.

——（Minford，2000：710）

译文通过将两个意象并置并将谓语倒置的安排，使得各意象间以及意象与动作之间催生出一系列可能性，由此产生了模糊徜恍的效果，扩大了语意的阐释空间；而且，这样的结构对原文句式的"反常化"也有所体现。以此方式可以尝试翻译上文所举的"谓语双叙式"各句。试以谢朓"大江流日夜"一句为例，在原句中，流的对象不仅是江水，更是时间，蕴含着光阴、青春、甚至生命等等内容。诗人将"流"字安置在两个意象中，而没有简单地铺陈为"大江日夜流"，就是为了暗示其对时光流逝、青春不再的感慨，从而引出下句"客心悲未央"。因此，此处的英译就不宜使用常规化的方式，如"the great river flows day and night"，而可以选择跳脱并且变换句序的方式译成：

The great river, day and night, flowing.

——笔者译

通过这种方法，译文大体上保留了原诗语意上的歧义和结构上的反常，令读者多少感受到原文的美学效果，而不至于被常规化的译文所误导，拉大与原文真实美学效果的距离。不过，与"外位结构"相比，"跳脱结构"对英语语法的背离程度更大，逻辑上的衔接性更弱，因而在实际操作中译者应更多从译文的可读性角度考虑，根据实际语境，少量增加贯通语意的词汇，务须以能够理解为限。

2.4.3.3 延留结构

延留结构指的是利用破折号对语音的延长，造成诗句意思的转换、跳跃、插说、延续，以形成模棱多义的效果。华裔学者叶维廉对这一方法颇为赞许，

他在 *Ezra Pound's Cathay* 一书中以庾信《夜听捣衣诗》中的一个"谓语双叙"句"新月动金波"为例，对这一手法作了分析。这个句子如果以英语中所习见的"主—谓—宾"分析结构来解释，那么"金波"即是"动"的宾语，因此诗句可以理解为"（由于）月亮光线的照射，使得金色水波好像在流动"；但"谓语双叙式"的极大弹性同时允许了其它理解可能性的存在，比如"新月照耀之时，金波流动"。这种理解将全句看作是由两个小分句构成，即"新月//动金波"（"动金波"即"金波动"）。正是由于谓语动词可以与前后两个意象都形成逻辑搭配，于是诗句产生了不同含义，翻译时译者不得不面对二者择一的取舍，然而原句却是可以二者兼收并蓄的。鉴于此，叶维廉主张借鉴美国女诗人艾米莉·迪金森（Emily Dickinson）诗歌中所用的标点符号来再现原诗的复义或模棱两可性，他首先引用了迪金森的一首诗歌 *Dare you see a Soul at the White Heat* 中的两句：

> Then crouch within the door—
>
> Red—is the Fire's common tint—

正常情况下，诗中的"red"应该看作是"the Fire's common tint"的表语，然而此处由于"red"前后两个破折号的分隔，使之与前后两个句子都产生了心理关联，因此"red"隐约也兼顾到了前句，成为对前句的一种补充描述。受此启发，叶维廉建议将此种方法引入汉诗英译，于是就有了"新月动金波"的另一种译文：

> New moon—stirring—gold waves.

在这个译例中，"stirring"被处理成了悬垂成分，仅通过破折号与前后两个意象连接。如此一来，"stirring"的指归立刻变得模糊，可同时两者兼顾，由此产生模糊多义之效。叶氏即以此种尝试表达了他对汉诗英译的一种理念——诗歌翻译中应通过各种语言技巧和变通手段尽量保留原诗的模糊歧义，而不要坐实诗意（叶维廉，1969：14-15）。

延留结构可以看作是翻译诗歌模糊多义性的一种有益尝试，而且其本身结构即带有句式的"陌生化"倾向，与原诗奇崛之风近似。不过，在具体语境中使用延留结构时，译者应该特别注意：译文中两端用破折号衔接的中心词应选择与前后意象均能搭配的模糊词汇（如上文中的"stirring"），如此方能奏效，否则依然免不了会落实诗意。

2.4.4　小结

综上所述，在保留古诗词"错综句"形成的模棱多义的美学价值时，上述方法可以为译者提供有益的思路和可行性尝试途径。不过，汉诗句法的极大灵活性使得其英译远未如此简单。例如在翻译"特殊使动式"时，汉英语言文法的巨大差异使得要周全原诗的歧义几无可能。确实，"模棱多义"是一个非常难以把握的概念，"不及"则诗意太显豁，"过之"则诗意趋向隐晦，此中并不存在可以精准测量的标准。华裔学者刘若愚认为："关于在译文中再现汉语的句法是否处处都是可能的这个问题，回答应是否定的。因为在中国诗歌中一行诗在句法上同时可有几种理解，没有什么译文能够反映汉语句法上的多义现象。"（刘若愚，1982：67-68）有鉴于此，刘先生建议："模糊诗句具备了一种以上的合理解释，但通常都有某种最接近的解释。汉诗英译若试图保留所有的语法模糊，很可能会将含有多重意义的诗句变得一窍不通。因此我认为最好从几种可能性中选择一种，失去多义的代价总好过无解，好过令译诗比原诗更晦涩难懂[30]（刘若愚，2012：236）。

的确，要用注重精准严密的英语语言来应对汉诗的模糊多义，其可译性注定相当有限，译者所能做的只是在每一个个案中丈量两种语言之间的相似与不同、诗学之间的吸纳或对抗，探幽发微，以此寻觅新的诠释途径，通过各种手段尽力将模糊多义美的亏损降到最低程度，令译诗多少能反映出一些原诗的朦胧之美。但当诗句的多值性和多解性注定无法保留时，成熟的译者亦会抛弃不切实际的幻想，重新从深入领会原诗的情趣、意旨、精神出发，与作者共情，向读者移情，紧扣主旨，选取最能体现诗歌神韵和意境的解读方式，努力将这一种解释译得精彩，使每一代读者都既能理解和欣赏原文具有普遍意义的美学价值，又能领悟到时代和译者赋予它的独特文本内涵。

---

30 中文为笔者译，英语原文为："An ambiguous line is one that can make sense in more than one way, but usually it makes some kind of immediate sense. To keep all the grammatical ambiguities of Chinese in an English translation might turn a line that makes sense in more than one way into one that makes no sense at all. It seems to me better to choose one of several possible meanings, at the cost of losing the ambiguity, than to render the line meaningless or more enigmatic than it is in the original."

第三章 诗家"词语"美学英译

英国哲学家、语言学家杰弗里·利奇（Geoffrey Leech）将诗歌中异常的表现形式分为八种：（1）词汇偏离；（2）语音偏离；（3）语法偏离；（4）书写偏离；（5）语义偏离；（6）方言变异；（7）语域偏离；（8）历史时代偏离。（leech，2001:42-51）如果说，诗家"句语"体现了诗歌表现形式在语法上的偏离，那么本章所述诗家"词语"则彰显出诗人在词汇上对常规的有意违背，属于利奇所述之"词汇偏离"。中国诗人除了在句式上刻意求新求变、以超常结构凸显诗歌审美特性之外，在创作古典诗词的过程中对选词用语也非常讲究，他们通过对字词的锤炼打磨，力图推陈出新、另辟蹊径、提升诗格、深化意境。这种自觉追求和苦心经营催生出了许多专属于诗歌的语言和词汇，它们在日常用语中显得扞格不入、背离常理甚至无法理解，但在诗歌中恰是最为传神出彩之处。钱锺书先生在《谈艺录》第 60 条中曾说："诗歌语言必有'突出处'，不惜乖违习用'标准语言'之文法、词律、刻意破常示异（the intentional violation of the norm of the standard, distortion）……诗歌语言每'不通不顺'，实则诗歌乃'反常之语言'，于'语言中自成语言'……在常语为'文理欠通'或'不妥不适'者，在诗文中则为'奇妙'而'通'或'妥适'之至也！"（钱锺书，2001：590）这段文字清楚地表明：诗人在特定语域中为求最具表现力的表达时，常有意违背语言运用的常规。他们锐意求新，创造变化，使诗句读来或新颖奇特、或妙趣横生、或含蓄典雅，令审美接受者的感官受到强烈的震荡和冲击，从而加深对审美客体的印象和感悟。本章撷取其中最具有代表性的几类词汇"诗家语"——变异语、代字、活用量词，探讨如何在英译中保留其独特的美学价值。

3.1 变异语

3.1.1 变异语的含义

  "诗家语"在词汇运用上常可见到打破思维习惯或违背逻辑常理的"变异语",表现为诗人在用字用词上独出机杼,将字词用于异于惯常的、反逻辑的、或者违背科学真实的场合或搭配中,使其内涵发生"变异",催生出原本所不具备的美学意义,从而形成全新的阅读体验。例如:

> 青鸟不传云外信,丁香空**结**雨中愁。李璟《浣溪沙》
>
> 孤灯**燃**客梦,寒杵**捣**乡愁。岑参《客舍》
>
> 冷露**滴**梦破,峭风**梳**骨寒。孟郊《秋怀》(其二)
>
> 渡口换船人独立,一蓑烟雨**湿**黄昏。孙觌《吴门道中》(其一)
>
> 春心莫共花争发,**一寸**相思一寸灰。李商隐《无题》
>
> 平林漠漠烟如织,寒山一带**伤心**碧。李白《忆秦娥》
>
> (以上黑体着重处为"变异语")

  在上述各例中,黑体字与其前或其后的词汇组合后均出现了不合逻辑常理的现象。试问丁香如何"结"愁?孤灯如何"燃"梦;杵怎可"捣"愁?露又怎可"滴"梦;风何以"梳"骨?烟雨怎么能"湿"了黄昏?"相思"本为抽象名词,如何以实词"寸"计算?"碧"这个颜色词缘何以"伤心"修饰?也就是说,诗句中若干在正常逻辑思维中本不相干或相隔甚远的事物或现象经由诗人大胆想象,通过一个核心词汇被巧妙联结到了一起,相互碰撞、相互作用,使独特新颖的"诗意"在冲突中迸发,形成别样的美感体验和智慧火花。由于其中起关键作用的这个核心词并不依循它固有的或约定俗成的范围来与他词搭配使用,故而视作是对日常规范的一种"变异"。

3.1.2 反常合道、妙造自然——"变异语"的美学意义

3.1.2.1 无理之妙

  "无理"指的是不合客观规律,"妙"却是独特的诗趣和诗味。"变异语"构成的诗意往往看似不合常理甚至荒诞诡谲,但从审美心理来看却更见风神情致。一个小小的悖谬,赋予诗歌的却可能是更深层次精神的领悟、心灵的共通和格局的廓开。苏轼尝言:"诗以奇趣为宗,反常合道为趣。""反常合道"

指的就是"理无可恕，情有可原。"因此，"诗家词语"中的"变异"现象往往既违规又曼妙，既悖理又合情。其违规悖理特征往往先引人侧目，而后其曼妙合情之美学感受又会发人深思，引人遐想，从而令人产生"意料之外，情理之中"之感，令阅读过程充满一波三折之味。试以前引"寒山一带伤心碧"句为例："碧色"本无"伤心"、"欢乐"之谓，但诗人将情绪投射到景物上，便俨然产生了此情此景的错觉把握，使其明明"无理"，却因深切反映情绪和感觉而令诗意跌宕起伏、绵展延伸，带来说之不尽的蕴蓄美感和奇特的心灵感应。

3.1.2.2　瑰奇颖异

西晋陆机《文赋》有云："谢朝华之已披，启夕秀于未振。"意即作诗贵在创新，应力避前人陈语，不随俗流，发人之所未发。"变异语"正是古代诗人追求语词瑰奇颖异的真实写照。诗人以其锐感灵思捕捉到自身最微妙的心绪以后，驱驰想象、撷取妙语，使得"变异"所用字眼无不跳出日常普通用语的框架，为世俗想象之所不到。以杜甫《春宿左省》中"月傍九霄多"一句为例。清叶燮在《原诗》中说："'月傍九霄多'句：从来言月者，只有言圆缺、言明暗、言升沉、言高下，未有言多少者。若俗儒，不曰'月傍九霄明'，则曰'月傍九霄高'。以为景象真而使字切亦。……试想当时之情景，非言'明'、言'高'、言'升'可得，而惟此'多'字可以尽括此夜宫殿当前之景象。"（叶燮，2010：36-37）的确，"多"字本身虽无甚出挑，但用在特定的上下文中却既新且奇，将诗中帝居高远、故而独得月色的情景刻画得入木三分，为诗景诗境更添一份妥帖与生气。诗歌创作中这样的"奇"字"奇"语，能够在特定语境中化平实为新颖，令诗句活色生香、令诗篇卓然生辉。宋梅尧臣说："意新语工，得前人所未道者，斯为善也。"叶燮更感慨："可言之言，人人能言之，又安在诗人之言之？"诗评家的这些看法都充分说明"变异"语实乃诗人将自身特定感受经由诗性思维浸润之后产生的创造性语言，奇语天成，颖妙不凡，正是作者文思卓绝、笔调风流的有力佐证。

3.1.2.3　空灵超脱

"空灵"在古诗词创作审美中指灵活缥缈、无法捉摸；"超脱"则是一种飘然出尘、身在世外的美学感受，这两种美感的结合在"变异语"的使用中得到了最大程度的体现。这是因为，"变异"的语言搭配往往是"有形与无形"、"具体与抽象"、"质实与虚空"的组合，其背离了实用逻辑、理性逻辑，只合乎心理逻辑、情感逻辑,因此能令诗歌褪去"说明"、"描述"和"解说"感,增添"体悟"、"共情"和"追索"感,易于在审美接受者心中营造出一种灵巧、空阔、出世、脱俗的诗意氛围。试以前引"寒杵捣乡愁"一句为例,"寒杵"为一具体有形物,"乡愁"却是抽象无形物,"捣"字将有形物与无形物汇合于同一感知阈内,虚实互参,有无相照,于是虚空、灵妙之感顿生;再如杜甫《夔州雨湿不得上岸作》诗中"晨钟云外湿"一句,以"湿"这种虚幻触感来形容"钟声"的听觉实感,将不同感受打通,让读者体会到"通感"(synesthesia)带来的横无际涯的心理辽阔感,于是"钟声"穿云偕雨、悠悠回荡之空旷回旋的审美体会油然而生。这种空灵超脱感对于营造渺远幽深、回味悠长的古典诗词诗境颇有助益。

3.1.3 语求通顺、以"常"代"奇"——"变异语"常规化英译

尽管"变异语"在源语诗歌中以其对习用常理的反叛获得了无理而妙、瑰奇颖异、空灵超脱的美学功能,但在译文中它的诗学价值却常常因被忽视而隐匿无形——以"常规化"翻译手段处理"变异语"的译者大有人在,表现为无视古典诗词因"反常"表达带来的各种审美感受,倾向于以顺畅的译文解释原文的"意义",而非点染出"意味"和"意趣"。例如:

(1)画壁馀鸿雁,纱窗**宿**斗牛。孙逖《宿云门寺阁》

译文:

At night outside the window the dippers are found.

(the line implies that the temple is located rather high on the hill.)

——刘重德[1]

该首诗中"斗牛"泛指天空中的星群。诗的大意为:天上的繁星仿佛停留在纱窗上。诗人没有选择习用的"映"字或"现"字,而使用了一个十分别致的"宿"字,使本来平平无奇的表达立刻显现出灵动的色彩,仿佛群星亦有生命,朝去夜来,相约有期,从而烘托出全文仙境般的氛围。而译文对此则只作寻常描述(are found),因其美学感染力的缺席,译者只得在文后作注解释,试图描摹出源语诗歌中的景致。但是语词使用中的力有不逮还是不可避免地令译文的美学效果大大减损,难以追拟原文。

---

1 见郭著章、傅惠生等,汉英对照《千家诗》[M],湖北:武汉大学出版社,2004,第467页。

（2）荷笠**带**斜阳，青山独归远。刘长卿《送灵澈》

译文：

With a straw hat on your shoulder, under a sun-setting scene.

——罗志野[2]

诗句中"带"字的意义发生变异，其与"斜阳"的搭配堪称奇绝，虽诗意不过是说一个人背着斗笠、披着夕阳余晖远行，但一虚一实的反常搭配以轻灵笔调勾勒出诗中隐士超脱孤傲的背影，令诗句满盘皆活。而译文却将这种"奇巧"的用法省去，换成了最普通的日常语搭配（with...on）。不得不说，译文辜负了诗人对"诗家语"的苦心经营。

（3）春心莫共花争发，**一寸**相思**一寸**灰。李商隐《无题》

译文：

Let not the longing thought thrive with the flourishing bloom;

The more you indulge in it the more it will you bother.

——曾炳衡[3]

原诗以"寸"计"相思"，造语奇特，想人之所未想。一"寸"相思，则相思何其细密，可见一斑。而译文却将这种极有利于增强文学性和异质感的表达直接砍去，换作对此的一番"文理通顺"的解释。这一解说虽意义不谬，但将"诗家语"本欲通过语言"变异"所着力展现的"无理之妙"抹煞殆尽。这样的译文，与日常散文表达何异？

（4）今夜偏知春气暖，虫声新**透**绿窗纱。刘方平《月夜》

译文：

Behind the green gauze window I hear the insects sing.

——（吴钧陶，1997：483）

原诗以虫声曲达"春至"之意，着一"透"字，暗示生命的萌动、春意的复苏，构思新颖，不拘绳墨，令诗句生意顿出。但译文的表达却落入平常造语之窠臼，一来缺少"变异语"的形象感，消除了诗句的灵动机趣；二来这种纯粹"叙述"式的表达亦剥夺了译文读者品味、想象原文美学内涵的机会。

2　见吴钧陶编，唐诗三百首［M］，长沙：湖南出版社，1997，第401页。

3　见吴钧陶编，唐诗三百首［M］，长沙：湖南出版社，1997，第677页。

3.1.4 突破"陈规"、语用"等效"——"变异语"英译策略与方法

俄国形式主义派将语言分为诗化的、日常的和科技的，其中诗化的语言所依靠者即是语词的"超常性组合"，这一点在"变异语"中体现得尤为明显。诗人选择对语言规范实行创意性突破，以"创造性地损坏标准的东西，以便把一种新的、童稚的、生气盎然的前景灌输给我们"（霍克斯，1987：61）。此种"突破"以其特殊的言说方式为诗句带来了令人感受至深的"诗味"。著名学者金岳霖曾在其著作《知识论》中，从哲学角度提出翻译的方式可分为两种。一为"译意"，一为"译味"。前者就是"把字句底意念上的意义，用不同种的语言文字表示出来"；后者则是"把句子所有的各种情感上的意味，用不同种的语言文字表示出来。"（转引自陈福康，2002：351）从意义观来看，"译意"就是翻译出概念、内容等语内含义，而"译味"则是翻译出情感意义，即附着在语言之上、而又见之于语言之外的言外之意。此种情感意义和言外之意是区分文学与非文学的标准，"译意"和"译味"也正是区分文学翻译和非文学翻译的标尺。

"诗家语"中语词的"变异"含有强烈的情感美因素，正属于需要"译味"的原文本。对于这种独属于源语的特点，十八世纪的英国文艺理论家泰特勒（A.F. Tytler）曾强调在翻译中要注重"等效"："在好的翻译中，原著的优点已经完全移注入另一种语言，从而使这另一种语言所属国家的人能够获得清楚的理解和强烈的感受，程度和使用原著语言的人相等。"（泰特勒，1978：15-16）为了保留源语因独特的遣词炼字之功而带来的美学价值，即"诗味"，译文应秉持语用"等效"的原则，尊重原文在文体风格和字词选择上刻意为之的"变异"和"扭曲"，保留语词搭配中的"反常化"和"陌生化"，而不宜将原文的"反常"改造为译文的"正常"，将"诗化语言"改造为"日常语言"。

实际上，诗歌的艺术使命本就要求作者摆脱那种依照正常散文文法原则的通顺、明确、流畅的"消极修辞"，而遵从具有突破性的、超越散文文法标准和日常逻辑的"积极修辞"。作者如此，译者亦然。因此，译作应更多地传达原作之"异"，尊重原文作者在语言选择上的"诗化"取向。与此同时，在具体操作中，由于英汉两种语言用法存在差异，在原文中具有"变异"美感的字词直接"对等"到译文中未必具有相同效用，因此要实现翻译中的"积极修辞"，译文必然带有一定创造性，具备相当难度。从译者这一层面来说，他／

她应具备匠心独运的"变通"和"再创造"能力，善于摆脱字典含义的机械式一一对应，并借鉴中国古代诗人崇尚"炼字"的美学追求，发挥主观创造性和译入语优势，选择最合语境、在译入语中最具有表现力的词汇，来曲达原文的"变异"效果，避免"诗意"的流失；当然，译者还应注意，不可为求"异"而刻意使用古怪离奇的表达，避免导致译文意义的生僻怪异和不可捉摸。简而言之，"变异语"在译文中的美学效用应如其在原文中一样，既"悖理"，又"合情"，并具备相当的诗学表现力，使译语读者在阅读时获得的美学感受与源语读者大致相当。具体方法可见于以下数种：

3.1.4.1 直译"变异"

首先，当"变异"搭配构成的"反常"诗意处于汉英文化思维内核的共通区域时，译者便可以使用"直译"的方式保留其特殊表达。"直译"可以避免对原诗独具匠心的搭配作不必要的阐释，将"反常"现象交由读者自己去领悟，从而保留原文的"本真"。例如：

（1）孤灯**燃**客梦，寒杵**捣**乡愁。

译文：

A lonely lantern **set ablaze** the sojourner's dream,

Cold washing mallets **pound** the sorrow of home.

——（Owen，1981：173）

此处译文与原文的选词和搭配基本一致，比较忠实地保留了原诗中语词搭配的"陌生感"，完整传达了原文"变异"方式带来的特殊美学效果，同时还能如实留存"寒杵捣衣"等中国文化意象，为中西文化的交流和互通创造了契机。因而，此处选择"直译"是比较合理的。

（2）平林漠漠烟如织，寒山一带**伤心**碧。李白《秦娥月》

译文：

A cluster of mountains cold is tinged with **heartbreak** blue.

——（龚景浩，2007：1）

以"伤心"来形容"碧"色，是将诗人情感投射到颜色上去，使物色带上人的感知，属于语词"变异"。由于此种情感在中西两种文化中可以达成共鸣与互通，因此译者将其"直译"为"heartbreak blue"，这种译法简洁清楚地保留了原文的"悖理合情"性，自然而又不失神韵。

3.1.4.2　由"模拟"到"重建"

文化思维和情感的共通性使译者在上述情况下可以在译语中为源语找到对等词或对等表达，从而进行直译，这可以看作是译文对于原文的"模拟"。不过，这种情况所占比例很小，由于汉英两种语言与文化的巨大差异，词义不对等的现象在翻译中比比皆是，表相上所谓的"对应词"之间实际上极可能存在着语义差异，或表层含义相似，深层含义不同。而且，不同文化的词汇会带上各自的文化标签，打上时光烙印，浸润情感元素，引发联想效果。事实上，文本一旦翻译成其它语言，便游离于原来的语用环境和文化土壤之外。这样看来，所谓"对应词"之间的内涵与外延实际上都不对等。刘宓庆认为：译文对原文的模拟是"一种低层次审美再现手段……具有明显的局限性，代表某一语言基本形态或韵律特征的美学表象要素通常是难以或无法模仿的。"（刘宓庆，2003：519-520）因此，译者不可机械追求"词典意义"的对等，而应跳脱表层一一对应的牢笼，思考、把握语词的深层含义，关注其在特定的语境中是否能达到与原文类同的美学功能与审美联想，追求"高层次的审美再现手段"——"重建"，即"审美主体发挥自己的审美功能，消除时空差和智能差，完全进入化境……对原文的美重新加以塑造。"（同上）例如：

（1）望极春愁，黯黯**生**天际。柳永《凤栖梧》

译文：

Gazing into the distance where the grief of separation

Looms on the horizon.

——（杨宪益、戴乃迭，2006：10）

"春愁"之"生"于天际，虽几近无理，却形象描绘出诗中人愁绪满怀的心境。如"直译"，可选择"arise"与"生"字相对。然而，"the grief arises"这种搭配显然太过中规中矩。英语中抽象名词＋"arise"表示"出现"、"产生"之意早已是习用，因而无法体现原文用语之奇巧。此处杨戴译文摆脱字典义，根据对语境的深悟而选择了"loom"一词应对原文"春愁生"之搭配"变异"。一来"loom"一词与前文"grief"的搭配体现出一定的"反常"；二来"loom"一词表现力极强，其意为"to appear as a large, unclear shape, especially in a threatening way"[4]，因而将诗中"春愁"寻之无迹，却隐隐然迫近、压抑心间的情景刻画得恰到好处，较好地实现了原、译文之间美学效应的对等。

4　朗文当代高级英语辞典［M］，北京：外语教学与研究出版社，2009，第1162页。

（2）道由白云尽，春与青溪**长**。刘昚虚《阙题》

译文：

Amid the white clouds ends the winding way.

And spring **meanders with** the sweet blue streams.

——陆佩弦[5]

从正常逻辑来看，"春意"之短长与"青溪"之短长一为时间距离，一为空间距离，本不能相提并论，但诗人将二者绾合于诗句中，霎时产生了时空交融的奇妙心理感受，仿佛春色如同溪水般悠悠无尽头，意境悠远出尘。这其中"长"字的"变异"用法为诗句增色不少。倘若直译，译文"spring is as long as the stream"未免失之平淡，远不如原文奇妙新颖。因而译者选择打破重建，根据青溪之形貌情状，使用"meander"一词与"spring"搭配，体现出一定的"悖理性"；但同时又与后文的"with streams"合辙一致，仿佛春色伴随流水，一路曲折蜿蜒，其独特的美学表现力对再现原文"变异"之神采颇多助益。

（3）萧萧远树疏林外，一半秋山**带**夕阳。寇准《书河上亭壁》

译文：

Half of the autumnal mountain **is clad in** sunset glow.

——（文殊，1997：190）

秋山"带"夕阳自然于理不通，其妙处全在于造语的俭省奇特。诗句大意为"秋山染上了夕阳之色"，但译文如果按其意义"解释"，必然损失原文造语奇特之美。因而此处译者选择以"拟人"修辞变通说法，用富于感染力的"秋山着夕照之衣"的表达极为生动地传达了"变异"之意趣和美感。

（4）今夜偏知春气暖，虫声新**透**绿窗纱。刘方平《月夜》

The singing of insects **peeps through** the green gauze window

——笔者译

该例中，如将"透"字直译为"penetrate"亦无不可，但搭配太过于合理，缺少一份因语词变异产生的灵巧活泼感。因而译文另起炉灶，重新选择"peep"一词与前文"singing"搭配。因"peep"既有"appear as though from hiding"[6]之意，可表示诗中"悄然露出"之感；而且还有"look secretly and quietly"[7]

5　见吴钧陶编，唐诗三百首［M］，长沙：湖南出版社，1997，第461页。

6　朗文当代高级英语辞典［M］，北京：外语教学与研究出版社，2009：第1446页。

7　朗文当代高级英语辞典［M］，北京：外语教学与研究出版社，2009：第1446页。

之意，这种视觉感受可与前文"singing"之听觉感受搭配形成"通感"，有效展现原诗"无理之妙"和"奇特新颖"的美学享受。

3.1.4.3 从"对应"到"自创"

英国语言学家和翻译理论家卡特福德（J.C.Catford）认为："每一种语言都是一个独特的系统，与任何其它语言的系统是根本不一样的。"（Catford，1964：19）这一论断对于揭示翻译本质至关重要。其充分表明：翻译中耗尽精力寻找"对应词"的做法并不可靠，因为翻译的核心难点是由于语言本质使然，两种体系不同的语言从严格意义上来说，其字词用法并不存在所谓的完全"对应"。理解了这一点，富有领悟力和创造力的译者在应对语词"变异"时，就能够在领会原意的基础上，摆脱原文语言系统，转而将目光关注于译入语的语言系统，充分利用英语语言在字词组合上的极大灵活性，通过添加前后缀、使用连字符、变更词性等译语优势"自创"新词，创造"诗化"的译语，摆脱单纯的"信息取向"，以符合源语"变异"对语言新奇的要求。由于这种生造词汇是译者根据上下文情境和"诗家语"的特殊审美需求临时创制的、辞典里并未收入的表达，只适合于某个具体语境，因而在译作中往往能带来非常具体的、极有针对性的"陌生化"异质效果，读后令人过目不忘。例如：

（1）犬吠水声中，桃花**带**雨浓。李白《访戴天山道士不遇》

译文：

the **rain-besprinkled** peach blossoms appear a pink gay;

——（孙大雨，2007：125）

桃花"带"雨，更添娇韵，如果只以平常动词"carry"或介词"with"来应对原文的奇妙用语，未免辜负诗人的生花妙笔。因而译文另辟蹊径，自造"rain-sprinkled"一词，则雨洒桃花、春意无限之情状如在眼前，译文与原文之美学感受不相上下。

（2）春风又**绿**江南岸，明月何时照我还。王安石《泊船瓜洲》

译文：

Spring breezes have once more **greened** the land south of the river,

——（文殊，1997：210）

诗中"绿"字的使动用法已成为中国诗歌史上关于"炼字"的一段佳话，其美学感受如叶燮在《原诗》中所说："决不能有其事，实为情至之语。"为体现这种特殊的美学"变异"需求，译者选择违背英语词法，将"green"用作其在英语中所不具备的及物动词用法，以"陌生化"的形式生动传神地再现了原文"变异"之妙。

（3）荷尽已无擎雨盖，菊残犹有**傲霜**枝。苏轼《赠刘景文》

译文：

Yet **frost-proof** branches of chrysanthemums remain.

——（许渊冲，2005：166）

枝条本无"傲霜"、"欺雪"之谓，此处显然是带有浓厚情绪的"变异"之语，因而译者积极发挥主体性，采用添加后缀的方法，自造新词"frost-proof"，意为"耐受风霜、不受风霜侵染"。用词既简洁新颖，又契合诗意诗境，较好地诠释出原诗意在劝勉激励友人的昂扬之情。译文与原文"形"、"神"逼肖，美学感受因此得以留存。

3.1.4.4 有效"补偿"

法国翻译理论家乔治·斯坦纳（George Steiner）在其著作 *After Babel*（《巴别塔后》）中将翻译的过程分为四个阶段：Trust—Aggression—Incorporation—Compensate，即信任—侵入—融合—补偿（Steiner，2004：319）。斯坦纳认为：该过程中的最后一环——"补偿"是一切翻译所不可或缺的步骤。这对于存在较大"不可译性"的"变异语"之作用尤为明显。由于"变异语"的运用在很大程度上依赖于汉语本身特有的语言描述美和搭配模糊性，再加上两种语言机制的差异，英译中的损失在一定程度上具有不可避免性，"诗趣"和"诗味"很容易流失。为了化解客观存在的语言转换障碍，使译文的美学效果最大限度接近原文，译者就应积极借助译入语中特有的表现方式，尽力弥补译文在语言效果上对原文难以避免的"亏欠"，对美感的流失作出适当的"补偿"。例如：

（1）气**蒸**云梦泽，波**撼**岳阳城。孟浩然《望洞庭湖赠张丞相》

译文：

With a **murky mist**, the **marshes** are overcast.

A storm is **raging** over Yueyang **in full blast**.

——（徐忠杰，1990：24）

诗中的"蒸"字和"撼"字用语奇特，前者写活了洞庭湖上烟波浩渺、云蒸霞蔚之景；后者则具千钧笔力，一语道尽狂澜飞动之势。因其具备"所指"和"联想"的双重意义，因此无论是"直译"还是"变通"，都难以在译文中取得与原文相似的美学感受，译文美感之流失势所难免。在这种情况下，译者转而采用音韵"补偿"之法，连用三个词：murky，mist，marsh。这三个词均以"m"这个含糊的闭口音打头，一方面形成英语头韵，另一方面因其读音模糊沉闷，可有力烘托出湖山烟雾缭绕、倘恍迷离的朦胧梦幻之境，故而很好地弥补了原文语言美感的缺失；在下句中，译者首先使用"rage"，其后又以"in full blast"作出意义的"追加"和"补偿"，进一步说明"撼"字风力掀天之动感。由于"补偿"手法的有效运用，译文整体审美感受的提升显而易见。虽不能说与原文铢两悉称，但"补偿"之效对译文整体诗美的构建功不可没。

(2) 冷露滴梦破，峭风梳骨寒。孟郊《秋怀》（其二）

译文：

Cold dew **drips dreams awoken**,
Piercing wind **rips bones broken**.

——笔者译

诗句中"滴梦破"、"梳骨寒"想象之奇特、造语之新颖可谓"想人之所未想，发人之所未发"。两个"变异语"——"滴"和"梳"写出了"冷露"的悠慢冰冷和"峭风"的细密刺骨，逼肖传达了"露重惊残梦，风侵寒彻骨"的情境，烘托出诗人茅屋破陋、寒夜难眠的悲凉处境。译文的选词一来出于保留"陌生"搭配效果的目的，通过将"滴梦破"转化为"drips dreams awoken"，将"梳骨寒"转化为"rips bones broken"，重构了原文造语的新奇感；二来在行内分别以"drips"与"dreams"、"bones"与"broken"形成头韵，在行间以"drips"与"rips"、"awoken"与"broken"相对，分别形成尾韵；并使两句形成英诗中的"couplet"[8]，从而令诗句读来回环相荡，以一定的音韵美积极"补偿"了源语中"词约义丰"所营造之意境美在译文中的流失。

3.1.5 小结

普通实用语言与诗歌语言之间存在着较大的差异，前者具有具体的指称性，必须符合语言的惯用法方可实现知识传播、信息传递的功能。而后者具备的则是非指称性，它不以常理逻辑为衡量标准，而以是否能唤起情感体验和生命感知为旨归，因而对规范用语表现出一定程度的疏淡和背离，由此发展出一

---

8 Couplet: two lines of poetry of equal length one after the other. 在英诗中指相连两行长度相等的诗句。

系列专属于诗歌的词汇"变异"现象，其异于生活原型，但深刻反映诗人的心理和情感，更为接近事物的本质，因而又高于、深于生活原型，具备深层次的美学意蕴。理想的译者在翻译中既要有极高的语言驾驭能力，还应具备诗人的兰心蕙质。为此，译者应努力提高自己鉴赏古典诗词、领悟"诗家语"的艺术审美能力，把握古诗词中有意暌违常规的"变异"审美本质，锤炼自身的语言功底，以各种翻译手法最大程度保留"变异"方式对审美接受者的"陌生感"和吸引力；对因语言文化差异而导致的诗味美感的流失积极"补偿"，不仅要达致"有尽"之意，更要努力再现"无穷"之神。同时还应看到，译者在自创新词、补偿"变异语"美学价值的过程中，其翻译策略必然受到自身翻译理念、文本个性、诗学倾向、副文本需求、意识形态、阅读市场喜好等文本内外诸种因素的影响。而译者在其中的站位，能够深刻反映出译本在走出原文、成就自身过程中的取与舍、增与减、改与创等种种微观动态和多重可能性。因此，这种"译创一体化"的译本形态，必定能够为中国古典诗词的外译和传播提供细致深入的考察视野，助力中国文学文化以本真、饱满的姿态"走出去"，"走下去"。

3.2　代字

3.2.1　代字的含义

南宋沈义父在《乐府指迷》中曾如是论作词之法："炼字下语，最是紧要。如说桃，不可直说破桃，须用'红雨'、'刘郎'等字。如咏柳，不可直说破柳，须用'章台'、'灞岸'等字。又用事如曰'银钩空满'，便是'书'字了，不必更说'书'字。'玉筋双垂'，便是'泪'了，不必更说'泪'。如'绿云缭绕'，隐然鬌发；'困便湘竹'，分明是'簟'。正不必分晓，如教初学小儿，说破这是甚物事，方见妙处。"[9]

在这一段论说中，沈氏实际上揭示了中国古典诗词在语言创作上的一项重要手法，即：用他字来代替一字，历代诗论中将之称为"代字"。使用"代字"在古典诗词中历史悠久，《诗经》中的"一日不见，如三秋兮"已肇其端；古体诗如"何以解忧，唯有杜康"继有其例；诗至唐宋，"代字"运用频率渐

9　转引自夏承焘、蔡嵩云，词源注，乐府指迷简释［M］，北京：人民文学出版社，1998，第234页。

臻顶峰，尤以中晚唐诗人李商隐、李贺与花间派词人温庭筠为最。例如，李贺特别偏爱用色彩字来代替平常事物，如以"碧华"代暮云，以"长翠"代水，以"玉龙"代剑等，因而被认为"只字片语，必新必奇"。从修辞角度而言，"代字"与"借代"和"用典"有着重合类似之处，但又并不等同于此二者。"借代"注重的是本、借体之间的关联性；"用典"突出的是事理性；而"代字"讲求的却是语言本身的替代性。从韵律角度而言，使用"代字"可以化解诗句中平仄不合之困，如周汝昌先生在为《唐宋词鉴赏辞典》所作的序言中就曾提到："中国古典诗词的格律精严，因此诗人们根据不同的音律需要，创造出了许多含义近似但音韵不同的变换组合，如'青山'亦可说成'碧峰'、'翠峦'、'翠微'、'黛岫'等[10]。从其最重要的审美功用而言，"代字"的使用主要是为了避免用词的俗滥或重复，同时令诗的语言含蓄、优美、典雅。例如，诗中用"玉兔、婵娟"等来代替"明月"，就可避免后者在诗句中多次重复而导致的新意缺失。

尽管原字和代字意义相同，但二者之间存在着审美情趣上的差别，正如周汝昌先生同时指出的那样：由音定字，变化组联，其妙趣各有不同。"青霄"、"碧落"意味不同；"征雁"、"飞鸿"神情各异；"落英"缤纷，并非等同于"断红"狼藉；"霜娥"幽独，绝不相似乎"桂魄"高寒。[11]本节讨论的正是如何在英译中再现"代字"这种独特"诗家语"的美学功能。

3.2.2　生气远出、意境悠脩——"代字"的美学意义

"代字"在其历史发展中经历了社会风尚、主流诗学、时代变迁的洗礼，有些因不符合社会发展需要而渐渐淡出历史视野；有些因与原字在形象上相差太远、不易为人们记住而遭淘汰；也有些本源于某一典故，但在后世运用中久而久之遗脱本事，仅存辞义；但也有些代字因其形象勾勒、美化原字、深化意境而依然为今天的格律诗作者们所用，成为汉诗某一名类的传统用语。本节将"代字"类别大致分为三种，即：陈腐"代字"、形象性"代字"、启示性"代字"。根据这三种类别，将其美学内涵也分为相应的三种，即：避"同字相犯"、生动传神、深化意境。必须指出的是：如此划分是为论证所需。实际上，下列各种美学功能对许多"代字"而言兼而有之。

---

10 周汝昌等，唐宋词鉴赏辞典［M］，上海：上海辞书出版社，1994，第3页。
11 周汝昌等，唐宋词鉴赏辞典［M］，上海：上海辞书出版社，1994，第3页。

3.2.2.1 避"同字相犯"——陈腐"代字"

"同字相犯"即同一个字或词在诗句中重复使用,这向来是中国古典诗词创作之大忌。因而,为避用字重复,诗人词家创造发明了许多替代字以起到推陈出新、避免雷同之效。尽管这类"代字"也含有形象性,但由于其多为避免重复、求新求变而创,因此与原字的形象往往有较大距离,在历史上也最易受到诟病。如王国维在《人间词话》中就曾提到:"词忌用替代字。美成《解语花》之'桂华流瓦',境界妙极,惜以'桂华'代'月'耳。"(王国维,2009:24)世易时移,这类当时本为"求新"之用的"代字"在语言发展的长河中已如大浪淘沙般远去,成为某一特定时代的特定风景线,因而称为"陈腐"代字。常见的陈腐代字有"红雨、刘郎"(代桃),"尺素、双鲤"(代书信),"小玉、双成、青娥"(代侍女),"灞桥、出阳关、歌白雪、歌渭城"(代送行),"霓裳、高山流水"(代美妙音乐)等等。

3.2.2.2 鲜明传神、生气远出——形象性"代字"

形象性"代字"指的是在形象上比原字更为具体鲜明,从而加深审美意趣的字词。一般说来,这类代字在感官感受上与原字有相通之处或关联性,但又比原字更加明快生动,用之能增强形象感,使人获得鲜明的视觉、听觉等体验。例如:用"冰轮、玉壶、玉盘"等来代替月亮,就比原字更加鲜明、直观、生动,"神韵"逼肖而又不似原字那般直白,因而在今天的格律诗创作中依然有很强的生命力。常见的形象性"代字"有"天阶、长河"(代银河),"玉钩、玉盘、飞镜"(代不同形态的月亮),"红颜、玉颜"(代美人),"白首、华发、皓首"(代老人),"柳叶、蛾眉"(代眉毛)等等。

3.2.2.3 文意典雅、意境悠脩——启示性"代字"

启示性"代字"指的是含有较深文化内蕴和心理暗示意味的表达。这类"代字"除了拥有原字的意义之外,更加注重在特定语境中凸显原字的文化联想和人文情怀等美学价值。使用这类"代字"一来可使诗句文气庄重、格调高雅;二来因其与诗人心曲紧密相连,因而获得与"意象"同等的作用与价值,对于烘托诗境往往起着重要作用。常见的启示性"代字"有"菡萏"(代荷花),"落日、晚照"(代夕阳),"琼浆、玉液"(代酒),"沧海桑田、蓬莱清浅"(代巨变)等等,更多启示性"代字"要根据具体上下文进行观照。

除了上述美学意义之外,绝大部分的"代字"同时也是中国古典诗词崇尚

"含蓄"美的一种体现。在中国诗学理念中，诗文用语不宜尽露本意，故而诗人以"代字"替之，以使审美接受者通过"代字"之逼肖形象与文化因由去联想、揣度本意，如此方可耐人寻味，引人遐思，收"蕴蓄"之效。清叶燮在《原诗》中曾说："诗之至处，妙在含蓄无垠。"宋代诗论家严羽在《沧浪诗话》中更是提出作诗四忌："语忌直、意忌浅、脉忌露、味忌短。"因此，当原字原词过于直白通透、不利于为读者营造想象空间时，诗人就会有意识地选择"代字"来曲尽己意，为诗句平添一种含而不露的曲婉深致之韵。

3.2.3 意象扭曲、本相不见——"代字"常规化英译

3.2.3.1 译回"常字"

尽管"代字"具备上述诸多美学功能，但译者中不乏对中国诗学美学所知不深、修为不善，或对中国文化的幽微隐深之处缺乏审慎明察者，因而形成了将"代字"不加辨别地译回"常字"的常规化倾向。这样一来，"代字"赋予原文的美学意义往往在常规化的译文中被消解、湮没，译诗中完全感受不到原诗因"异质"元素带来的审美提升。例如：

（1）云母屏风烛影深，**长河**渐落晓星沉。李商隐《嫦娥》

译文：

The Milky Way sinks and the stars fade towards the morning.

———（Jenyns，1952：108）

"长河"这一"代字"表达为中国古诗词所独有，它形象描摹出星空之浩淼、银河之无涯。而英译文中的"milky way"虽与之意义相似，但传达的却是西方希腊神话的意味[12]，并没有凸显出汉诗用词造语的"特质"。如果译者不注重传达"代字"的文化意象性，那么中国文化的内核特征和异国情调便不可能在西方读者心目中实现美学价值、引发美学联想。因此，这种在文化传播中刻意消弭原作特质，向译入语文化无限屈从的"文化归化"法恐怕无法真正体现源语之精髓。

（2）**绿蚁**新醅酒，红泥小火炉。白居易《问刘十九》

译文：

I have just finished brewing some **Lu-i wine**,

And my little red-clay stove will warm us.

---

12 Milky way 在希腊神话中指女神希拉（Hera）的乳汁在天空中挥洒而成之路。

原诗中的"绿蚁"是新酿之酒的代称，因酒尚未滤清，酒面上浮起酒渣，色微绿而细如蚁，故称"绿蚁"。此处诗人使用"代字"，形象描绘出酒之醇浓，从而烘托主人待客之诚。但译文却未能参透其妙，只译回"wine"这个原字，且以"lu-i"这个"蛇足"之音译误导读者，使其误以为是某种酒名，拉开了原文读者与译文读者审美感受的距离，令此处"代字"所蕴含的异文化的特点未能渗透至译入语文化。从文化传播和推广的角度而言，如此"常规化"代字中"文化意象"的译文不能不说是"雾里看花，终隔一层"。

3.2.3.2 字比句对、僵译"代字"

在英译"代字"时，另有一类译者为求得对原文的完全"忠实"，不分场合一律对"代字"进行字词上的直接"复制"。然而，如果对前述"陈腐代字"的英译采取这种依样画瓢、生搬硬套方式的话，常常会因为"原字"与"代字"形象表达上的巨大差距，而令英译文晦涩难懂、不知所云，进而阻断文化交流。例如：

（3）回眸一笑百媚生，六宫**粉黛**无颜色。白居易《长恨歌》

译文：

If she but turned her head and smiled, there were a hundred spells.

And **the powder and paint** of the Six Palaces faded nothing.

——（Bynner，1929：230）

美国诗人、汉学家威特·宾纳擅长巧妙地将中西诗歌融会贯通后进行再造，其唐诗英译集《群玉山头》（*The Jade Mountain: A Chinese Anthology, Being Three Hundred Poems of the T'ang Dynasty, 618-906*）中常可见到不甘绳墨之生花妙笔，自刊行以来便风靡于世。但因译者中国诗学造诣所限，亦出现了一些败笔。例如此处原诗中"粉黛"原系以白粉和黑粉这两种妆饰来"借代"美女，后因其字面形象性不足，已渐成为陈腐"代字"。而译者却仍拘于字面，以"powder and paint"出之，这一译文可能会令西方读者以为自己读到的是一种颜料，因此译文不仅未能体现"代字"之美，反而造成了读者理解障碍。

（2）十年一觉扬州梦，赢得**青楼**薄幸名。杜牧《遣怀》

译文：

Known as fickle, even in **the Street of Blue House**.

——（Bynner，1929：293）

此处亦是如此，代字"青楼"在译文中被译成了"the street of Blue House"，如果不辅以注释，译语读者绝难领会其义。因此，"代字"的翻译如不加辨别地全盘采取"异化"的方式，同样也不合适。同时还应该看到：这两处误译的产生固然受制于时代的局限和汉学的艰深，但亦反映出译者对于文化异质的失察。对于《群玉山头》这样一本流布甚广的优秀译诗集来说，适时地指谬纠偏不仅必要，也是对原作的一种最好的致敬方式。在对汉学家误译进行学理考辨和修正的同时，更要反思自我，坚持文化自觉，不断探索"诗家语"英译的新路径。

3.2.4 避"熟"去"俗"、立异求新——"代字"英译策略与方法

综上所述，不同类别的"代字"在诗句中发挥的美学功能各个不同，英译时译者应特别注意根据"代字"的类型，选择能重构其美学效果的译法。本节拟借鉴许渊冲先生翻译方法论中的"三化论"，对"代字"的英译作一探讨。

所谓"三化"，指的是在译文中运用"浅化、等化、深化"的方法（许渊冲，2005：90），以达到译文的"意美"。"浅化"指一般化、抽象化，意即将深奥难懂的原文转化为较为浅显的、使译语读者易于接受的译文，包括减词、合译等法，在本节中可运用于陈腐"代字"的英译；"等化"指灵活对等，包括换词、反译等方法，此处可用于形象性"代字"的英译；"深化"指特殊化、具体化，意即译文内容比原文更为深刻，包括加词、分译等法，适用于启示性"代字"的英译。不过，这只是一个大略的分类，"代字"在实际运用中很可能几种情况兼而有之，此时就需要译者根据语境作出自主判断，融合使用这三种方法。以下就这三种情况分别展开论述。

3.2.4.1 浅化翻译

"浅化翻译"策略针对的主要是陈腐"代字"，此种"代字"用法常涉及典故。通常，典故的翻译必须依据其对诗境的作用作出取舍，但一旦典故被凝缩成一个"代字"时，一般已褪去其词源意义，而指向一个象征性的虚指系统，只为表情达意，并不拘泥于其中的真实性，也不影响诗句的情境，因此翻译时切不可拘泥坐实。如果囿于其陈腐形象，直译那些出处古奥而又与原字形象相差甚远、难以达成联想的"代字"，反而会影响读者理解，造成误译误释。因而此处宜用"浅化"法，删减不必要的信息，译出"原字"即可。有时也可视语境在译出"原字"的基础上，保留部分形象，但须以不造成理解误区为界。

例如：

（1）金阙西厢叩玉扃，转教小玉报双成。白居易《长恨歌》

译文：

Some **servant-maids** issued out to receive the newcomer.

——杨立义[13]

"小玉"本为吴王夫差之女，"双成"指传说中西王母的侍女，两个"代字"均已失去了其典故意，仅指幻境中杨贵妃之仙山侍女，因此译文选择将之"浅化"为"servant-maids"便于读者理解和接受，如此翻译已足够表明诗意。

（2）旧业已随征战尽，更堪江上**鼓鼙**声。卢纶《晚次鄂州》

译文：

Alas, more **battle-drums** are heard along the river.

——裴克安[14]

"鼓"是军用大鼓，"鼙"本指骑兵用的小鼓，但其本源之意随着历史发展已褪去，二者合而成为"战争"的"代字"。因而译文将之"浅化"为"战争"，同时保留"鼓"的形象（battle-drums），此处翻译策略的融合较为妥当。

3.2.4.2 等化翻译

"等化翻译"针对的主要是形象性"代字"。这类"代字"因其生动传神，往往蕴含较鲜明的中国元素。对于英语而言，汉诗中的这类形象性"代字"作为具有异域色彩的"外来"语词，可谓是"异文化的使者"，直接充当着文化交流的任务，如翻译得当将有助于中国古典诗词以其独特的方式进入译入语体系，不仅可令西方读者更多地了解到中国古代诗歌丰富多彩的语言表达，还有可能为译入语输送新鲜血液，符合翻译彰显不同语言之间异质的本质属性。因此，应对此类"代字"时宜采用"等化翻译"，即灵活保留原诗的异质特点。以苏轼《阳关曲》为例：

（1）暮云收尽溢清寒，银汉无声转**玉盘**。

此生此夜不长好，明月明年何处看。

译文：

Evening clouds withdrawn, pure cold air floods the sky;

---

13 见吴钧陶编，唐诗三百首 [M]，长沙：湖南出版社，1997，第575页。

14 见吴钧陶编，唐诗三百首 [M]，长沙：湖南出版社，1997，第489页。

The River of Stars mute, **a jade plate** turns on high.

——（许渊冲，2013：31-32）

"玉盘"是月亮的形象性"代字"。诗人在选词上之所以使用"玉盘"，既有不与末句"明月"重复的考虑，更着意于突出表现月亮"冷、白"等"冰清玉洁，寒意袭人"的特质，有助于烘托全诗清寒意境，表现诗人羁旅漂泊的伤感心境。如果译回原字"moon"，译诗会沦为名词解释，造成诗意和美感受损；但译者也同样不宜以"文化归化"的方式将其译为"Phoebe, lunar Artemis"等英诗中"月亮"的典雅用语，如此翻译同样不利于中国文化形态和语言神韵的传递。此处许译使用"等化"法译为"a jade plate"则较为妥当，因其能有效突出汉诗的异质，保留形象，而其与原字的形象不远，亦便于揣测。同样地，如遇"冰轮"、"银钩"等月亮的形象性"代字"时，可分别以"ice wheel"，"silver hook"的"等化"法来对应。这些形象鲜明直观，故可有效引发联想，并体现汉诗语言的"异域情调"。

再以前引李商隐《嫦娥》诗中一句为例：

（2）云母屏风烛影深，**长河**渐落晓星沉。

译文：

The **Silvery Stream*** beginning to fade

And the morning star to fall.

*The Milky Way

——（孙大雨，2007：329）

此处译者为展现"代字"所蕴含的汉语诗歌文化，特意选用了"Silvery Stream"一词来翻译"长河"。为免译语读者不明其意，又在文后作了注释，以"等化"法有效保留了"代字"的美学形象。不过，此处亦可在"等化"的基础上，稍作文内注释，如此既可保留"代字"中的异质元素，也可免去文后注解之冗余。试改译如下：

The **long Heaven River** ebbs, the morning stars fade.

——笔者译

译文以"等化"法将"长河"处理成"the long Heaven River"。由于"the long River"的直译方式易引起意义误解，因此插入"Heaven"一词作文内注解，以示其并非真正意义上之"River"，如此既能疏解诗意，又能以新颖的方式在译语中体现汉语文化中对"银河"的代称。同时，其后选择的动词"ebb"

（退潮）亦能与"river"搭配，相谐相合而带来美好的诗意感受。可以说，译诗在意义不变的基础上保留了"代字"的形象性和美学感受。

3.2.4.3　深化翻译

"深化翻译"主要适用于启示性"代字"。这类"代字"属于文化意象，是汉民族群体文化智慧的结晶，其经历了历史、地理、民族观念、思维模式的长期沉淀而逐渐定格为一种自成系统的文化符号，往往承载着深厚的心理、文化、美学等内涵。因此，选择"深化翻译"将有助于点化出字词背后的深层意蕴，令"代字"真正为译入语读者领会，从而在译文中发挥其美学效用。朱光潜先生认为："外国文学最难了解和翻译的第一是联想的意义"，因为"它带有特殊的情感氛围，甚深广而微妙，在字典中无从找出，对文学却极要紧。如果我们不熟悉一国的人情风俗和文化历史背景，对于文字的这种意义就茫然，尤其是在翻译时这种字义最不易应付。"（转引自汪榕培，2002：100）这说明在英译启示性"代字"时，译者必先钻进原文、吃透原文，再通过适当的增词与变通，将"原文内容所有，原文字面所无"（许渊冲，2003：81）的文化内涵表现出来，以深化意境、烘托古诗词文化意象的特质美。例如：

（1）**鸿雁**长飞光不度，**鱼龙**潜跃水成文。张若虚《春江花月夜》

译文：

（a）**The wild swans and the geese** go sailing by

But rob not any brightness from the sky:

And **fishes** ripples on the water pleat.

——Fletcher[15]

（b）But **message-bearing swans** can't fly out of moonlight,

Nor letter-sending fish can leap out of their place.

——（许渊冲，2010：150）

"鸿雁"和"鱼龙"是古诗词中典型的文化意象，以其往返有期而成为"书信、信使"的"代字"，在中华文化中寄托着深厚的离愁与思念之情。这种文化意象的翻译往往是西方译者的弱项，如弗莱彻的译文只是"等化"出形象，而没有传达原文的文化内涵，难免与整首诗的意境不合。另一西方译者查尔斯·伯德（Charles Budd）因不谙此处"代字"之内涵，索性将其从译文中全

---

15 转引自吕叔湘，中诗英译比录［M］，北京：中华书局，2002，第193页。

部删去,造成漏译。[16]许译没有忽略或逃避"代字"的翻译,而是运用"深化"的方法,通过精简地增加"message-bearing"(携带消息)和"letter-sending"(送信)二词,将"代字"背后隐含的文化内涵解释和显化出来,保留了"代字"的文化特质,起到令异域读者"始而不解、继而探究、终而豁然"的"引领"效果,而这正是"诗家语"英译的最理想状态。

(2)**菡萏**香销**翠叶**残,西风愁起绿波间。李璟《山花子》

译文:

(a) The **lotus flowers**' fragrance fades, their **blue-black leaves** decay;

——(Daniel Bryant,1975:300)

(b) The **pure lotus**' fragrance fades, their **emerald leaves** decay.

——笔者译

叶嘉莹先生认为此诗首句看似平实叙写,却赋予全诗心灵触发之感,究其原因,在于其中所用之"代字"传达出一种深微感受。"菡萏"本是"荷花"、"莲花"的"代字",但"后二者较为浅近通俗,而'菡萏'则别有一种庄严珍贵之感"(叶嘉莹,1994:119);"翠叶"自然是"荷叶"的"代字",但"翠"字在汉文化中易使人联想到翡翠玉石等珍贵物事,因而"翠叶"较之"荷叶",珍美之意更甚。诗人在语境中选用"菡萏"与"翠叶",极言美好之情状,而后文紧接"香销"与"残"字,则美好事物之消逝便更令人伤感断肠,令诗句萧瑟催伤之情不言自现。

译文(a)只是"等化"出了意义,却未能再现近似于原文的美学感受,此译可回译成:荷瓣香销苍叶残。如此一来,纵然其与原诗意义类同,音律尽合,但感受不再,共鸣难求。译文(b)选择将"代字"深化,译出文化内涵。首先,"菡萏"译作"pure lotus",可让译语读者感受到汉英文化的审美差别——在英语中"lily"(百合花)是纯洁的象征,英谚中有"as pure as lily"的用法;而在中国文化中,荷花"出淤泥而不染",素来被视作"高洁"象征,因此以"pure lotus"来译"菡萏",既能体现文化内涵,又能曲尽"代字"的异质感;其次,诗中"翠叶"的深层含义大于"绿叶",因此仅用颜色词"blue black"(蓝黑色,苍色)来表达,其意未尽。译文选择"emerald"一词,则可为"leaves"作文化注解,因"emerald"一词在英语中既可表颜色,又有"珠

---

16 见 Charles Budd. Chinese Poems [M]. New York: Oxford University Press,1912.P39.

宝”之意，正合原诗“翠叶”隐含的富贵之气。通过“深化”翻译，译文（b）较完整地保留了原文“代字”营造的美感，可以看作是一种有益的摸索和尝试。

　　需要指出的是，上述“代字”的归类与美学意义只是一个大略的取向。事实上，具体的语境常常会使“代字”的各类美学意义产生交互融合或重叠的现象，此时其中的分类就不那么泾渭分明，在英译中的策略也应相应作出调整。例如：

　　　　九泉莫叹三光隔，又送文星入**夜台**。崔珏《哭李商隐》

　　　　译文：

　　　　In nether world not sun or moon or stars in sight,
　　　　You are the brightest star in the eternal night.

　　　　　　　　　　　　　　　　　　　——（许渊冲，2006：190）

　　诗中“九泉”和“夜台”在中国文化中表示“阴间”，二者都属于陈腐“代字”，但译者在该语境中对二者所采取的翻译方法却不一样。“九泉”用了“浅化”法，以“the nether world”明确传达其意，而“夜台”则用了“the eternal night”这个具有明显隐喻意味的译文，以与前文“the brightest star”相谐相配，“深化”出诗人对李商隐的崇仰之情以及遭遇巨星陨落的莫大伤痛感。“深化”翻译的运用极大地烘托了意境。原诗运思奇异怪谲，译者译笔之灵巧亦毫不逊色，几可追摹，因而原、译文审美感受大略相当。由此可见，“代字”的美学意义可能随着具体语境的变化而变化，译者应当避免静止、僵化地使用“三化法”，宜遵循原、译文“美学功能相近”的宗旨，适时进行必要的调整。

3.2.5　小结

　　“代字”在中国古典诗词的创作中运用广泛，构成了中国古典“诗文用语”不可或缺的一个部分，它不单单是一种修辞手法，更体现了诗人在创作中对语言创新的追求，对于深化形象、凸显诗境颇有助益。不过，要将具有如此浓郁民族风味的异质成分移植至文化土壤大相径庭的英语语言文化中却并非易事，有时难免会出现“淮南之橘，淮北之枳”之窘，深刻反映出中英诗歌审美取向的天堑鸿沟和译者力有不逮的窘境。由此更凸显出佳译的珍贵，那是优秀译者凭依自身深厚的学识以及对诗理诗道的参悟和对异文化的包容尊重，经历千锤百炼所完成的从海绵吸水到大浪淘沙的积累。这种对文化诗学异质性的深入把握和尽力再现的意识，突出表现于译者在翻译策略选择中的平衡与变通，译作也因此呈现出既深入中国文化肌理，又顺应译入语诗学美学规范的特征，不仅令原诗"代字"的历史内涵和审美价值得以充分保留，更帮助其获得新的意义和多重阐释空间，大大提升了中国古典诗歌的开放性和延展性，在最大限度上补偿了汉诗英译"味"之失。

笔者认为，在英译"代字"时，追求美学功能的相似比传统"直译"与"意译"的取舍更有意义。译者应根据"代字"在诗境中所承担的美学功能，区别对待不同的"代字"。对于与"原字"距离较远、本源已褪的"代字"，译出"原字"意义，述清诗意即可；对于与"原字"形象接近、能够激发读者联想的"代字"，应尽量保留其形象上的异质感，传达"异国情调"；而对于有着深刻文化特征和心理涵蕴的"代字"，应运用各种方法凸显、点明其文化和心理含义。译者须在重构"异质"和照顾"读者反应"之间斟酌、平衡，既不能为求读者接受而全然不顾源语的文化"异质"，亦不可拘泥于源语用字的特殊性而令译文不忍卒读，应努力将带有文化异质或异国情调的词汇自然融入译语读者可以顺畅理解或虽感陌生、但细思之下不难领悟的语言形式中，令译文既有明显"异"趣而又不会佶屈聱牙、晦涩难懂，在最大程度上重构"代字"在源语中的美学感受。

3.3　活用量词

3.3.1　活用量词的含义与分类

"活用量词"是指三类实词（包括名词、形容词、动词）在诗歌中活用为量词的用法，这种表现方式是中国古典诗词写作中极具代表性的一种"诗家语"。通常情况下，量词在汉语中是用来表示人、事物或动作数量的单位，但在古诗词创作中，诗人常常利用一些名词、形容词和动词的形象特性，将之活用作量，由此形成一种特定的"活用量词＋名词"搭配，既简洁生动，又富于诗意。尽管不合习用语法规则与逻辑，但这种特定搭配因其唤起的诸多美学感受，业已融入古典诗词的创作技巧之中，成为一项固定的表现手法，常为诗句增添一份简洁传神、出尘脱俗的意境美。"活用量词"可分为如下三种情况：

（1）名词活用为量词

由名词转化而成的量词是"活用量词"中最常见的现象，可突出所修饰名词的某一特性。例如：

君看一**叶**舟，出没风波里。范仲淹《江上渔者》

天外一**钩**残月，带三星。秦观《南歌子》

此去与师谁共到，一**船**明月一**帆**风。韦庄《送日本国僧敬龙归》

谁怕？一**蓑**烟雨任平生。苏轼《定风波》

夜月一**帘**幽梦，春风十里柔情。秦观《八六子》

（2）形容词活用为量词

形容词活用为量词时，对事物的"形、色、态"往往能起到凸显效果。例如：

清江一**曲**抱江流，长夏江村事事幽。杜甫《江村》

红楼不闭窗纱，被一**缕**，春痕暗遮。顾太清《早春怨·春夜》

一**碧**天光波万顷，涌出广寒宫阙。张元干《念奴娇·巳卯中秋和陈丈少卿韵》

（3）动词活用为量词

动词活用为量词时，可因其本身的特性而使所修饰名词带有惟妙惟肖的动态感。例如：

一**剪**梅花万样娇。斜插梅枝，略点眉梢。周邦彦《一剪梅》

一**抹**明霞黯淡红，瓦沟已见雪花融。王安石《初晴》

一**掬**愁心，强欲登高赋。王灼《点绛唇》

以上名词"叶"、"钩"、"船"、"帆"、"蓑"、"帘"，形容词"曲"、"缕"、"碧"，和动词"剪"、"抹"、"掬"在句中均作量词之用。从常理和逻辑而言，均不能与其后的名词（尤其是抽象名词）相搭配。试问"舟"如何以"叶"计？"烟雨"如何以"蓑"计？"幽梦"如何以"帘"计？"春痕"怎可看作一"缕"？"明霞"怎可"抹"上？……简而言之，名、形、动词如何能量化？但这正体现了"诗家语"不落窠臼、旁逸斜出之妙，诗中意蕴之曼妙空灵，全凭一个"活用量词"达成。从审美效果来看，这样的"活用"法比之通常作为事物计量单位的量词内涵丰富得多，应该看作是名、形、动词在古诗词写作中的一种特有的艺术化、审美化现象，使得诗人的感情容量得以无限扩张：一叶扁舟，扁舟何其渺小；一蓑烟雨，烟雨何其孤冷；一帘幽梦，幽梦何其深隐；一缕春痕，春痕何其飘忽；一抹明霞，明霞何其灵动……此时诗句的意义虽不受影响，但美学价值却由此得到极大的升华。

3.3.2 只着一字、亦得风流——"活用量词"的美学意义

3.3.2.1 修辞润饰

"活用量词"在古诗词中超越了一般量词的计量功能，常常带有比喻、拈连、夸张、通感等修辞功用，从而增加诗句的形象性和感染力。例如：

（1）比喻用法：万顷玻璃一**叶**船。陆游《渔父》

诗中将船比喻成叶子，可形象描绘小船之状。

（2）拈连用法：一溪流水一**溪**月。冯取洽《自题交游风月楼》

"一溪流水"可讲得通，但"一溪月"如单独出现，本为不妥。而诗中通过前后相同结构的"拈连"，使本不能搭配的"溪"与"月"意象并置，更生动地体现出月色洒满溪流的美妙景象。

（3）夸张用法：斜阳外，寒鸦数**点**。秦观《满庭芳》

以"点"形容"寒鸦"，可极言距离之遥远，令诗境阔大。

（4）通感用法：一**缕**新愁，尽分付，暮潮归去。张磐《绮罗香》

将"新愁"这种无形、抽象之物与有形之物"缕"搭配，突破语言局限，使不同的感觉彼此挪移转换、交错互通，丰富了诗人表情达意的审美情趣。

古诗词中"活用量词"的这些额外的修辞功能远远超出其计量功能，令语言生动鲜明，有助于表情达意、引发读者思索和想象，其美学价值不容忽视。

3.3.2.2 文化联想

"活用量词"系由名、形、动词转化而成，而这类实词本身即是文化意象或文化意象的一部分，因此在用作量词时，依然能发挥其作为文化意象引发联想的美学功用。以苏轼《定风波》中的"一**蓑**烟雨任平生"一句为例，原诗抒写的是诗人遇逆境而淡然自得的旷达心境，依照日常语言规则，"烟雨"自然不能用"蓑"来计量，但在诗词中却是极为美妙的用法。一般注家倾向将之诠释为："披着蓑衣在风雨中行走，乃平生习惯，任其自然。"[17]。这样的解释虽有助于读者理解，但兴味顿失。事实上，"蓑"这个意象在中国古典诗词中承载着浓厚的文化内涵，"蓑笠"、"烟蓑"等表达通常与隐士式的渔翁形象相连，如："孤舟蓑笠翁，独钓寒江雪。"（柳宗元《渔翁》）；"往来烟波非定居，生涯

---

17 参见王水照，"一蓑雨"和"一犁雨"——量词的妙用，文史知识［J］，1998（11）第28-30页。

蓑笠外无余。"（罗邺《钓翁》）；"何日扁舟去，江上负烟蓑。"（魏野《暮春闲望》）等等。因此"一蓑烟雨"因其意象叠加，比之"一场雨"、"一阵雨"等常规搭配更增添一份情感色彩，更能激发读者的文化联想。正如俞成《萤雪丛说》卷"诗随景物下语"条云："至若骚人与渔父则曰'一蓑烟雨'，于农夫则曰'一犁春雨'，于舟子则曰'一篙春水'，皆曲尽形容之妙也。"[18]这就说明，不同的"活用量词"会因其中名、形、动词本身的意象特征而带来不同的文化联想。

3.3.2.3 意境深化

细心雕琢的"活用量词"对诗歌的意境往往能起到重要的深化和烘托作用。诗人在不同的诗境中选择不同的"活用量词"，能够恰到好处地将深邃悠远的艺术空间以曲笔传达之。以李煜《渔歌子》中"一棹春风一叶舟，一纶茧缕一轻钩。"为例，活用量词"棹、叶、纶"的使用使得整首诗简洁明快，极好地烘托出淡雅清明的诗歌意境，表现出诗人的淡泊心境和高雅情趣。再如许再思《水仙子·夜雨》中"一声梧叶一声秋，一点芭蕉一点愁。"一句。活用量词"声、点"的选择令诗境细腻委婉，欲说还休，营造一片伤感意绪；秦观《八六子》"夜月一帘幽梦，春风十里柔情"一句中由活用量词打造的"一帘幽梦"更是将诗歌的美好意境推向极致，月之朦胧、梦之飘渺仿佛都笼罩在那一帘轻纱之中，令诗境高妙幽雅、深邃无边，读之令人神往。

3.3.3 "表情功能"的缺席——"活用量词"常规化英译

尽管"活用量词"在古典诗歌中具备重要的美学价值，但现行汉诗英译本中却时常难觅其影踪。这一方面是由于英语中没有相同词性的表达与之相对应，因此造成了客观上的不利条件；另一方面更与译者缺乏古典诗词修养和文本功能意识、对"活用量词"的美学价值不予关注有关。

德国翻译理论家、功能学派学者凯瑟琳娜·赖斯（Katharina Reiss）的文本类型理论将文本的类型分为信息功能文本（informative texts）、表情功能文本（expressive texts）、操作性功能文本（operative texts）和听觉—媒介文本（audio-media texts），并认为文本类型决定翻译方法（Reiss，2001：37）。根据这一划分，"活用量词"以其对信息功能的弱化和审美功能的凸显，显然应属

---

18 参见王水照，"一蓑雨"和"一犁雨"——量词的妙用，文史知识［J］，1998（11）第 28-30 页。

于表情功能文本，因而译文应力求与原文风格一致，尽力还原其对读者审美心理的感召。但实际操作中，不少译者却并不关注"活用量词"为文本增设的审美功能，对其特殊用法和由此产生的诗学意味习焉不察，甚至在译文中将之随意砍削或隐匿，只注重保留诗句的大意，其结果必然造成译文在美学感知上对原文的"欠额"。例如：

（1）乳鸦啼散玉屏空，**一枕**新凉**一扇**风。刘翰《立秋》

译文：

Lying on my bed and fanning myself make me feel fresh.

——（郭著章，2010：137）

原诗中由名词活用的量词"枕"与"扇"的用法生动形象，具有优雅的古典文化联想，但译文仅采取常规手段将诗句意义译出，而对新颖别致的量词用法视而不见，译文因此变为单纯叙事风格，诗意平平无奇，不见了原诗灵动简洁的美感印象。

（2）君看**一叶**舟，出没风波里。范仲淹《江山渔者》

译文：

Now look at the little fishing boat over there,

How in the wind and waves it is tossed about!

——（丰华瞻，1997：149）

原诗中用"叶"形容小舟，以喻舟之小，令读者仿佛见到渔者单枪匹马与狂风暴浪搏击的惊心动魄的场景，而译者却毫不留恋地将"叶"字删去。从形象上来看，译文削弱了渔船之"小"与风浪之"猛"的强烈对比，无论是既视感还是画面动态感，译文比之原文都有所欠缺。

（3）燕子不归春事晚，**一汀**烟雨杏花寒。戴叔伦《兰溪亭》

译文：

And at the sandbank a drizzle chills apricot trees lined.

——（陈君朴，2006：156）

原诗中将"汀"这个名词活用作量词，点染出一片烟雨笼罩沙洲的迷蒙意境，而译文将具有点睛之笔的活用量词常规化地译为地点状语"at the sandbank"，平铺直叙、缺乏诗意的表达实难再现原文的诗情画意。

（4）**一怀**愁绪，几年离索。陆游《钗头凤》

译文：

Full of deep sorrow,

I've tasted the separation.

——黄新渠[19]

诗中由动词"怀"活用的量词将满腔愁绪充塞心间的凄苦之情一笔道出,其形象表达令人感同身受。而译文仅用英语的习见套语"full of deep sorrow"来表达原意,在形象上有所缺失,未能体现"活用量词"在表达上的别裁与新意。

3.3.4 "审美感受"的补位——"活用量词"英译策略与方法

由于量词本身就是汉语特有的语言现象,在英语中没有对应,因而历来是海外人士学习中文的一大难点。而诗人们根据自己的心境与特定语境,在诗词中活用名、形、动词充当量词的表达法更是将汉语语言的潜能发挥至登峰造极的地步,几乎非在汉语文字体系内不能领会与欣赏,因此使得其可译性限度大大缩小。尽管如此,"活用量词"的反常规搭配和表情功能的确具备丰富的美学内蕴,读之回味悠长,具有不可小觑的激发联想、美化意境的效果,如果仅因其可译性限度低而将其全部忽略、漏译、省译,必定导致译文与原文的美学功能不对等,令译文读者无法接收到与原文读者近似的美学讯息,这对于保留汉诗之"真"、弘扬汉诗之"美",推动中国诗词在海外的正向传播而言,不能不说是一种遗憾。

根据表情功能文本类型的审美特点,赖斯认为对其翻译应该传达原文的审美及艺术形式,如果两种语言文化规范产生冲突,则以源语文化的价值系统为主导(Reiss,2001)。也即是说,原文的艺术形象最好保留,同时还应传递其美学功能意义。因而在英译"活用量词"时,译者不宜将其随意忽略和删除,而应以传达其美学感受为主导原则。为在最大程度上展现"活用量词"的异质性,译者首先可运用各种策略与方法,尽可能再现"活用量词"在形象上的特殊性;同时,还应深入体悟"活用量词"带来的对事物的"形象、色彩、神态、动作、情感"等各方面美学境界的提升,在译文中以各种手段尽力传递原文的美学价值。如果保留原文形式结构无法再现原文美学意义,译者就应在同原作对话的审美氛围和文化语境里积极变通,创造新的语言形态对原作的"诗化"成分进行各种"补位",以求在有限的可译性范围内尽最大可能重构原文因运用"活用量词"而带来的美学效果。试以如下数种方式为例作一探讨:

---

19 见唐正秋编,中国爱情诗精选[M],四川:四川人民出版社,2006,第146页。

3.3.4.1 异化"异质"

"活用量词"中常见的一种情况为：用表示"处所、时间、工具"等的名词来发挥其"计量"功能，此时形成的搭配多为"活用量词＋抽象名词"。由于这种表达本身即具有很强的"反常"意味，因此以"异化"的方式保留其"变异"形态能够较为真实地体现古诗词的特殊用法，为译入语输送新的表达法，令译文读者能立刻感知到语词用法中的"陌生"元素。同时，由于英语中"A名词＋of＋B名词"的结构本身含有从属意义，因而理解时不会产生困难。例如：

（1）燕子不归春事晚，**一汀**烟雨杏花寒。戴叔伦《兰溪亭》

译文：

A whole sandbar of misty rain and the pear blossoms cold.

——（Owen，1981：273）

（2）**一夕**轻雷落万丝，霁光浮瓦碧参差。秦观《春日》

译文：

A night of gentle thunder fells a thousand catkins,

——West[20]

（3）乳鸦啼散玉屏空，**一枕**新凉**一扇**风。刘翰《立秋》

译文：

A pillow of fresh coolness, **a fan of** wind.

——笔者译

例（1）中的一"汀"烟雨，是将"汀"这个场所名词作为计算"烟雨"数量的表达；例（2）中的一"夕"轻雷，是将"夕"这个时间名词作为计算"轻雷"时长的表达；例（3）中的一"枕"新凉、一"扇"风则为工具名词"枕"、"扇"来计量"凉"和"风"的用法。具体名词与抽象名词的反常结合使得诗句尽显"诗家语"之机趣本色，因此上述译文均有意过滤了那些泛化、模糊化的意义表述，保留了原文的形式。尽管并不合译入语语法习惯，但表达简洁、意象鲜明、有陌生效果，是一种比较激进的存"异"行为。它的代价是译文与语词的现代用法拉开了一段距离，其理解度在主流认知的边缘徘徊，因此必定会造成一定程度上的存"疑"；而它的价值则在于以其虽"陌生"但不"艰涩"

---

20 见 Wu-chi Liu, Irving Yucheng Lo. Sunflower Splendor [M]. New York: Anchor Press, 1975. P359.

的表述引发阅读的兴趣与好奇感（钱屏匀，2002：151），令有心的读者产生"对原作的无限向往"（钱锺书，2002：79），从而去追根溯源，一探究竟。

3.3.4.2 借势译语

"活用量词"的用法在诗词中之所以称妙，很大一部分原因是因其不合事理、但合情理的搭配使然。为了在译文中取得同样奇特的效果，译者还可以在领悟原文诗美的基础上，发挥译入语组词搭配上的优势，以曲达原文的美学感受。例如，英语中有一类"unit noun"或称"collective noun"（单位名词）常可用以表示名词数量甚至特性，因而译者除了使用在形式上保留原文结构的"异化"方法之外，还可根据语境，借用"unit noun"中的一些较为形象性的表达，译出"活用量词"的鲜明感。由于此时的搭配为"单位名词＋抽象名词"，因此读来依然有很强的"陌生感"，译文不会因向译入语有所倾斜而导致"常规化"。例如：

（1）红楼不闭窗纱，被一缕，春痕暗遮。顾太清《早春怨·春夜》

译文：

But the room is obscured, by **a wisp of** spring.

——（龚景浩，2007：202）

单位名词"wisp"意为"a small thin line of sth. that rises upwards"[21]，常与"smoke，cloud"等搭配，此处译者将之用来形容"spring"，搭配反常却新颖，恰到好处地体现了"春痕"若有似无的美感。

（1）月黑见渔灯，孤光一点萤。查慎行《舟夜书所见》

译文：

In moonless night a fishing lantern sheds

Like a lonely firefly a feeble **gleam**.

——许渊冲[22]

一"点"萤火，以单位名词"gleam"来译极富表现力，"gleam"意为"a small pale light, especially one that shines for a short time"[23]，用在此处恰

---

21 朗文当代高级英语辞典［M］，北京：外语教学与研究出版社，2009：第2284页。

22 转引自张智中，许渊冲与翻译艺术［M］，湖北：湖北教育出版社，2006，第232页。

23 朗文当代高级英语辞典［M］，北京：外语教学与研究出版社，2009：第827页。

好表达出"渔火"之微光摇曳。译笔形象传神，远胜过将之直译为"a dot of light"。[24]

3.3.4.3　创构新词

英语中有一类带有后缀词根"-ful"、表示"量"的名词，如"mouthful, spoonful, handful, cupful, dishful, boatful, houseful, armful"等等，译者可以利用这一构词法，构造新词来翻译"活用量词"。一方面，这种表达法植根于译入语的语言习惯，较易为译语读者接受；另一方面，它又有着不合译入语规范的"异质"性，因而属于部分"异化"、部分"归化"的方法，如运用得当既能有效保留原文"活用量词"的美学特点，同时又易于读者理解。例如：

（1）争渡，争渡，惊起**一滩**鸥鹭。李清照《如梦令》

译文：

We drove up a **beachful** of herons and gulls.

——（龚景浩，2007：134）

译者将原文"一滩"译为"a beachful of"，"beachful"虽为英语所无之词，但符合英语构词法，因此不难引起联想。同时，此种表达简洁有力，对于还原"活用量词"的准确精简较为有效。

（2）把春波都酿作、**一江**醇酽。辛弃疾《粉蝶儿·和晋臣赋落花》

译文：

Then mellow waves were brewed into a **riverful** of doping wine.

——（刘国善等，2009：268）

同样地，"riverful"亦是全新构造之词，译者试图通过对译入语习用的稍稍偏离，唤起译文读者对原文"异质"的关注，这种英译方法既忠于原文的意义与形式，又带有译者的主体创作意识，使用得当可达到进退裕如、平衡有度的美学效果。

以上三种方式以与原文近似的表达法基本上就能重构"活用量词"在形式

---

24 英语中的 unit noun 或 collective noun 数量众多，十分特殊有趣，是独属于英语语言的创造性用法。有时与汉语的一些量词用法相似，表示被修饰名词比如动物的属性，如 a parliament of owls, an ambush of tigers, a murder of crows, a crash of rhinos, a leap of leopards, a blessing of unicorns, a pride of peacocks...尽管其与中文"活用量词"为了增添诗意、营造意境的美学功能和文化内涵并不等同，但亦有相近之处，可以作为英译"活用量词"的一种积极探索。

结构上的特异之处和语言表达上的精简形象之美。但"活用量词"的美学内涵远不止此，因而在更多场合下，译者应以译文最终能否获得与原文近似的美学价值为翻译准绳，大胆跳出形式的桎梏，发挥主观能动性，积极"创译"。

3.3.4.4　"还原"修辞

如前所述，在"活用量词"中，有相当一部分名词活用为量词时具有强烈的修辞美学效果，英译时译者可运用英语的构词法或表达法，以简洁明了的方式还原其中的美学内涵。试以"比喻"修辞为例：

（1）添加后缀"-like"，例如：

> 玉鉴琼田三万顷，着我**扁舟一叶**。张孝祥《念奴娇·过洞庭》
>
> 译文：
>
> Like thirty thousand acres of jade bright,
>
> Dotted with the **leaf-like** boat of mine.

——（许渊冲，2006：148）

译文通过添加后缀，保留了原文"活用量词"兼有的比喻效果，既简洁又形象。

（2）运用"a＋喻体＋of＋a＋本体"的地道英语表达，例如：

> **一叶舟**轻，双桨鸿惊。（黄庭坚《永遇乐·过七里滩》）
>
> 译文：
>
> **A leaf of a light boat**,
>
> A pair of oars startling the wild geese—

——（罗郁正，1975：352）

"a＋喻体＋of＋a＋本体"的英语表达相当于"a＋喻体-like＋本体"，其优势在于行文典雅、书面意味浓郁，比较适合诗歌翻译。以此类推，"一钩新月"可译成"a hook of a moon"（相当于"a hook-like moon"）；"一眉新月"可译成"a brow of a moon"（相当于"a brow-like moon"）等等，具体情况视语境而定。

此外，对于其它具有修辞美感的"活用量词"表达，译者也应致力于再现其修辞功能，例如：

> **一缕**新愁，尽分付，暮潮归去。张磐《绮罗香》
>
> 译文：

A strand of fresh coolness dissolves，with the evening tide.

——笔者译

译文将"strand"（触感）与"coolness"（冷热感）并置搭配，突破了感官的局限，使诗歌意象更为活泼新奇，基本再现了原文"活用量词"营造的"通感"修辞效果。

3.3.4.5 转换"诗家语"

哲学家金岳霖认为："与本民族语言特点（语言、句法结构等）和文化（词句的特殊蕴意和联想）相系紧密的作品，尤其是诗作，其形式之美，大半不能译，需重新创作，即把握原诗意义、情境之深蕴后新创一相应的美的形式传达之（转引自王克非，2006：498）。古诗词在创作中存在着多种不同的"诗家语"表达法，在译"活用量词"时，译者还可适当借鉴、变通，将"活用量词"转换为其它形式的"诗家语"，以曲尽诗味。尽管此时译文在形式上会与原文产生差距，但"运用之妙，存乎一心"，只要筹谋得当，仍然可以再现原文"活用量词"带来的美学神韵。例如：

（1）满载一**船**秋色，平铺十里湖光。张孝祥《西江月》

译文：

My boat **is fully loaded with** autumn hue,

——许渊冲[25]

许译将原诗中的"活用量词"巧妙转为译文中的"变异语"，以"一船满载秋色"这种错位表达代替"满载一船秋色"进行翻译，成功化解了"一船秋色"直接异化为"a boat of autumn hue"可能在译文中引起的意境美流失。译文用词造语既美，又保留了"诗家语"的反常规特征，通过转换"诗家语"的类别，译文达到的美学效果可追摹原文。

（2）一**掬**愁心，强欲登高赋。王灼《点绛唇》

译文：

My **sorrow-laden** heart forces me to write

A poem on the height.

——许渊冲[26]

---

25 转引自张智中，许渊冲与翻译艺术［M］，湖北：湖北教育出版社，2006，第200页。
26 转引自张智中，许渊冲与翻译艺术［M］，湖北：湖北教育出版社，2006，第108页。

诗中"掬"字原指"两手捧起（水、泥等流质）"，此处活用作量词，以形象表达描绘出诗人所修饰之名词"愁心"的郁积。在"直译"无法体现原文形象美感的情况下，译者通过对原文"活用量词"性状的深度把握，果断转换"诗家语"，以"内心负载愁绪"（sorrow-laden heart）这种独特的"变异"表达曲尽原文美感，虽然译文在表层形式上与原作相异，但二者带来的美学感受差略相当。

以上两例充分说明：在具体实践中，高明的译者常常根据文本语境的特定需求做出合乎法度的平衡调节，这使得他们的译文不断为读者呈现出"译似看山不喜平"的面貌，使得译本具备了对两种语言、两种文化兼收并蓄、吐故纳新的品质，不断助力中国诗歌获得世界性的意义。

3.3.4.6　着意"补偿"

对于能够引发文化联想和深化意境的"活用量词"，译者还应想方设法另辟蹊径，寻求各种方式"补偿"译文中可能流失的美学感受。试以增词和修辞为例说明之：

（1）增词

古诗词的意境在相当程度上是依靠诗人精心遣词造句来营造的，但是源语因独特语言用法而带来的美学效果未必适用于语言体系迥异的译入语，在这种情况下，译文的美学价值会不可避免地遭到减损。因而此时译者应根据语境，适当增词，以补偿译文未尽之"诗味"。例如：

（a）黄河远上白云间，一片孤城万仞山。王之涣《凉州词》

译文：

Far from the Yellow River,

Up where whitish clouds abound,

Perches a lonely city,

With mountain ranges around.

——（徐忠杰，1990：31）

如果选择忽略"活用量词"或直译"一片"孤城的话，译文很可能无法在译语读者心中激起诗中戍边城堡地势险要、峭拔孤绝的联想，因而译者增加了"perch"一词。"perch"意为"to be in a position on top of, or on the edge of sth."（立于高处或边缘处）27，从而极为形象地展现出城堡兀立于群山之间的处境孤危之状，非常有助于体现原诗悲壮苍茫的意境。一字之妙，尽显文采风流。

（b）秋阴时晴渐向暝，变一庭凄冷。周邦彦《关河令》

This brings a courtyard **steeped in** chilling sadness.

——（龚景浩，2007：116）

译文中 "be steeped in" 意为 "to have a lot of particular quality such as history, etc."（富含某种元素，如历史感）28，如此增译可为译文添加厚重沧桑之感，有利于营造原诗羁旅孤单的沉重心绪。

（2）修辞

（a）**一怀**愁绪，几年离索。陆游《钗头凤》

译文：

In my heart sad thoughts **throng**:

We've severed for years long.

——（许渊冲，2006：144）

"throng" 原意指 "people go to a place in large numbers."（群集、拥塞）29，此处译文以愁绪作主语，运用拟人手法，非常形象地烘托出原诗中活用量词"怀"所呈现的愁绪纷至沓来、不断堆积，终至充塞心间的凄凉意境。

（b）夜月**一帘**幽梦，春风十里柔情。秦观《八六子》

译文：

Moonlit night, the curtain **whispers** deep dreams.

——笔者译

诗中"一帘幽梦"本可以用英语"单位名词"（unit noun）译为 "a curtain of dreams"，但"诗味"并不浓郁，原文含蓄幽深的意境美没有得到最大程度的保留。因而译文稍加变通，选择拟人修辞"补偿"原文美感，以"帘"之低语（whisper），传达梦之幽深（deep），既突出了"诗家语"用语的奇巧，又以模糊手法巧妙处理了原文"帘"与"幽梦"之间的朦胧关系，较好地留存了原文的意境美。

---

27 朗文当代高级英语辞典［M］，北京：外语教学与研究出版社，2009：第 1452 页。
28 朗文当代高级英语辞典［M］，第 1956 页。
29 朗文当代高级英语辞典［M］，第 2091 页。

3.3.5　小结

古典诗词中的"活用量词"以其独特的方式展现了汉民族对事物的审美感知以及汉语言的机巧灵动，其用法超越了量词本身的计量功能，注重于对事物性状的美化和诗句意境的烘托，令表达新颖灵动，形象传神，为诗句最终表现情趣和意境添砖加瓦。译者在英译时应始终以再现、重构与原文大致相当的美学感受为出发点，并尽可能地保留"活用量词"的异质结构，为译入语文化输入新鲜表达法，促进文化融合。在此过程中，如二者无法达成一致，译者应果断舍"形"取"神"，积极发挥主体创造性，运用各种翻译技巧，对在译入语中无法引起审美心理共鸣的源语异质进行积极补偿，以创补失，最大程度实现原诗与译诗美学功能的相似。

本章通过对"变异语"、"代字"和"活用量词"等诗家"词语"的美学英译探索，力图发掘诗歌翻译，乃至文学翻译的普遍规律。笔者认为：从历史发展和文化传通的角度来看，文学译作的价值并非复制模仿，而是更新创造、锐意变通。是与原作的对话、对原作的吸纳，旨在从原作中汲取养分，以成就自身的新形态、新面目，以民族性促成世界性，继而传布新思想，廓开新空间，增加世界文学读者的黏性。而诗家"词语"这种选词用字上的异质元素，处于两种语言、文化交锋的最前沿阵地，能够从微观上最直接地映照出一种外来语词在本国生存、发展、融入或被排斥的诸种可能性，因而尤其值得关注。

第四章 诗家"篇语"美学英译

众所周知，语言和思想互为表里，一个民族语言文字的使用受到这个民族因袭的思维方式、文化传统、社会认知、审美视角等意识形态的影响。因此，"诗家语"不仅体现在诗歌的外在形式中，在深度和广义上则更多浸润在诗歌创作的内在理念中。与通过外在形式体现美感的"诗家语"不同，这类内在"诗家语"不直接反映在诗句形式上，而凝聚在诗歌的创作理念和运思模式中，折射出汉民族诗歌独一无二的审美取向和美学理想。

诗歌的内在理念或成文之道在中国诗歌史上表现为"诗话"或"诗论"的形式，其源自南朝梁钟嵘的《诗品》，经由晚唐司空图的《二十四诗品》达到高峰，至近代王国维的《人间词话》，中国诗论史划上了一个圆满的句号。其间诗话纷呈、诗论迭出，不少诗人词家在古典诗词的创作中摸索出许多不同于普通文体的、自成一格的诗歌成文之法，在诗学层面上提出了不少带有浓郁民族文化特色的欣赏法则和具体微观的技巧与方法，如妙悟说（严羽）、情景论（谢臻）、神韵说（王士祯）、性灵说（袁枚）……，洋洋洒洒，蔚为大观。就近体诗的创作而言，这些具体而微的学说都离不开中国诗学独有的成文之道——"情景交融，虚实相生"。明人胡应麟说："作诗不过情景两端。"情景是古诗词谋篇立意之所在，属于审美客体的内容；而"虚实"则是中国美学原理运用于诗词写作中极富民族特色的表现手法，二者共同构成近体诗内在形式系统中最基本的"诗家语"，成为诗词最终达致"意境"的两大关键元素。

然而，汉英诗学审美的差异[1]使得"情景、虚实"这两对内在形态系统的

---

[1] 英诗重哲思，汉诗重意境，这种"溢出自身"的元素关乎审美定势，历来是诗歌翻译中的难点。

"诗家语"无法天然地在译入语中获得与源语中相似的美学功能,导致英译汉诗常常流于两种倾向:

其一,意在"抒情言志"的原作变形为"状物叙事"的译作。

其二,"言近意远"的原作降格为"言尽意止"的译作。

这两种倾向实际上反映出译者在翻译中不重视中国诗学之道,仅追摹原文字面含义,铢称寸量因小失大的流弊。吕叔湘先生在《英译唐人绝句百首》中对英译汉诗曾有一中肯论述:"写诗不是历史……倒是原诗的精神——诗中大意和所含的感情非用心体会、忠实表达不可。"(吕叔湘,1980:3)诚哉此言,笔者以为:"情"、"景"交融、"虚"、"实"相生中国古典是诗歌写作中最重要的美学考量,是"诗"道有别于"文"道的显著标记。因此,本章拟从上述英译中的两大常见倾向出发,分别以"景语"、"情语"、"实境"、"虚境"等中国古典诗词创作中最基本、最彰显个性的美学用语入手,通过把握"情景"与"虚实"的美学功能,探索可以再现"诗家语"内在形态美感的英译策略。

4.1 情由景生,辞以情发——"景语"亦"情语"

4.1.1 "景语"与"情语"诗学考辨

诗歌作为语言艺术的最高形式,其本质是诗人对客观世界的情感体验。宋严羽在《沧浪诗话·诗辩》中说:"诗者,吟咏情性也";刘勰在《文心雕龙·物色》篇中认为:"岁有其物,物有其容;情以物迁,辞以情发。一叶且或迎意,虫声有足引心。况清风与明月同夜,白日与春林共朝哉!";钟嵘在《诗品序》中亦认为:"气之动物,物之感人,故摇荡性情,形诸舞咏。"因此抒情历来被认为是中国古典诗歌的核心内容,标举情性也一直是诗论家评诗的重要诗学理路。由于情感抽象玄虚、直抒胸臆的抒情方式时常言不尽意,而自然景物却具体实在,真切可感,故而自《诗经》以来,天地风物就成为诗人传情达意的最佳载体和依托。清刘熙载有云:"山之精神写不出,以烟霞写之;春之精神写不出,以草树写之。"景物描写不仅能抒发情感,也能避免直露,而收含蓄之效。因此,欣赏中国古诗词的重点之一便在于领会诗人即景寓情、因象寄兴的表达方法。在中国诗歌创作中,景物描写和情感抒发这两个要素,诗论家名之日"景语"和"情语"(王国维,2003:188)。王夫之《姜斋诗话》中说:"情、景名为二,而实不可离。神于诗者,妙合无垠。巧者则有情中景,景中情。"也就是说：景是情的载体，情是景的内质。一流的诗人精于写景状物，注重悉心培养自己的审美感，善于把真挚情意融会于景物中，使人物心情与环境气氛密切结合，景物由此被赋予人格力量而成为诗之"意象"。作者期望表现的情感通过意象中蕴含的心理暗示得到有力寄托，情景交融乃成意境。正如田同之《西圃词说》中所称："深于言情者，正在善于写景。"由此可见，古典诗词中"景语"对整个诗篇的意境营造起着重要作用，其翻译质量的高下自然也成为译语读者是否能深切体会作者情感的关键。

4.1.2　召唤情感、蕴蓄张力——"景语"的美学意义

中国传统诗学按照情与景生发的先后，将情景结合的方式主要分为借景抒情、情景交融和寓情于景等。本节根据诗作中"景语"在传达"情语"方面的不同侧重，并考虑英译时所选择的不同策略，将"景语"对于情感的抒发召唤和张力的蕴蓄分为铺垫、烘托、渲染、留白四种美学功能。当然，这样划分是为论证之需，实际上在古典诗词"景语"的表达中这四种方式往往水乳交融、难分彼此。

4.1.2.1　铺垫

当诗人对某种景象或客观事物有所感触，从而生发情感时，会先从景物描写入手，以"兴"己意，这种"感兴"手法是中国诗词写作的传统模式，所谓"意接词不接"。此时"景语"在诗作中不但承载着情感要素，而且在诗词结构上起着铺垫的作用，形式上常表现为前半部分写景，后半部分抒情或明志。这部分"景语"好比乐曲的"前奏"或书的"前言"，能够引人入境，为后半部分情感的抒发造势，使之表达得更为自然、更具感染力。例如李白《春思》"燕草如碧丝，秦桑低绿枝。当君怀归日，是妾断肠时。春风不相识，何事入罗帏？"中，首二句就以燕、秦二地的春天景物作铺垫，逗引出之后少妇的闺思之情，"景语"巧妙入诗，浑成自然。

4.1.2.2　烘托

诗人在创作过程中不仅善于借景抒情，也长于缘情造景。当积蓄在内心之情通过偶然之景宣泄而出时，诗人会选择对"景语"作侧面描写，使"景语"作为陪衬以突出"情语"的鲜明。"景语"对"情语"的这种烘托作用在形式上表现为句中乃至整篇当中景物描写与直接抒情的语言相搭配，由此营造出

主客合一、物我交融的境界，以更好地烘托出情感的自然真挚。例如：李商隐《无题》诗中的"春心莫共花争发，一寸相思一寸灰。"以香销成"灰"之景语来烘托"相思"之情语，形象描绘了深闺女子爱情幻灭后的绝望。再如杜牧《题敬爱寺楼》"暮景千山雪，春寒百尺楼。独登还独下，谁会我悠悠？"亦是通过"高楼暮景，寒意袭人"之景语来烘托作者"百感茫茫"之心绪。

4.1.2.3 渲染

此种功能主要表现为诗人对"景语"作正面强调描写，追求笔墨酣畅，形式上为全句皆景或通篇皆景，而文字上的情词极少或为零，诗歌的感情指向十分隐蔽，仿佛作者只是单纯地描写一幕场景，使之客观地呈现在读者面前。但实则情含景中，神传象外，其中的深刻思想和深沉情感需要读者自己体会揣摩。李渔在《窥词管见》中的评论"说景即是说情，非借物遣怀，即将人喻物，有全篇不露秋毫情意而句句是情，字字是情者。"说的就是"景语"对情感的直接渲染作用。例如杜牧《秋夕》"银烛秋光冷画屏，轻罗小扇扑流萤。天阶夜色凉如水，卧看牵牛织女星。"一诗中，表面只是描写宫女活动，无一字"情语"，而实际上却通过她"深夜难眠、举首仰望"的百无聊赖，抒发其哀怨与期望交织的复杂情感，正可谓"语浅情深"。

4.1.2.4 留白

"留白"在绘画艺术中指画作上应留取空白以无胜有，构造空灵含蓄之境。在诗词技巧中，这种"留白"功能多由"景语"来承担，其表现方式主要是"以景结情"。南宋沈义父在《乐府指迷》中说："结句须要放开，含有余不尽之意，以景结情最好。"事实上，"以景语结情语"是古诗词创作中一种非常重要的手法。按照逻辑，诗中的情感经过一点点地酝酿、铺排、积蓄，到了最高潮时刻，本应如大江奔流，以一泻千里之势直奔主题。但在古典诗词写作中，情感的宣泄往往于此戛然而止，只淡淡一句"景语"收束全篇，这是因为"以景作结"可带来无限丰赡的话语蕴藉、审美意义和想象空间，对读者富有极大的召唤力，引起读者的共鸣、净化、领悟、延留，等待着读者调动自己的想象力和情感去补充和认同，由此带来含蓄的美学享受和余味悠远的阅读体验。这种创作方法在中国古诗中十分常见，例如岑参《白雪歌送武判官归京》中的结尾处就以"山回路转不见君，雪上空留马行处。"这样一幅苍凉萧瑟的画面作结，不落言筌却情思俱生，以"雪地马蹄"之景语深婉曲折地表现出诗人送别友人后的怅然与伤感，胜过千万字直接书写离愁别绪。

4.1.3　见景译景，不论情味——"情景交融"常规化英译

　　尽管"景语"以上述各种方式在中国古诗词中起着传"情"的重要作用，但英译文要使译语读者获得同样的美学感受却非易事，古诗词英译本中常出现"见景译景，不论情味"的常规化现象，这主要源于以下二种原因：

4.1.3.1　抒情与叙事——中英诗学传统之差异

　　纵观中英诗歌历史，不难发现，中国诗词具有悠久的抒情传统，古诗词中的抒情之作浩如烟海、不可历数。以中国诗歌的源头《诗经》为例，其中所述者多为反映现实生活中上至歌颂祖先功德，下至春耕秋收、男女情爱的内容，重点在于抒发内心情感和人生感悟，对故事情节或人物形象本身却不甚重视，叙事色彩淡薄。可见中国诗歌强调抒情、不重叙事的传统自《诗经》起就已初见端倪，至诗歌发展的鼎盛时期——唐宋年间，格律诗简短凝练的要求大大限制了诗篇容量，使诗歌的叙事成分大幅隐退，诗作的优劣高下多以"情真"为考量标准。这种重抒情的内在"诗家语"理念直接导致中国历史上的著名叙事诗篇寥寥可数。

　　与此不同的是，西方诗歌在抒情和叙事上的发展则相对均衡，而其中艺术成就最高、对后世影响弥深者则多为叙事长诗。以西方有文字记载的最早的诗歌作品《荷马史诗》为例，其中包含了希腊神话和特洛伊战争的诸多复杂情节和大量细致入微的宏伟战争场面，叙事特色极为明显，堪称经典史诗。即便是在西方抒情诗中，也常常包含一定的故事情节，且人物、场景描写细致，不似汉诗中的"景语"，弱化描写感，强调"情绪感"。因此，译者如不了解中诗重抒情、英诗偏叙事的诗学差异，在英译时就很有可能受到译入语诗学因素的支配，将汉诗中的"景语"打造成叙事要素，从而令审美接受者从本质上曲解汉诗的欣赏路径，破坏原作的美学内涵。

4.1.3.2　含蓄精炼与直率精准——中英诗歌审美差异

　　之所以产生"情语"缺失的常规化英译，还与译者不谙中国诗学"情景"审美表现手法有关。明代谢榛在《四溟诗话》中对情景之于诗的意义有这样一段评述："诗乃模写情景之具。情融乎内而深且长，景耀乎外而远且大。"[2]"情

　　2　〔明〕谢榛，四溟诗话［M］，北京：中华书局，1985，第35页。

融乎内"说明"情"具有隐而不发的含蓄特征；"深且长"则言"情"余意不尽之蕴藉特点。"含蓄"加"蕴藉"便构成了中国古诗词独有的审美特性，引导诗人作诗时"用意十分，下语三分"，力争在刹那间见终古，于微尘中显大千，因此"情"的抒发领悟往往借助"耀乎外"的"景"来实现。但这种诗学取向并不为英诗所重。朱光潜先生认为："总观全体，西诗以直率胜，中诗以委婉胜；西诗以深刻胜，中诗以微妙胜；西诗以铺陈胜，中诗以简隽胜。"（朱光潜，2009：66）同样，著名华人学者刘若愚在谈到汉诗时也曾评价道："汉语得之精炼，失之精准。[3]（刘若愚，1962：40）而精准却正是英语的特征，英语语法的清晰、逻辑的严密使之"说一是一，说二是二"（许渊冲，2005：92）。汉语却是"说一指二，一中见多"（同上）。中西方诗学审美上的这种冲突使得原本含蓄精炼的汉诗在译成直率精准的英文后，极易流失其内在的暗示义和启示义，流于表面叙述而沦为解说词。

正因如此，"景语"中隐而不发的情感在原诗中一唱三叹，回味不已，到了译诗中却往往淡而无味，甚至难觅其踪，丢失其"抒情"审美本质。试举数例说明：

(1) 春日在天涯，天涯日又斜。

　　莺啼如有泪，为湿最高花。

——李商隐《天涯》

译文：

A spring day at the edge of the world,

On the edge of the world once more the day slants.

The oriole cries, as though it were its own tears

Which damp even the topmost blossoms on the tree.

——（Graham，1977：156）

原诗貌似句句是景，实则无处不渗透浸润着诗人深沉的痛楚，情极切、意极悲，尤其是末句"为湿最高花"，移情及物、以花喻己，道尽人生之悲、时代之殇，既是春天的哀曲，亦是人生的挽歌。但译诗完全没有体现原诗要表达的"情感"，基本上只是照搬原"景"，貌"信"实"讹"，虽然表达流畅，但情不切，味寡淡，雾里看花，终隔一层，基本无法使译语读者领会原诗中穷愁

---

3 中文为笔者译，英语原文为："Where Chinese gains in conciseness, it loses in preciseness."

漂泊、沉重悲怆的气氛。

（2）千里莺啼绿映红，水村山郭酒旗风。

南朝四百八十寺，多少楼台烟雨中。杜牧《江南春》

译文：

Orioles sang in a thousand hamlets,

red glowing on green.

Waterside villages, mountain ramparts,

wineshop pennants blowing.

Of four hundred and eighty temple,

those of the Southern Dynasties,

how many towers are there now

in misty rain?

——Burton[4]

原诗通过对明媚晴日时以及濛濛细雨中江南春景的交替描写，抒发作者对江南景物的赞美欣赏之情以及对岁月沧桑、时光易逝的感慨。尤其是诗句的后二句，虽无一字"情语"，但诗人抚今追昔之慨隐然可触。而上述翻译只见"景"不见"情"，仿佛原诗只是一幅江南春日图。"情语"的缺失使之远未能达到原诗的审美高度。

4.1.4 感物移情、显化情语——"情景交融"英译策略与方法

许渊冲先生在《千家诗》的序言中说："……译文多半只是译意，很少能传情的，而诗意需要传情，没有传情就失掉了诗意。达意而不传情，就是译了景语而没译情语。唐宋诗词一切景语都是情语，没译情语就是得不偿失。英诗和唐诗却不一样，景语是景语，情语是情语，这是唐诗和英诗的不同之点。"（许渊冲，2009：5）同样地，辜正坤先生关于汉语相对于西方语言的优势也曾有过深入的研究，他认为："汉语是描写性特强的语言，英语则是逻辑性特强的语言（用海德格尔的话来说，是所谓'形而上学思维的语言'），因此，相对来说，汉语多华丽修饰语，而印欧语要少得多。也就是说，汉语言文字先天地就在艺术表达上更富于表现性，更具美感性。"（辜正坤，2005：181）

---

4 见 Minford John & Lau Joseph S.M. An anthology of translations: classical Chinese literature [M]. Hong Kong: the Chinese University Press, 2000. P916-917.

的确,汉英诗学传统、审美方式以及语言体系的差异使得英译古诗词中的"景语"不能如其在源语中那样"天然"地成为"情语",如果不做适当的显化、修润、增色处理,"景语"中的"情味"在翻译中就会不可避免地丧失,由此原诗的美学价值在译诗中很可能难觅其踪,译文读者对原文作者寄寓诗作中的灵思和情感便也无以领会。不仅如此,英语语言的强逻辑性还会使译诗的语言描写趋于细节化而导致叙事感的滋生。因此,译者有必要从中国诗学中"景语"的美学功能出发,首先实现自身与原作之间的"情感移植",突破有限的物象本身,避免将诗中景物作工笔的细密描写,同时追踪景物背后的情感和心理,把握其内在的生命精神;其次应结合汉英语言的特点,尤其要发挥译入语语言的优势,灵活运用多种英译方法,在保留原文意旨的基础上,适当"显化"情感,在"情浓"上下一番功夫,力争使"景语"在译诗中如在原诗中一般发挥升华情感、营造意境的重要作用。正如文学家萧乾在《文学翻译琐谈》一文中所言:"我有时用温度来区别翻译。最冷的莫如契约性质的文字,那本身就是死板而机械,容不得半点灵活。把那种文字机械化并不难。文学翻译则是热的,而译诗是热度尤其高的。这里'热'指的当然是情感。"(转引自许渊冲,2005:69)由此可见,"感物移情、显化情语"应当成为英译"景语"的基本策略,在其指引下,具体方法可见于如下数种。

4.1.4.1 逻辑衔接

逻辑衔接的方法主要用于景语和情语分而述之,即起"铺垫"作用的景语中。古诗词中开头的景物描写常具有发端之效,以逗引起诗人的情感,此处"景语"与其后要表达的"情语"之间往往没有语意上的衔接,但貌离神合。这种特点在重意合的汉语句法中不构成任何理解障碍,因为汉语只求达意,表达上富于弹性,语法关系处在次要地位,属隐性连贯;而以形合为主的英语语言表达精确,语法关系严谨,结构上多伴随着形态和形式上的标记,属显性衔接。因此,如仅依字面形式和意义直译"比兴"中的情景关系,英语的强科学性和逻辑性会使译诗的前半部分与后半部分之间呈现出逻辑脱节、语意无涉的现象。源语读者感受到的是景对情的烘托,但译语读者会对景与情之间缺乏语意关联和逻辑衔接的突兀现象感到困惑,如未用合理语言手段衔接上下部分,"景语"到"情语"的过渡就无法自然体现。因此,译者常常需要将汉语中的隐性连贯处理成英语中的显性连接,以提高译文的关联性和可读性。试以骆宾王《咏蝉》的首联为例说明。原诗为:

西陆蝉声唱，南冠客思侵。

不堪玄鬓影，来对白头吟。

露重飞难进，风多响易沉。

无人信高洁，谁为表予心。

首联译文：

（1）The Western Course: a cicada's voice singing.

A southern cap: longing for home intrudes.

——Owen[5]

（2）The year is sinking west, cicadas sing,

Their songs stir up the prisoner's grief.

——（许渊冲，1994：37）

诗中首联两句采用"感兴"手法，以蝉声（客观景物）牵起狱中客思（主观情感）。寒蝉鸣唱，一如诗人年少时的意气风发；转念想到自己身陷囹圄，悲愁之感顿生。诗人的这份凄侧哀怨之情通过蝉鸣之"景语"既形象又委婉曲折地表现了出来，译者如谙熟中国诗学，就应以逻辑方法进行"景"与"情"的适度"衔接"。但译文（1）以割裂的两句呈现，致使"情"、"景"分离，未能体现原文的感兴手法。译文（2）则通过代词照应（their）和同源词汇重复（sing 和 song）的方法，自然而然地衔接起语意上本不相关，但情感上连贯互通的前后两句，使情感抒发妙入肌理。由此可见，古诗词中起"铺垫"作用的"景语"在英译时往往需要通过各种语法词汇成分的显性衔接才能与后文情感贯通，只有适当补充必要的逻辑成分，才能使前后诗意缩合，令读者更好地领会作者的情意，而不致使诗化的表达沦为单纯的叙述。

4.1.4.2 修辞寓情

王夫之在《古诗评选》中有句云："景非滞景，景总含情。"这八字评述不仅是古典诗词的写作要诀，更是翻译"景语"的重要思路。欲令景物传情，运用修辞是一种行之有效的手法。最常见的将事物人格化的修辞手段有拟人和移就两种，因此它们在翻译中运用得最为广泛和自然，主要可应对起"烘托"和"渲染"作用的"景语"。

---

5 见 Minford John & Lau Joseph S.M. An anthology of translations: classical Chinese literature [M]. Hong Kong: the Chinese University Press, 2000，第 688 页。

（1）拟人

拟人化的表现手法赋予事物以人类的行为特点，从而能生动形象地表达作者的情感，因此对"景语"的翻译引入拟人手法可巧妙地传递原诗言外之情。试以戴叔伦《三闾庙》为例：

> 沅湘流不尽，屈子怨何深！
>
> 日暮秋风起，**萧萧**枫树林。
>
> 译文：
>
> The Rivers of Yuan and Xiang endlessly flow,
>
> How bitter and profound is Qu Yuan's woe.
>
> The sun sets and autumn wind rises,
>
> The maple forest **soughs and sighs.**

——傅惠生[6]

原诗是对屈原不幸遭遇的一曲挽歌，其中后二句"景语"之"落日秋风、枫林低语"意在烘托前句之无限"怨情"，情感真挚、意境深沉。译者对其中"景语"寄"情"的领悟颇为到位，因而译文没有照搬"景语"，而是在末句别具匠心地使用拟人手法，以枫树之叹息（sigh）为诗句幽怨之情造势，仿佛枫叶亦为屈原之多舛命运悲愤不平。同时，sigh 与 sough 还形成头韵，对原文意境美的流失作出适度补偿。如此一来，"景语"就没有流于景物描写而与整体诗境割裂。译文情致宛然，余意不尽。

再以李白《金陵酒肆留别》的末句："请君试问东流水，别意与之谁短长？"为例，译文为：

> O,ask the river flowing to the east, I pray,
>
> **Whether his parting grief or mine will stay longer!**

——（许渊冲，1997）

译诗用"his parting grief"将河流人格化，并让它直接参与人的感情交流。拟人手法的运用使无情之物染上了人的情感，仿佛河水流去时也如同作者惜别友人一般恋恋不舍，译诗由此而富于情味，不失为"景"中见"情"的佳译。

---

6 郭著章、傅惠生等，汉英对照《千家诗》[M]，湖北：武汉大学出版社，2004，第387 页。

（2）移就

移就是将用于描写甲事物的词语移用来描写乙事物，在翻译"景语"时可将人类的性状移属于非人的或无知的事物。以沈佺期《杂诗三首》（其三）为例：

> 闻道黄龙戍，频年不解兵。
>
> **可怜闺里月，长在汉家营。**
>
> 少妇今春意。良人昨夜情。
>
> 谁能将旗鼓，一为取龙城。

颔联译文：

（1）Alas, the same moon that shines on women's chambers

Casts its light on the barracks of the men of Han.

——（刘师舜，1967：13）

（2）And girls here watch the same **melancholy moon**

That lights our Chinese warriors.

——（Bynner，1929：25）

此诗颔联颇为出彩，景语"闺里月"传达的实则是情语"女儿思"，并非真如诗中所述是"闺里月在汉家营"，而应是女子将思念之情遥寄营中将士。作者通过两地之月与两地之情的互换和对照，意在抒情，却偏写月；笔墨全在月上，情思却尽付于人，诗家的这种曲笔和奇特想象为此联增色不少。译文（1）按图索骥照搬景物描写，字面意义十分通顺，但译者显然未能从诗学审美角度把握原诗隐含之情，因此译文写实有余、情味不足，远不及原诗奇巧美妙。译文（2）却另辟蹊径，选择"melancholy"这个情词并运用"移就"的修辞手法将之巧妙移用至"月"，既点出了闺中人的心绪，又保留了原诗的"反常造语"之美，将"一轮明月，两地相思"的画外音传达得铢两悉称。此处"景语"没有沦为单调描述，而激起了读者的联想，达到了景与情会、物与神合的效果，可谓一"移"之妙，颇得风致。

4.1.4.3　意象修饰

天地风物本无感情色彩，但诗人对其"著我之色"后便蕴涵了丰富的主观意愿，因此客观物象一俟融入主观情感，就不再只是单纯物象，而成为诗歌之"意象"。诗家对景物"著我之色"的方式常常体现在意象修饰语上，这些修饰语实际上是作者的感觉或解释，在诗歌中有着背景的力量。例如古诗词中的闲云、昏鸦、寒舟、残阳、枯叶、空山、幽谷、孤鸿等，都因其特定的修饰语而染上深厚的情思。正是这些修饰语帮助隐退明显的情词，既令表达形象生动，又收含蓄之效。因此，准确把握并在英译中凸显与特定意象相关的修饰成分，成为译"景语"为"情语"的一个重要途径，多用于起"烘托"作用的景语中。试以温庭筠《梦江南》为例：

梳洗罢，独倚望江楼。过尽千帆皆不是，**斜晖脉脉水悠悠**，肠断白蘋洲。

译文：

（1）Her toilet over,

Alone, looking down from River View Tower:

A thousand sails glide by

But without the one she's expecting.

A slanting sunset lingers, the river leisurely flowing.

On the Islet of Snow-White Fern her heart is breaking.

——（龚景浩，2007：9）

（2）Trim as always, she takes her stand at the balustrade——a lone watcher on the riverside tower. Sail after sail passes by, sails beyond count; but of the one she awaits, never a sign. O how **tender** the sun's **parting** look, how **melancholy** the stream's **languid** flow! And what a dismal scene this **forlorn** isle clad in white clover fern!

——（翁显良，1985：61-62）

此词在以秾艳精致著称的温词中属用墨疏淡之作，却传诵不衰。之所以写得情韵兼胜，其中的景语"斜晖脉脉水悠悠"起到了画龙点睛的作用。夕阳"脉脉"似人含情不语，流水"悠悠"好似含恨无穷。这两个意象修饰语情味深长，写尽了诗中人的满腹相思与愁怨。译文（1）未能把握住这一"渲染"意象的机会，只是机械还原"景语"，因而情味流于平淡。译文（2）却敏锐捕捉到了意象修饰语对营造全篇意境的重要性，以两组形容词（黑体字）分别为"脉脉"和"悠悠"着色。如此，"景语"中蕴含的柔情万千（tender），依依不舍（parting），惆怅郁闷（melancholy）和此恨绵绵（languid）之意便得以深化凸显，英译文因为有了这些情感的加持而能更好地为读者所领会。

4.1.4.4 添加情词

况周颐《蕙风词话》曰:"善言情者,但写景,而情在景中。"[7]诗人在创作时,由于各种原因有时会刻意避免情感的直白,而只选择契合心境的自然景物来曲尽己意。用这种方法写就的诗作全篇用景语织成,表面上鲜见直接抒情之辞,看似句句写景,然则字字抒情,其深挚的情意全借助生动的景物来代言。但由于英语的暗示性和隐喻性均不及汉语,如果仅直译"景语",表面极为忠实,实际却"貌"似"情"隔。情词缺省和文化隔膜会使物象的呈现单调苍白,缺乏人情味和感染力。因此,在这类起"渲染"作用的"景语"翻译中,可适当添加情词以引导读者体悟译文的深刻内涵。试以顾况《宫词》为例:

> 玉楼天半起笙歌,风送宫嫔笑语和。
>
> 月殿影开闻夜漏,水晶帘卷近秋河。
>
> 译文:

（1）A building that is tall from which

the wonderful playing and singing go high

and the maids of honor laugh their answer

with the wind that passes by.

Palace gate is half open under the moon.

and the strike of the clepsydra is heard,

upstairs the crystal screen uprolled

as if Milky Way on high is near'd.

——罗志野[8]

（2）From one part of the palace, in the night,

Is heard vocal music, **jovial and light**.

Wind bring the sound of laughter, **bland and gay**;

Of soft tongues of court ladies given free play.

The moon passing into and out of view,

The time-piece dripping like collected dew.

---

7 〔清〕况周颐,蕙风词话［M］,上海:上海古籍出版社,2009,第 105 页。

8 见吴钧陶,汉英对照,唐诗三百首［M］,长沙:湖南出版社,1997,第 451 页。

She rolls up the beaded curtain in place;

Watch the night with a **blank** look in her face.

——（徐忠杰，1990：205）

原诗除第二句的"笑"字外，无任何其它直言情感之辞，诗句中的情意全凭"景语"渲染，靠读者体悟得之。尽管情词极少，但"起笙歌，笑语和"与"夜深听漏，卷帘望月"形成的鲜明反差能让源语读者立刻体会到诗中幽宫冷寂的孤清意境，不言怨情，而怨情自在言外。对于这样的"景语"，英译时须添加情词才能帮助译入语读者走近诗意，否则原诗极易被理解成一首纯叙事诗或写景诗。如译文（1）基本是按部就班照搬原诗，因而译诗与原诗的情感涵蕴并不对等。译文（2）的作者却深刻体会到了原诗"以乐景写哀情"的气氛，为"笙歌"添加了"jovial and light"的情感注脚，将"笑"渲染成"bland and gay"，更在句末为宫人的眼神前抹上"blank"（茫然）这一笔昭示内心情感的关键亮色，几个情词的使用如同线索一般串联起整个诗意，即便不懂中国文化的读者也一下能捕捉住情感的前后对比而感受到诗中人"有恨无人省"的痛楚。

4.1.4.5 点而不破

前文提到，"以景作结"能赋予原诗浓厚的感情内蕴，而又不外露于笔端。因此，在翻译起"留白"作用的景语时，既要引领读者体会含蓄的情味，又不宜过多落实诗意，才能达到原诗"曲终人不见，江上数峰青"的效果。此时最宜采取"点而不破"的手法。即：使用极少量但带有较强情感色彩或暗示义的词汇点缀景物，一方面可以弥补英语隐喻性和含蓄感不及汉语的劣势，适当显现情意；另一方面又不致将诗意说破，以对应原诗"言尽意远"之效。以元稹《闻乐天授江州司马》诗为例：

残灯无焰影幢幢，

此夕闻君谪九江。

垂死病中惊坐起，

暗风吹雨入寒窗。

译文：

（1）And there was a play of shadows

（the flickering lamp burned low）

When the news arrived of your relegation to Kiukiang.

Sick and dying, I sat up with a start;

The wind blew the shower in through the cold window.

——（刘师舜，1967：99）

（2）Grim shadows flicker in the light of a failing lamp

When I hear of your banishment to Jiujiang tonight.

In a deadly illness, I sit up in shocked surprise;

An ill wind drives rain through windows thoroughly chilled.

——（文殊等，1997：125）

该诗描写的是诗人元稹听闻故交白居易遭贬之后的心理感受，诗至第三句已达情感高潮。而正当读者凝神敛气揣测"垂死病中"的诗人如何应对好友谪官的变故之时，诗人却就此搁笔，触目惊心的情感宣泄之后再无一字情语，末句只留"暗风、雨、寒窗"之寥寥景语"于无声处听惊雷"，将作者的愤懑、悲伤、郁闷之情全部包蕴其中，令诗句张力无穷，回味深长。译文要表现出这种"大音希声"的美学效果，就必须既"点"又"收"。

此处译文（1）只是意义上与原文对应，并没有体现原文"以景结情"的暗流涌动。译文（2）却颇见匠心，译者深切体会到末句景物的萧条暗淡实则包孕了作者的多重情感（有对黑暗现实的愤慨，对友人处境的担忧，以及自身心情的极度苦闷等），因此在翻译"暗风"时，不取"暗"字的英语对应词"dim，gloomy"等，而是选择了"ill"这个隐含义较强的修饰语赋予"wind"以多重联想。由于"ill"一词含有"bad，harmful，evil，hostile"[9]等意，而且英谚中本就有"It is an ill wind that blows nobody good."[10]的表达，因此读者很容易对"ill wind"（邪风、歪风）产生各种揣测和想象（如社会不公、朝廷腐败等）。这种揣测激起的各种疑问并没有一个确切的答案，它允许一系列可能性的存在，正契合原诗耐人寻味的"留白"之效，从情感和文风上都能较好地传达原诗的蕴蓄。

需要指出的是，在实际运用中，上述诸种翻译方法常可结合使用。例如，结合"添加情词、点而不破"的方法，笔者拟对前引杜牧《江南春》试译如下：

9　朗文当代高级英语辞典［M］，北京：外语教学与研究出版社，2009，第973页。
10　朗文当代高级英语辞典［M］，第973页。

For miles orioles warble, red and green blooming,

Waterside villages, hillside towns, wineshop flags fluttering.

Of hundreds of temples built in the South Dynasty,

How many remain in the misty rain of history?

——笔者译

在中国古典诗词中，"楼台"、"烟云"等词往往都寄寓着很深的古今沧桑之慨，如只单纯译"景"，就无法烘托原作的深层情感。因此，译文的末句添加了"history"一词，使"烟雨"带上喻意，成为"历史之烟雨"。这样一来，译语读者在阅读时，就不会将之单纯地看成是一首景物诗；同时，由于增词简洁，只"点"不"破"，因而诗意空间依然开放，究竟"历史的烟雨"是怎样一幅画卷，译语读者同源语读者一样，需要展开联想自行品悟。

4.1.5　小结

在近体诗产生前，诗人多以情景融合互动的方式抒发情感。而自有唐一代，古典诗歌写作以"景语"为主，"情语"隐没不露或微露蛛丝马迹的手法成为了主流（吴峤，2006：44）。正如杜甫所云："言在耳目之内，情寄八荒之表。"虽然直接表露情感的字句少了，但诗家作诗的终极目的是为了突出情而非景，"景语"只是情感的载体，情感才是"景语"的内质，王国维"一切景语，皆情语也"（王国维，2009：80）的说法对情景关系的诠释可谓一语中的。辜正坤先生在为《中西诗歌翻译百年论集》所作序文中对此有一段精彩阐述："中国诗歌的基本状况是：写实主义的诗歌注重求事真、情美；古典主义的诗歌注重求形式美、情美；浪漫主义的诗歌注重求意美、情美……"（辜正坤，2007：9）。从这一段关于中国诗歌审美的概括中可以清楚看到，无论哪种风格的中国诗歌，"情美"都是必备因素。

在审美个性低调内敛、不事张扬的中国诗人笔下，情感抒发的重要任务主要由"景"全权代理。领悟了"景语"的真正内涵和美学功能，译者在翻译中首先就应着眼于情的因素，从作者情，读者情，译者情的角度出发去看待诗词作品中的景物，并且对中国古诗词中常见的情感，如伤春惜时、闺怨离愁、仕途失意、思乡怀人等作全面了解。此外，由于汉语的极大弹性和暗示性赋予诗作丰富的言外之意，故景与情水乳交融，难分彼此；而英语的科学逻辑性使之在语意模糊朦胧方面远逊于汉语，因此译诗要吸引目标语读者的目光，激荡起他们的心灵共鸣,单凭"见字译字、见景译景"的手法是无法奏效的,要避免"景语"翻译之后"情味"的流失,再现"情语"的召唤力量,译者就应把握汉英诗学传统和审美的差异,选取多种策略适当地化隐为显,在译文中注入情思描写,同时尽力保留"诗贵含蓄"的特点,不为追求可读性而过分明确寓意或落实暗示性表达,让译语读者在品读译作之时,也能如源语读者一样沉浸其中,长久回味。

4.2 虚寓于实,境从虚生——"实境"入"虚境"

4.2.1 "实境"与"虚境"诗学考辨

如果说,情景交融能够升华诗歌感人的力量,那么,中国古典诗词中那种高妙辽远、回味悠长的阅读体悟则主要在"实境"入于"虚境"(或说"虚境"寓于"实境")的过程中得以体现。中国古典诗词"意境"的表现方式是"情景交融",而其结构特征则为"虚实相生"。指的是"意境"的结构由两部分构成,一是由具体意象组成的可感知的景、形、境之实在部分,称为"实境"。因其客观可感,故常又称为真境、事境、物境;二是字面上没有,却"见于言外",由意象诱发和"召唤"而来的审美想象空间和艺术氛围,称为"虚境"。一方面,它是原有画面在审美接受者想象中的扩展、延伸;另一方面,它又指伴随着这种具体想象而产生的对情、神、意的体味、感悟,即所谓"不尽之意",故又被称为神境、情境和灵境。

中国古典诗词的妙处之一,就在于它提供了"虚境"这样一个看不见的、有别于现实的"虚空"之存在。与可触摸的现实相比,这种"虚空"却是一种更贴近存在本质的境界,往往是诗家无法或无意言表,却真正用心经营之所在。老子说:"致虚境,守静笃。"庄子云:"静则明,明则虚,虚则无为而无不为也。"清人方士庶认为:"山川草木,造化自然,此实境也。因心造境,以手运心,此虚境也。"都说明了这个道理。古典诗词之所以有"虚境"之谓,主要是由中国传统哲学和诗学审美取向决定的。

首先,从哲学层面而言,"言"与"意"本身是一对矛盾。先秦《易·系辞上》有"书不尽言,言不尽意。"之说,意为"有形之言"无法穷尽"无形之意";老子说:"道可道,非常道";《庄子·知北游》说:"道不可言,言而非也。"都是对"言不尽意"的哲学认知。甚至在魏晋时期古代思想家专门展开过一场"言意之辨"，争论语言、符号、意义的辩证关系（王先霈，2007：150）。事实上，举凡诗人作者，大都经历过"意不称物，言不逮意"的煎熬和苦恼，因此"言"、"意"之间的不对称是客观存在的，正是由于语言的局限性与思想的"不可言说"性，才为"言"以外的另一片天地提供了可能。

其次，也是更重要的因素，中国诗人词家历来偏爱含蓄的风格，出于对深隐和"意不浅露"的追求，他们一般不愿意将诗歌主旨直接说出，而把自己最看重、最想要表达的部分置于言辞之外，追求"意在言外"的审美效果。如此方可令诗作读来如聆听雅乐，余音绕梁；如饮佳茗，回甘满颔。司马光在《迁叟诗话》中说："古人为诗，贵于意在言外，使人思而得之。"钟嵘《诗品》认为："文已尽而意有余。"严羽《沧浪诗话》中认为诗的妙处如："空中之音，相中之色，水中之月，镜中之相，言有尽而意无穷。"都说明在中国古典诗词创作的审美追求中，诗的真正意旨应远远超乎其文字所代表的字面意义之外，从而产生令审美接受者读之不尽、荡气回肠的审美感受。因此，诗作是否有"言外之意"便成为中国古典诗歌创作中衡量优劣的一条重要标准，历来受到诗人词家的高度重视。

正是由于对"言外之意"的审美追求，中国古诗词的理解和阐释空间得以开阔而升华为一个邈远开放的上层境界，为审美接受者带来绵延不尽的阅读享受，诗词之"意境"皆由此"虚境"而出，向来被看作是"诗意的空间"。此种由"实境"所营造之"虚境"的美学功能从下列各项中可窥一斑。

4.2.2 超以象外，得其环中——"实境"入"虚境"的美学功能

中国古典诗学中关于古诗词意境"虚实相生"的论述详尽丰富，不同诗论家虽选用不同的文论术语对其进行表述，但基本要义大略相当。本节根据其中较有影响力的晚唐文论家司空图的"四外说"[11]，将"实境"入于"虚境"的美学功能分为四种，即："象外之象"、"景外之景"、"韵外之致"和"味外之旨"。实际上，在"实境"入于"虚境"的过程中，这四种美学功能是交融渗透、互生互发的，如此划分仅为论证之需。

---

11 司空图《与极浦书》"戴容州云：'诗家之景，如蓝田日暖，良玉生烟，可望而不可置于眉睫之前也。'象外之象，景外之景，岂容易可谈哉！"《与李生论诗书》"近而不浮，远而不尽，然后可以言韵外之致耳。""今足下之诗，时辈固有难色，倘复以全美为工，即知味外之旨矣。"

4.2.2.1　象外之象

"象外之象"是指在意境深远的古诗词中,除了表面直接显露的具体物象外,还有一个需要读者思考、并将自己的审美联想投射到此物象中的"心象",其中前一个"象"是实,后一个"象"为虚,需要读者从诗境出发,体悟作者的真情实感,与作者达致"视域融合",方能使具体物象获得生命力而真正地成为诗之"意象"[12]。例如,在杜甫《春日忆李白》颈联"渭北春天树,江东日暮云"一句中,"实象"是长安春天的树木和江浙一带日落时分的云彩,但结合诗作对李杜二人深厚友情的怀念,读者可以想见二人分别"遥望南天、惟见白云;翘首北国,只见远树"的"虚象"。此"象外之象"于朴素白描中别有一番情韵,因之寄托深远,故能"淡中出工"。

4.2.2.2　景外之景

"景外之景"与"象外之象"相类似,指的是诗歌具体之景以外的一个"虚空"之景。"景"与"象"的主要区别在于:"象"一般从个体、独立的角度而言;而"景"多从整体、融合的角度来看。因此,"景外之景"注重在诗歌整体画面之外营造一个弥漫的整体审美空间。例如:在李白《苏台览古》诗"旧苑荒台杨柳新,菱歌清唱不胜春。只今惟有西江月,曾照吴王宫里人。"中,"实景"是由"园林、荒台、杨柳、歌声、西江月"组成的一幅断井残垣与清新春意的对比图,而从这衰败与繁华的相映相照中,读者可联想到昔日苏台"歌舞升平、秋月春花;吴王骄奢、美人如玉"的"景外景",从而进一步生发"江山依旧,物是人非"的古今之慨。

4.2.2.3　韵外之致

"韵"主要指组成诗歌的语言文字所直接表达的意义,这种意义是一望便知的;而"致"则指语言文字背后所传达的潜意识或潜在信息。因此"韵外之致"即是说,富含意境的诗歌不会直白浅露,而是在其浅层意义之下隐含着一种深层意义和悠远回味,供读者怀想、追索。例如,王维《终南别业》中"行到水穷处,坐看云起时"两句,字面描写的是溪水断绝之处便无法前行,此时可坐观白云悠悠。这是"韵内"之意,而细细体味之后,读者可以联想到深层

12　"意象"是中国传统诗学中的一个重要概念,指创作主体通过艺术思维所创作的包融主体思绪意蕴的艺术形象(陈铭 2002: 33)。此处即指客观外物与主观情志的结合。

次的潜在信息，如：人生之路不会断绝，车到山前必有路，处处都可能有"柳暗花明又一村"般绝处逢生的际遇等等。如此，读者方可算得领略到了诗句"韵外"的"情致"。

4.2.2.4 味外之旨

司空图在《与李生论诗书》中认为"味"指的是酸咸等感官直接可以感知的味道，在诗歌中表现为见于字面、可以直接获知的情感心境，但这种味"止于酸咸，醇美不足。"而醇美，指的就是"旨"这种"味外味"，它包含诗歌的主旨理趣，人生哲理、终极意义等等，源于"味"又高于"味"，是一种高层次的审美意趣，这种层面的回味往往绵延不绝、无穷无尽，是一种充斥心间的悠长感受。如李贺《金铜仙人辞汉歌》"衰兰送客咸阳道，天若有情天亦老"一句中，衰败的兰草、远行的客人、天道沧桑的设想……这些浓墨重彩都已经营造出了离别感伤的"诗味"，而有心的读者在这层"味"之外，还能结合诗作的背景和诗人的际遇，体会出一种家国之痛与身世之悲交织而成的沉重凄怆之感。正是这种浓郁的"味外之旨"令诗句意境辽阔，情感深沉，追摹不尽。

综上所述，中国古诗词的佳绝之处便在于其营造了一个由审美联想和想象促成的具备"心象"、"幻景"、"深意"和"远旨"的"虚境"，是一个经过升华凝练而形成的开放空间，上至天地宇宙哲理，如光阴流转、历史沧桑、时代变迁；下至人生况味，如感遇伤怀、离愁别绪、归隐闲适等等不一而足。这个开放空间是诗的真正题旨所在，也是诗作最终获得悠远意境的关键。因此，诗词中的"实境"并非作诗目的，它必须超越自身的形象性和具体感，催发想象和联想的功能，暗示出另一个更深邃悠远的审美空间。可以说，"虚境"是"实境"的升华，体现着"实境"创造的意向和目的，体现着整个意境的艺术品位和审美效果，制约着"实境"的创造和描写，因而处于意境结构中的灵魂和统帅地位。但从以上所举各例中也同时可以看到，"虚境"不能凭空产生，它必须以"实境"为载体，落实到"实境"的具体描绘上。也就是说，"虚境"通过"实境"来表现，而"实境"须在"虚境"的统摄下加工，这就是中国古典诗学意境"虚实相生"的构架原理。

4.2.3 "虚"落于"实"、兴寄无端——"虚实相生"常规化英译

刘勰在《文心雕龙·隐秀》篇中说："隐也者，文外之重旨也。"这"文外之重旨"指的便是诗词的"虚境"，它不在诗句的字词中，而"隐"在字词

营造的审美空间内。熟悉中国古典诗词的源语读者对其理解和欣赏绝不会停留在表面的"实境"中,而是会从历史文化语境、时代背景、诗人境遇出发,细心体味、咀嚼诗作的"虚境",对表面不露秋毫、字里行间却无处不在的"情、志、意、味"深入探寻,从而获致从"实境"到"虚境"的审美升华。

然而,中国古典诗词的这种空灵曼妙、"实"中蕴"虚"的审美特点是由汉语言所特有的模糊、简约和含蓄以及近体诗对"曲婉深致"风格的崇尚所形成的,离开了这种语言体系和诗学追求,其美学价值就会无所凭依,甚至可能消失于无形。这在将古诗词迻译成属印欧语系的英语时尤为明显。由于英语语言精准、周密、直露,诗学审美也偏向清晰澄明,因而汉诗英译在客观上首先便存在"先天不足",如果译者不能从后天加以"弥补",那么就极易造成以下两种"虚实相生"英译中的常见"误区"。

4.2.3.1 拘泥"实境",表象忠实

就诗作整体而言,汉诗英译中最为常见的舛误就是"忠实"于字面的直译。译者在翻译时对于"实境"极度忠实,表现为机械对应原诗的物象;临摹、照搬原诗的字面意义;以符码转换为主,罔顾审美感受。自然,这种追求与原文"对等"、对字词"忠实"的直译方法比较容易操作,因为译者只需将原诗的意象、意义还原成为客观性的存在物或对等物就可以了。但是,这种翻译方法忽视了中国古典诗词"实境"中蕴含的真正要义和审美空间,拘泥于"实境",而未能出得"实境",入于"虚境",因而译诗流于机械化、叙事化、只有表象忠实,无法达到或接近原诗"象外"、"景外"、"韵外"、"味外"之美学境界,令古典诗词言近意远、耐人寻味的特点在译文中荡然无存。这种拘泥于"实境"的英译最容易导致两种倾向:1. 译文流于叙事。2. 译文晦涩难懂。试举以下两例分别说明:

(1)岐王宅里寻常见,崔九堂前几度闻。

正是江南好风景,落花时节又逢君。杜甫《江南逢李龟年》

这首诗实写诗人与昔日故交重逢时的情景,全诗由"追忆"写到"目下",明白如话,平淡如洗,表面上都是"实境",但诗句内涵容量极大。诗人从歌工李龟年以及岐王宅、崔九堂等象征着"开元盛世"的回忆落笔,以多年离乱之后的故人重逢收尾,短短几句却寄寓了诗人对美好往昔的深情怀念和经历漂流颠沛后的悲凉心境,蕴蓄着世事沧桑、盛衰难料的无限感慨。清孙洙《唐诗三百首》中评其"世运之治乱,华年之盛衰,彼此之凄凉流落,俱在其中"。

¹³全诗寄情深远，笔端却不露秋毫，清沈德潜评此诗："含意未申，有案未断。"
¹⁴这"未申"之意自然就是诗歌的"虚境"，这"虚境"对于有着相似经历的同时代人而言自可领会，对于后世善于知人论世的源语读者也不难把握，但是要在译诗短短几行中令尚未建立起足够文化认知和历史前见的异域读者顺利从"实境"通向"虚境"，感受到原诗蕴含的"味外之旨"，却远非照搬"实境"所能奏效。试看以下译文：

> (a) I saw you now and then in Prince Qi's house,
>
> And heard your songs in Courtier Cui's grand rooms,
>
> When sights are fine in the Land of the South,
>
> I meet you again in a shower of blooms.
>
> ——（吴钧陶，1985：348）

> (b) Often you went to the palace
>
> Of Prince Qi, and then you
>
> Sang again and again for Cui Di;
>
> Jiangnan scenery is now at
>
> Its best; as blossom falls,
>
> So do we meet again!
>
> ——（Alley，2006：351）

　　二首译诗基本对应原诗进行翻译，貌似极为忠实。但这样的译文"貌"似"实"隔，丝毫未能传达出诗歌的内蕴。单看译文本身，读者完全无法体会到原诗通过"实境"所着力烘托的蕴含着"离乱、衰微、人事变迁、浮沉难料"等深刻人生命题的"虚境"，只能看到一段故友重逢的叙事情节。译文（b）甚至在最末一行以感叹号结尾，让人误以为这首诗描写的是好友见面的欣畅画面，全然背离了原诗旨趣。这固然是由于汉诗之含蓄蕴藉和英语之明快晓畅所产生的天然龃龉所致，但同时也反映了译者未真正领悟汉诗诗学中的"诗家语"，一味固守"实境"，令通往"虚境"之门封死，使诗歌失去了让读者可以联想、探寻的空间。翁显良先生在《译诗管见》一文中对于自己英译吴文英《浣溪沙》一词时曾如是感悟道："译这首《浣溪沙》，自己先要做一做梦窗的梦。这种梦是不容易做成的，三天五天还是十天半月，不以自己的意志为转译。"

---

13 转引自《唐诗鉴赏辞典》上海：上海辞书出版社，2004 第 605 页。
14 转引自《唐诗鉴赏辞典》上海：上海辞书出版社，2004 第 605 页。

（翁显良，1983：179）这段朴素之言实际上说的就是译者对于原作的"虚境"要认真揣摩、深入研读，以"得作者之志"。率尔操觚，译成的只能是如上引两则译文一般"貌"忠"实"讹的"欠额"作品，这样的译作，除了有一定的故事情节之外，恐怕不能让译文读者获得任何关于原诗的"言外之意"，更不用说得到深远悠长的"味外之旨"了。

（2）飒飒东风细雨来，芙蓉塘外有轻雷。

金蟾啮锁烧香入，玉虎牵丝汲井回。

贾氏窥帘韩掾少，宓妃留枕魏王才。

春心莫共花争发，一寸相思一寸灰。

——李商隐《无题》

李商隐的无题诗诗境幽渺，不易领会。刘若愚先生称此类诗是"翻译者的梦魇，也是模棱猎者的乐园"（刘若愚，1966：138）。在这首《无题》中，颔联"金蟾啮锁烧香入，玉虎牵丝汲井回"通过"闭锁的蟾状香炉"和"玉石装饰的虎状辘轳"等"实象"描写，暗示出深闺女子幽居孤寂、韶华虚度的"虚象"。由于诗人用语深隐，原诗的深意不易触摸，译者如果固守原诗之"实象"，不求变通，必定会令译文难以索解。例如：

A gold toad gnaws the lock. Open it, burn the incense.

A tiger of jade pulls the rope. Draw from the well and escape.

——（Graham，1977：146）

汉学家葛瑞汉认为"诗歌中最恒久的元素理所当然应该是具体意象"[15]，因此他在译诗中完整保留了原诗"金蟾"、"玉虎"等"实象"。但是他显然未能领会汉诗意象中"象外之象"的精髓。原诗中"金蟾啮锁、玉虎牵丝"等"实象只具有表征作用，其目的是为了表现诗中主人公重楼深锁而又情丝萌动的"虚象"，从而为末句"春心莫共花争发，一寸相思一寸灰"埋设伏笔。由于不谙"虚象"内涵，葛瑞汉的译诗限于"实象"的泥沼[16]，丢弃了诗的意旨与

15 中文为笔者译，英语原文为："the element in poetry which travels best is of course concrete imagery"（Graham, 1977: 13）。

16 葛瑞汉认为汉诗英译不能交由中国人完成，因为翻译的最佳状态应该是由外语译入自己的母语，而非译出。（we can hardly leave translation to the Chinese, since there are few exceptions to the rule that translation is best done into, not out of, one's own language.）见 Graham, A.C. *Poems of the Late T'ang* [M]. Great Britain: The Chaucer Press Ltd, 1977.P37. 这一论断在一般情况下是成立的，但也不可绝对化。事实上，葛瑞汉自己的不少中国诗词翻译恰恰是其论断的反证。对于英译中国古典诗词这

隐含的情思，自以为保留了原作的全部神韵，实则只徒具原诗之形而不具原诗之神，未能入得"虚境"，因此该首译诗之晦涩难懂、莫名其妙也就在情理之中了。

4.2.3.2 过度阐释，实化"虚境"

清刘熙载在《艺概》中说："词之妙莫妙以不言言之，非不言也，寄言也。如寄深于浅，寄厚于轻，寄劲于婉，寄直于曲，寄实于虚，寄正于馀，皆是。""实境"入"虚境"的妙处，正在于诗人对"寄言"这种"不言"而"自明"的诗歌技巧的纯熟运用。但是，由于汉英两种语言肌理机制的差异，不少译者一旦发现"不言"无法在译文中再现原作"隐而不发"的主旨，便会立即选择对"虚境"大加阐释、直接揭示主题，认为这样就能保留原诗的意图，而不致"拘泥"于"实境"。然而，这种翻译方法实际上是以译者自身的理解来为原文本"代言"而非"寄言"，其结果便是落实"虚境"，轻则令译诗失之直白，大大缩小译诗的延伸空间而斫伤原文本"实中蕴虚"的含蓄审美特点；重则令译文超出原文本的诠释范围，产生意义上的偏离。试以王维《酬张少府》一诗尾联为例：

> 晚年惟好静，万事不关心。
> 自顾无长策，空知返旧林。
> 松风吹解带，山月照弹琴。
> **君问穷通理，渔歌入浦深。**

王维早年经历宦海沉浮，人到晚年对官场争斗深感厌倦而长期信奉佛教，此诗正是诗人追求精神解脱、向往隐逸生活的真实写照。前三联是对自身宁静生活的描写，尾联以淡笔收束全篇，对世间"穷通"之理以不答作答，含蓄高妙，耐人咀嚼，尽显"韵外之致"、"味外之旨"。原文"穷通"之理的表达营造出了一个比较"虚空"的审美空间，译者如果不谙中国诗学"虚实相生"的审美追求，很可能会唯恐不能尽出原意而采取"过度阐释"的翻译方法。尾联译文如：

You ask what laws rule "failure" or "success"—

一极其精巧复杂、博大精深的艺术而言，深刻领悟和理解原作的难度远超葛氏想象，这一点从古诗词"虚实相生"的创作理念和英译效果中便可窥一斑。汉学家译者在中国古诗词的幽微之处往往力有不逮，可见，这种深植于中华传统文化与哲学的成文理念非长期浸淫其中不可领会。

Songs of fishermen float to the still shore.

——（Birch，1965：224）

此译将"穷通理"译成"what laws rule 'failure' or 'success'"（掌控着失败与成功的规律）显然是一种"过度阐释"。译文直白浅露，一下子将原诗的"虚境"作实，完全失去了原诗隐而不发、余韵悠长的审美感受，违背了诗人含蓄委婉、"寓虚于实"的初衷。而且，"failure or success"这种译法的意义偏狭单一，尽现"入世"之味，大大缩小了原诗"穷通理"所涵盖的释义空间，破坏了原诗远离红尘纷扰的"出世"之姿，将王维诗营造的"禅境"一扫而空。原诗本是隐逸出尘之语，而译诗却是机心之言。无怪乎汉学家翟理斯（H.A.Giles）说："原文是日光和酒，译文只可能是月光和水。"（转引自许渊冲，2005：34）

4.2.4 "藏、露"得宜、不即不离——"实境"入"虚境"的英译策略与方法

从以上"实境"入"虚境"的美学功能以及英译常见舛误中可以看出：中国古典诗词中的"实境"与"虚境"同时存在，相互映照，共同构成了读者审美过程中不可或缺的要素。其最妙之处，便在于"实境"对"虚境"的诱发、引导和召唤，其间的美学感受应是"不即不离"。而上述英译无论是"拘泥"实境，还是"实化"虚境，都将原来依靠文本自身产生的想象空间和"距离之美"消解或坐实。因此，要在英译文中重构原诗这种"质实与清空"并存之感，译者既不能"泥而不化"，又不能"诠释太过"，而应善"藏"善"露"。

具体来说，首先，译者应当明白，除了以文字形式记录下来的现实之外，诗中有另外一个看不见但可能更真实的存在，如果只是带领译入语读者在"实境"中流连徘徊，那么得出的审美判断极可能是片面、单一、简单化的。因此，作为原文读者的译者不能单纯追求诗内之景，而应发挥审美想象力，追寻"象外"、"景外"、"韵外"、"味外"之境，做到真正的"研究型阅读"。只有越过"实境"的迷雾，置身于"虚境"的上层空间，才能获得多面、综合、深层的审美体验；其次，在成功探寻到"虚境"之后，作为译文作者的译者在用译入语表达的过程中，还要将读者意识充分纳入自己的翻译考量。为使译语读者能够享有与源语读者同样的"不即不离"的美学享受，译者应充分保留"虚境"的阐释空间，既点出"虚境"，又适当留存其含蓄特征，不宜将诗中未明言之

处完全明了，而应通过相对较为隐晦的方式，唤起译语读者的阅读兴趣和探寻之志，这将比译者自己说出来更有力，从而达到"无不为"的境界。

简而言之，为体现中国古典诗词"实境"入"虚境"的各种美学功能，译者的英译立足点应是选择能"激发"译语读者艺术审美想象力、"召唤"其探究文本真意、促其"参与"构建文本的翻译策略。只有通过这种"引领"式的方法，才能最大限度帮助译语读者在译文中既看得到"实境"，又悟得出"虚境"。笔者拟从"诗眼"、"意象"、"主旨"、"悬念"、"叙事"和"暗示"六个方面作一述略：

4.2.4.1 把握"诗眼"

近体诗中的"虚境"往往令人感到含蓄朦胧，不易辨察，因此译者在正式动笔之前，要注意抓住"诗眼文心"，因为它是诗中最凝练、最传神、最精要传达主旨的字词，具有统摄全篇的作用。领悟"诗眼"中的比喻、双关、象征等暗示义，可收"片言而明百意"之效，有助于译者拨开重重诗意迷雾，了解诗歌各意象的相互关联和对表现"虚境"的作用。在领会"诗眼"之后，译者应使用尽可能少且隐喻义较强的字词将之表现在译文中，力求"言不在多，一击即中。"

例如，在前引杜甫《江南逢李龟年》一诗中，要"化实为虚"，体现"虚实相生"的审美意趣，译者首先应该抓住诗句的"诗眼"，领会其中的深意。该诗字面虽无一字直接与主旨相关，但细读之后不难发现，诗句的"诗眼"落在最后一句的"落花时节"之上。中国古典诗词中的"落花"、"流水"往往象征着逝去的事物，向来被寄予很强的感伤追忆之"言外意"，用在此处恰到好处地隐含着歌工李龟年和杜甫自身的失意潦倒，以及唐王朝的没落衰退之意，因而译者应当致力于"点化"这番感喟之情。译例如：

> How oft in princely mansions did we meet!
>
> As oft in lordly halls I heard you sing.
>
> Now the Southern scenery is most sweet,
>
> But I meet you again in **parting spring.**
>
> —— （许渊冲，2006：105）

许译将"落花时节"转译成"parting spring"（已逝之春），充分说明译者对"诗眼"的把握十分到位。一来因为，如果将"落花时节"直译成"fallen flowers"，其在译文中的形象太过细微单一，很可能不如在源语中唤起的想象空间那么有的放矢，而"parting spring"则更宽泛、更有普遍感，且"parting"的感伤情味也更浓郁；二来"parting spring"还可与上句"most sweet"形成对比，令读者产生疑问——"江南风景最好之时，为何（我）却与你重逢在已逝之春？"这样一来，读者便会自然而然联想到："parting spring"很可能不是其字面义，而带有隐喻义，从而探寻个中缘由。这种"启发"式的翻译能够有效帮助译文保留"象外之象"、"景外之景"，等待译语读者去挖掘诗作的真意，而不至于将原作视为一首纯叙事诗。

4.2.4.2 "激活"意象

"意象"在中国诗论中一直被看作是艺术构思的基本因子。使之首次成为正式文论术语的南朝文论家刘勰认为：古代诗人激发"神思"[17]最有效的方式便是能够"运斤"之"意象"[18]，因为"意象"融合了客观世界的直观、具象化和主观心灵的婉曲、抽象化，完全符合中国古代诗论崇尚"境生象外"、"言有尽而意无穷"的"虚境"创作理念。"意象"之于诗，好比"词"之于句。句由词和词组构成，而古诗词则由意象和意象组合构成。

尽管英诗中也有"意象"之谓，但二者虽同名却异旨，无论是在哲学基础、审美心理、文化认同等诸方面，二者都大相径庭。简而言之，20世纪前的英诗"意象"多以客观"物象"的形式呈现，20世纪20年代美国新诗运动兴起后，"意象派"标举的意象概念则是"一瞬间理智和情感的复合物"[19]，其注重认识的瞬间爆发。而汉诗"意象"则是诗歌历史发展中逐渐沉淀形成的特定文化符号，承载着悠长的历史文化底蕴和深厚的人文情怀。尤其到了唐宋时期，意象的写实功能渐渐弱化消失，而艺术功能逐步占据主导地位，"意象"远不再是一个具体"物象"，而是一类文化、情感意味的固定符号。例如，唐宋诗

---

17 "神思"在艺术鉴赏中指的就是驰目骋怀、纵横捭阖的审美想象与联想能力。

18 古人云："形在江海之上，心存魏阙之下。"**神思**之谓也。文之思也，其神远矣。故寂然凝虑，思接千载，悄焉动容，视通万里；吟咏之间，吐纳珠玉之声；眉睫之前，卷舒风云之色：其思理之致乎？故思理为妙，神与物游，神居胸臆，而志气统其关键；物沿耳目，而辞令管其枢机。枢机方通，则物无隐貌；关键将塞，则神有遁心。是以陶钧文思，贵在虚静，疏瀹五藏，澡雪精神；积学以储宝，酌理以富才，研阅以穷照，驯致以怿辞，然后使元解之宰，寻声律而定墨；独照之匠，窥**意象**而运斤：此盖驭文之首术，谋篇之大端。"——〔梁〕刘勰，文心雕龙〔M〕，内蒙古：内蒙古人民出版社，2009。

19 Image was "that which presents an intellectual and emotional complex in an instant of time" (Pound，1968).

词中折柳、长亭、寒舟常常联接着离愁；明月、笛声往往暗喻思乡；天山、玉关总含边塞苦寒之意；寒砧、琵琶则有遥忆征人之感……这些意象在人们心目中成为固定的文化象征，是客观物象与审美主体间的对应化，因而能够在源语读者阅读心理中天然地达致"象外之象"的美学境界，他们在阅读古诗词时会更多地关注"意"而非"象"。

但英译时情况则完全不同，如果译者拘泥于"意象"写实功能的对应，对其形态进行亦步亦趋的追摹，那只是在翻译"物象"。缺乏相应文化背景的译入语读者会只见"象"而不见"意"，根本无从感知和领会"意象"背后的深意，从而导致审美心理的不对等。因此，译者应考虑到，既然诗歌的"象外象"、"言外意"常常沉潜在意象或意象组合之中，那么如果能在译文中适当"激活"意象的审美内涵和联想，创造性地借助"象外之象"，译文就可能入得"虚境"，令神与境合。试以温庭筠《瑶瑟怨》为例说明：

冰簟银床梦不成，碧天如水夜云轻。

雁声远过**潇湘**去，**十二楼**中**月**自明。

后二句译文：

（1）**The cries of wild geese** sound afar

Toward **the Xiao and Xiang Streams' valleys**.

In the **Twelve Storeyed Houses of the faerie land**

The moon shines brightly o'er the galleries.

——（孙大雨，2007：323）

（2）I hear wild geese flying to **the distant Xiaoxiang**;

My **celestial dwelling** is flooded with **helpless moonlight**.

——（文殊等，1997：165）

（3）The wild geese fly **whining**, to the **far** southern shore,

The **cold** moon still shines **lonely**, over the **heavenly** hall.

——笔者译

这是一首典型的以"意象"来导向"虚境"的别怨诗，诗中所叙只是一片"风轻云淡，静夜难眠；雁声阵阵，月色清明"的"实境"，但读来却别有一种悠悠不尽的惆怅与感伤。如此情怀与意绪全凭文化联想高度浓缩化的四个意象"雁、潇湘、十二楼、月"而获致。"潇湘"本为湖南二江之名，但诗中其地理意义微乎其微，否则大雁飞过之处何其多也，作者为何独取"潇湘"？

显见诗中是取其"遥遥思念、幽幽愁绪"之情绪喻意;"十二楼"未必真是"仙人居所"[20],但一定是华美之处,如此方可以物质之丰反衬精神之苦;而"大雁、明月"以其与"离愁、思念"等文化联想的紧密相连,早已成为古中国诗词中的经典意象。从这层意义上来说,原诗的意象前后连贯、一脉相承,一步一步烘托出"怨情"之诗意情调,引领读者进入"虚境"。

由于译入语文化中并不具备上述"意象"的审美联想,因此译者在英译时应适当将之"激活",而不可死守"实境",否则就会如译文(1)一般字字落实,却无诗意内涵与联想。译文(2)将诗中关键意象作了一番修润,其中以"helpless"来"激活"月明之"徒然",对于召唤"虚境"是比较到位的,但"十二楼"以"celestial dwelling"修饰,略显言过其实;对"雁"和"潇湘"的意象翻译则稍有不及。译文(3)分别以"whining, far, cold, lonely, heavenly"等词层层递进呼应,来激活原诗中的重要意象,使之浸染上幽怨孤寂之审美联想,同时不过分渲染和落实需要读者"思而得之"的深层审美空间,以最大程度保留"虚境"的朦胧感。

4.2.4.3　"深化"意旨

在源语读者的阅读中,感受"虚境"靠的不是语言符号,而是感知、联想和思考。以接受美学的观点来看,任何作品都预留了"空白"和"不定点",只有依靠读者的参与才能最终完成作品的全部内涵。因此从理论上来说,译者不应"越权"落实或昭示原诗隐而不发的"言外意"、"味外旨",而应与原作者保持一致,即同样"不言"。但是,汉语作为一种凭借语意来贯通行文的语言,其字词间的意义关联和协作所激起的联想远远超过英语这种靠语法结构来组句的语言,因此汉语言的隐喻性和暗示性均远胜英语,汉诗英译如要一味坚持"不言",会导致思维机制迥异的西方读者无法参详原诗的真正用意。因此,在实际操作中译者应适当地"深化"原文的意旨,但这种"深化"应谨慎使用,点到即止,过之就会有"过度阐释"之弊。试以杜甫《望岳》的尾联为例:

> 岱宗夫如何,齐鲁青未了。
>
> 造化钟神秀,阴阳割昏晓。
>
> 荡胸生层云,决眦入归鸟。

---

20 见萧涤非,唐诗鉴赏辞典［M］,上海:上海辞书出版社,2004,第1133页。

会当凌绝顶，一览众山小。

尾联译文：

（1）Some day

　　Must I try topmost height

　　Mount, at one glance to see

　　Hills numberless

　　Dwindle to nothingness.

　　　　　　　　　　　　　　　　——Turner[21]

（2）I must ascend the mountain's crest;

　　It dwarfs all peaks under my feet.

　　　　　　　　　　　　　　——（许渊冲，1994：57）

　　原诗的"实境"在于赞美泰山傲视群峰的巍峨气度，而"虚境"则意在表现诗人敢于攀登、不畏艰险的豪迈气魄。清代浦起龙在《读杜心解》中尝云："杜子心胸气魄，于斯可观。"[22]这一原文着力营造的"虚境"力透纸背，成为千百年来人们认可它、欣赏它、并与之产生共鸣的主要原因。美国汉学家唐安石（John.A.Turner）的译诗用语优美，惜乎只描摹出"实境"。译入语读者通过这首译诗或可想象到泰山高耸入云的雄姿，却无法体会诗人的真正意图和诗句的豪放意境；而许渊冲的译诗却通过"under my feet"这"深化意旨"的一笔，成功达成"实境"至"虚境"的过渡，译文简洁传神，一语中的，灵活勾画出一个"脚踏绝顶，睥睨天下"的强者形象。与登纳译诗相比，许译诗境为之一振，远景大开，与原文"虚境"寓"实境"的诗学追求大略相当，较好地实现了原诗的审美功效。

　　再以李白《山中问答》末句为例作一补充，原文为：

　　　问余何意栖碧山，笑而不答心自闲。

　　　桃花流水窅然去，**别有天地非人间。**

　　译文：

　　（1）They ask me where's the sense

　　　　on jasper mountains?

---

21 转引自汪榕培，李正栓，典籍英译研究［M］，保定：河北大学出版社，2005，第86页。

22 转引自《唐诗鉴赏辞典》上海辞书出版社，2004，第422页。

I laugh and don't reply,

in heart's own quiet:

Peach petals float their streams

away in secret

To other skies and earths

than those of mortals.

—（Cooper, 1973：115）

（2）When asked why living in the mountain green,

I just smiled, feeling heart and soul serene.

Peach blossoms flow unseen with the water,

Here's detached from earthly taint, my shelter.

——笔者译

这首清幽淡远的七言绝句通过对山中天然"实境"的描写，抒发作者向往避离俗世、独行天地的"虚境"。诗的末句"别有天地非人间"颇含"味外之旨"，只要对当时黑暗的社会现实和诗人自身遭遇有一大概了解的源语读者无不能体会诗中"人间"的真实用意以及其中所寄寓的诗人悲愤伤痛之情。译文（1）以"To other skies and earths than those of mortals"（去往远离人间的另一个天地）来译"别有天地非人间"，显然停留在"实境"层面，没有悟得原诗的"虚境"。该译文很可能使译入语读者误以为诗人所居之地只是一处风光宜人的"人间仙境"，这样一来，译文就变成了一首山水诗，与原文寄寓深远的意旨不符。译文（2）没有严格按照字面译，而是选择以"here's detached from earthly taint, my shelter"来对应原文的"非人间"，是经过对原文的深刻领悟而就。译文将前三句的风光描写与"earthly taint, my shelter"形成对比，能够"深化"原诗主旨；同时，译文未将"人间黑暗、社会不公"等"虚境"中可能包含的内容坐实，因而可留存空白，有效激发读者的"探究"之举。

4.2.4.4　埋设"悬念"

对于源语文化中的一般读者而言，由"实境"入"虚境"的过渡需要审美接受者具备一定的"前理解"或"先见"，并结合文本的评注，积极展开联想而得以实现。这个过程的每一步都需要审美接受者的全情参与和构建，因此要经历一段时间的思考、沉淀。但译入语读者大多并不享有上述诸种必要的文化架构和知识储备，因此他们对于异域诗歌难度所能承受的极限阈值要低于源语读者。从这种意义上来说，译者在构建译文的过程中应适当"缩短"实境到虚境的转化，避免审美过程戛然而止或不期而断。其中"埋设悬念"是一种十分有效的途径，译者可采取各种方法在译文中设置诗意悬念，通过悬念所留存的疑问，来"逗引"、"启发"读者，保持读者的阅读兴趣，唤起读者的审美期待，激活读者的好奇心理，延宕读者的审美时长，从而引导他们向译文的"虚境"更进一步。试以李白《玉阶怨》末二句为例说明，原文为：

玉阶生白露，夜久侵罗袜。

却下水晶帘。玲珑望秋月。

译文：

（1）And I let down the crystal curtain

And watch the moon through the clear autumn.

——Pound[23]

（2）**Retreating,** she lets down the crystal curtains. **Yet lingering,**

she turns her gaze upon the clear autumn moon.

——（翁显良，1985：18）

《玉阶怨》的题名虽有"怨"字，但诗作内容不见一怨词，似全篇"写实"，但实则寄情幽渺深远，皆化于"虚境"。这种"言外"情致的显露主要是通过末二句中主人公"下帘"、"望月"的两个动作实现的。正因长夜漫漫，情无所托，故而无奈"下帘"；而"下帘"之际，愁思益增，只得隔帘望月，遥寄幽情。这种"不落言筌"的手笔，为原诗营造出一个惝恍迷离的"虚境"，留下了渺远的想象空间。

庞德在其译文后的注释中[24]对此诗的意蕴条分缕析，并认为"该诗之妙，在于无一字怨词，而怨情自见。"可见他对于原诗"虚境"的领会是到位的。但是他却没能在译入语中重构原文"虚境"之美：译文（1）纯是照搬"实境"，这固然与译者本身的诗学功力有关，但也从侧面反映出：用语言机制迥异于汉

---

23 见 Minford John & Lau Joseph S.M. An anthology of translations: classical Chinese literature [M]. Hong Kong: the Chinese University Press, 2000. P744

24 See Pound's note: Jewel stairs, therefore a palace. Grievance, therefore there is something to complain of. Gauze stockings, therefore a court lady, not a servant who complains. Clear autumn, therefore he has no excuse on account of weather. Also she has come early, for the dew has not merely whitened on the stairs, but has soaked her stockings. The poem is especially prized because she utters no direct reproach (Minford, 2000：745).

语的英语来翻译古诗词"诗家语"确乎难度较大。不过，真正高明老道的译者却能够调动语言的一切特点因难见巧，愈险愈奇。翁显良先生在译文中就非常巧妙地选择了"埋设悬念"的手法，营造出一个在理解上比原诗略微通透，但美学感知上与原诗近似的朦胧空间。译文（2）首先选用"retreating"一词表示主人公无奈"下帘"的心曲，接着又出其不意地以"lingering"续之，这"欲走还留"、"徘徊不定"之间，立刻架设起悬念，产生"余意未尽"之感，读者会思忖为何主人公犹疑不决，内中有何隐情，犹豫中为何要"望月"等等问题。这样一来，译作"引领"读者入"虚境"的美学功能就得以顺利完成，译作在情致和诗味等审美感受上均臻于上乘。

4.2.4.5 去"叙事感"

由于古典诗词常常假"托物"之名，行"寄情"或"言志"之实，因此即便诗歌中出现具体的人、事、行为，在源语读者的阅读心理中也会被看作是一种"寄言"或"寓意"的手段或途径，而绝不是目的。他们在阅读审美中会非常自然地将诗歌"叙事"的感觉弱化，"言志"、"抒情"的期待增强。然而，英语语言对语法形式的严格要求致其明晰性和逻辑性远高于汉语，由此"具体实感"增强；再加上英诗传统中叙事状物常常事无巨细、纤毫毕现，因此，如果刻板地照"实境"直译，会大大增加"实境"的叙事功能，减少美学功能。英译文会在叙事状物中变得极其琐碎啰嗦，成为对原文的一种低级临摹，不仅无法烘托原诗的真正意旨或潜在信息，而且会神韵尽失，灵气全无。因此，为转存原诗"实境"入于"虚境"的灵动诗味，译者应特别注意要在英译中减少、淡化诗作的叙事感，此中最有效的方法莫过于修辞。译者运用各种修辞方法可以化平实为生动，增添"陌生感"，加强诗作的感染力，从而既保留"实境"，又减少其中的"叙事"实感。试以刘禹锡《乌衣巷》为例：

朱雀桥边野草花，乌衣巷口夕阳斜。

旧时王谢堂前燕，飞入寻常百姓家。

译文：

（1）Beside Red Sparrow Bridge

  Wild plants are in flower,

  At the entrance to Raven Robe Lane

  evening sunlight sinks down:

The swallows that once were before the halls
of the former Wangs and Xies
Now fly into the homes
of the common peasantry.

——Owen[25]

（2）By Red Sparrow Bridge grow wild grass and blooms;

Onto Black Robe lane the slanting sunray looms.

Swallows, flying into common people's houses,

Do not know they used to be Wang and Xie's homes.*

*Wang and Xie were two noble families in the Jin Dynasty.

——（陈君朴，2006：186）

此诗是中国古典诗词中非常典型的"托物"怀古诗，原诗通过描写乌衣巷周遭景物这一见证历史变迁的"实景"入手，抚今追昔，感慨世相沧海桑田之巨变。诗中末两句的刻画尤为精彩，作者没有按照习见套路承接上两句的直描，直接发出感慨之情，而是通过飞燕的前后行踪，以曲笔婉转表达出"物是人非"之感，令诗作入于"虚境"，增添一份含蓄蕴藉的"韵外之致"，从而成为千古传诵的名句。要在英译中去除原诗的"叙事感"、烘托个中三味，殊为不易。笔者采集的多个译本皆如译文（1）般中规中矩，停留于表面实象，叙事感十足，诗味却无从寻觅，虽合乎英诗的"叙事"传统，但未能反映汉诗"抒情言志"的诗歌本色。因而从译文本身来看，很难读出言外的美学联想意味。

唯陈君朴译独辟蹊径，借用修辞化解了这一困境。译文（2）巧妙颠倒句序，运用拟人修辞，借描写燕子的心理，暗示出前后对比，令诗句由板滞变为灵动，弱化了"叙事感"，而增添了"戏剧感"和"陌生感"。读者在读到"swallows do not know"这种"拟人表达"时必定会产生一种探寻心理，急欲一观后文，并对后文内容予以特别关注，进而延长感受与思考时间，调动联想，揣摩诗意。这样一来，无形中"虚境"之门就打开了。由此可见，运用各种修辞手段"去叙事感"也是令译作入得"虚境"的一种可行之法。

---

25 见 Minford John & Lau Joseph S.M. An anthology of translations: classical Chinese literature [M]. Hong Kong: the Chinese University Press, 2000.Minford John, 2000. P862

4.2.4.6　心理"暗示"

古典诗词之所以能取得"象外之象"、"景外之景",与原诗"实象"和"实景"中所蕴含的暗示性也不无关联。诗词的美学暗示功能对于当时人或时代相隔不远的后世人来说,可能较易触得;对于跨越千年的现代人来说可能需要借助注释和背景知识才能明白;而对于语言、文化、心理、审美都相差千里的异域读者来说,能否领会暗示就要看译者如何妙手营造,搭建各种桥梁以贯通相近的审美感受了。一般来说,汉语含蓄,英语明快,但含蓄与明快是相对而言的,任何语言都有它隐而不发的含蓄之处,因此在翻译古诗词由心理暗示实现的"虚实相生"时,可以考虑发挥英语词汇的隐喻性为译诗所用,选择隐喻性较强的表达,从心理上提示出原诗涌动的暗流,启发读者作深层次的美学探索与欣赏。试以白居易《长恨歌》中的一句为例:

春风桃李花开日,秋雨梧桐叶落时。

译文:

（1）When plum and peach the spring renewed,

And blossoms opened well;

When wu t'ung leaves in autumn rain

Before the breezes fell,

—— (Fletcher, 1925: 129)

（2）So would spring with its peach and pear flowers in **bloom**;

Or autumn rain, with tung leaves reaching their **doom.**

——（徐忠杰,1990:292）

此联上句摹写春风吹拂,桃李盛开,喻指良辰美景,欢乐无限;而下句已是秋雨绵绵,梧桐叶落,暗合佳人已逝,伤感难言。通过春之欣欣向荣与秋之萧瑟衰败之"实景"的对比,暗示出花落人亡的"虚景",蕴含着沧海桑田的深度情感波澜和深层感慨。源语读者可以通过诗旨联想、捕捉到诗中的"虚境",但如在译文中不稍稍显化出这种"暗示",译文很可能就会流于"实境"描写。

译文（1）由美国汉学家弗莱彻（W. J. B. Fletcher）译就,因其不谙中国诗学的"虚境"内蕴,导致译文通篇"实境",未能体现原诗隐含的妙处。译文（2）精妙处在于添加了暗示词"doom"。该词不仅在音韵上与上句中"bloom"一词相谐,而且二者在语义上形成鲜明对比（繁盛与衰亡）;同时,"doom"一词的心理暗示极强，足以暗合杨贵妃之死；而且，"叶落"不用"leaves fall"而用"reach doom"来译，能够打破读者心理期待，制造"陌生化"效应，在读者心中激荡起阵阵涟漪，无数问号，进而对如此"反常规"的搭配溯根探源。这样一来，译诗虽没有明言原诗蕴含的"虚境"，但在译文中留下了暗示性与未定性，召唤读者积极参与、深入理解。从制造心理"暗示"，诱出"虚境"的角度而言，此译确乎高明老道。

4.2.5 小结

古典诗歌意境"虚实相生"的结构植根于老子的"有无互立"、"大音希声"的哲学思想，集中体现了汉诗写作中重"印象性、直觉性、感悟性"的经验之"道"和"得意忘言、意在言外"的诗学之"道"。中国诗人运用这种不"形于色"的手法托物言志、叙事寓理、借景抒情，营造出一种"象外、景外、韵外、味外"的深层意境之美。元好问《陶然诗集序》称："诗家圣处不离文字，不在文字。"不在文字，指的是诗的真正境界不显现在字面中；不离文字，是说虽然"意"在言外，但还是必须依靠"言"来实现。这其中的玄机便在于汉语言运用有限文字所留存的无限"空间"。

然而，以"理性和逻辑的化身"——"逻各斯"为哲学基础的英语语言则强调语言的准确性、逻辑性，不注重对直觉经验世界的依赖。中西哲学思维和语言表现方式上的差异使得古诗词"实境"入"虚境"的英译不可避免地陷入"感悟"与"逻辑"这两种迥然有别的成文之道的对抗之中。译者既要力求尽可能传达"虚境"的"味外之旨"，又要将这种含蓄朦胧变成理性的英语，其中的平衡筹谋之难可想而知。不过，汉诗英译本身就是一个艺术地解决"悖论"的过程。正如"虚"、"实"总是在对立中求得融合统一一样，英译"虚实相生"时译者也应保持同样的"张弛之道"，英译文应重在"引领"、"启发"、"迹近"、"逗引"，而非"揭示"或"隐匿"。直白浅露的译文患于"笔笔俱到"，因而一览无余、缺少回味、有"实"无"虚"；隐匿艰深的译文则"笔笔俱空"，晦涩难懂、如坠雾中、有"虚"无"实"，二者皆非译途正道。欲再现"虚实相生"的审美感受，译者应"神到笔不到"，既要适度展现"实境"的鲜明画面，又要留出空间，召唤读者进入"虚境"模糊朦胧的内蕴，从而激荡起想象的涟漪、摩擦出探寻的火花、诱发起探索性的阅读，令读者"寤寐思之"，而后"知之"、"好之"、"乐之"。正如谢臻在《四溟诗话》中所言：

"凡作诗不宜逼真，如朝行远望，青山佳色，隐然可爱，其烟霞变幻，难于名状……远近所见不同，妙在含糊，方见作手。"

作诗如此，译诗亦然。尽管由于汉英语言特性、文化传统、审美心理等诸方面存在的巨大差异，要在英译文中铢两悉称地再现原诗"虚实相生"之蕴蓄美几乎不办，但有心的译者一定会发挥自身的创造性思维，尽最大努力描摹原文的神采，激发读者的想象，追赶甚而超越原文"虚寓于实"的美学价值。

第五章 结 语

5.1 "诗人"译者与"常规化"译文之殇

"诗，在一定意义上，是不可译的。一首好诗是种种精神和物质的景况和遭遇深切合作的结果。产生一首好诗的条件，不仅是外物所给的题材与机缘，内心所起的感应和努力。山风与海涛，夜气与晨光，星座与读物，良友的低谈，路人的咳笑，以及一切至大与至微的动静和声息，无不冥冥中启发那凝神握管的诗人的沉思，指引和催促他的情绪和意境开到那美满圆融的微妙的刹那；在那里诗像一滴凝重，晶莹，金色的蜜从笔端坠下来；在那里飞跃的诗思要求不朽的形体而俯就重浊的文字，重浊的文字受了心灵的点化而升向飞跃的诗思，在那不可避免的骤然接触处，迸出了灿烂的火花和铿锵的金声！"（梁宗岱，2007：73）

在这一段充满诗情画意的文字中，梁宗岱先生不仅道出诗歌创作中"神与物游，思与境谐"之"化境"，更曲尽诗歌翻译之难，对译者要求之高。以中国古典诗词而言，其英译往往失"味"。这"味"，不仅弥漫于古诗词的音、形、义；氤氲在古诗词的景、情、境，更浸润着博大精深的中国哲学思想，裹挟着千年的历史文化风霜。从汉诗迻译到英诗，跨越的是从艺术技巧、文学理念到情怀哲思的整个浩瀚广宇。

尽管"路漫漫其修远兮"，但在汉诗英译的数百年间，一代又一代的译者为向西方世界展示中国古典诗词的优美，作出了可贵的探索和有益的尝试。由于诗歌对心灵求索、情感表达和艺术技巧的多方追求，因此理想状态下，译诗者应以诗人为佳[1]，至少是懂欣赏，最好是会创作。因为作为诗人的译者常常拥有超乎普通译者的敏感力与构建力，敏感力使他们对源语的诗语特色一目了然，谙熟于心，超脱"匠人"式的寻章摘句、枯肠搜尽；而高超的构建力更使他们能够超脱源语的形式桎梏，触得心灵的共鸣，"自为"而非"刻意"地在译语中挥洒才情，以另一种言说方式再现诗家意趣与性灵，重塑诗歌不可言说之美。[2]这种在诗歌创作和诗歌翻译实践中获得的"技"与"道"的高度契合早已"内化"入诗人译者的血液之中，成为支持其创作与翻译的一项本能，这种优势在翻译具有较大难度的古诗词"诗家语"时更是不容小觑。诗人译者的作品，往往能够在意象的对接与再造、格律的模仿与超越，意境的铺设与提升上，道器共举、归异并用，使得译诗既拥有英诗的样貌，又具备汉诗的腠理。

十八世纪英国著名诗人、翻译家亚历山大·蒲柏（Alexander Pope）在其《论批评》（An Essay on Criticism）一文中对诗歌写作有一段精彩的论述：

True ease in writing comes from art, not chance.

As those move easier who have learned to dance.

T'is not enough no harshness gives offence.

The sounds must seem an echo to the sense.

Soft is the strain when Zephyr gently blows,

And the smooth stream in smoother numbers flows;

But when loud surge lash the sounding shore,

The hoarse, rough verse should like the torrent roar.[3]

译文：

写作得心应手全凭技艺，不靠侥幸，

有如谙熟舞艺，舞步才能潇洒轻盈。

诗歌的音调不能刺耳，光这还不行，

它们听起来应该与诗句的意义相应。

1　诗人译者要求同时拥有诗人天资（就领悟诗歌洞察力而言）和语言天赋（指作为翻译家的表达能力），如西方的庞德、宾纳、雷克斯罗思；中国的闻一多、徐志摩、许渊冲等，皆为理想的诗人译者。

2　此外，如果诗人译者还能兼具研究者质素，对诗歌翻译而言会更有利。因为优秀的研究者具备足够的学术涵养，能够走入历史深处考镜源流，从汇通中西方哲学精神入手，于根柢处把握汉诗的脉搏与律动。

3　转引自刘军平，西方翻译理论通史［M］，湖北：武汉大学出版社，2009：106。

> 描写和煦的春风，声调应显得柔软，
>
> 描写平缓的溪流，节奏应更加平缓。
>
> 当惊涛骇浪拍打着海岸，发出巨声回响，
>
> 那粗犷的诗行也应汹涌澎湃，怒不可挡。[4]

该段文字通过对诗歌创作中艺术手法的形象呈现（包括词汇使用在声音上的轻重缓急等）明确指出艺术感知力和艺术创造力在诗歌写作中不可替代的作用。实际上，这一论述不仅契合诗歌创作，同样也适用于诗歌翻译。理想状态下诗歌译者的确应以诗人为佳，然而在实际操作中，大部分译者并非诗人，因而他们对诗歌创作之道之于翻译的作用和影响缺乏关注。诗歌翻译界长期存在的一个重大问题，就是译者倾向用常规化的语言去翻译原诗人具有独特个性的文学语言。诗人作诗时在句式、文辞、炼字、成文法上的特殊用心及其带来的美学效果对翻译的指导和启示这一现象长期受到冷遇，这一点在"诗家语"的英译中表现得尤为明显：不少译者以追求平顺流畅、符合译入语规范的译文为最高目标，甚至宁可绞尽脑汁从译入语的故纸堆中搜寻一些旧式英诗的表达方式，也不愿意将精力放在如何恰当、有效地引进和移植异域陌生表达之上。因而原作个性鲜明的风貌，例如作者对语言常规表达的突破、作者在风格上的别裁和独树一帜、作者有意为之的情感表现方式等等，都在"公共语言"的铺排中荡然无存，而原先在源语语境极富辨识度的诗人则会在译语语境中"泯然众人矣"，造成"杜甫、李白不分，王维、白居易无论"的现象。这是诗歌翻译的"深海区"，既反映出译者才华能力的某种不济，同时也充分表明译者和评家对传播汉诗"本真"和"异质"的漠视——他们更多关注的是诗句的意义，以及如何用另一种语言"解释"这些意义，而对源语中的特殊质地及其唤起的种种美学感知与联想却无动于衷。

尽管"常规化"的译文传达了古诗词的意义，但却与"诗家语"的主旨背道而驰。因为"诗家语"作为一种体现较高美学价值的诗家"陌生化"手段，其所反对的，恰恰就是所谓的"正确语法"、"习见用词"和"常规叙述"，因而"常规化"的英译模式远远不能体现"诗家语"的语言艺术风采，更无法承载"诗家语"中蕴含的深层美学感受与人生天道之情怀。熟谙中国古典诗词的读者都有深刻体会：古诗词中千古佳句与庸常之作的差别有时只在于某个句式的使用、某个成分的错位、某些词的创意搭配或诗学理念"妙入无痕"的运

---

4 译者为康明强、黄惠聪。笔者对其进行了一些修改。

作，在中国诗歌历史上，不乏改一字而令诗句"满盘皆活"的例子。换言之，中国古典诗歌中独特的言说方式直接影响到它的文学价值，译者如果不去关注这种言说方式，而只注重意义的传达，那么佳句与庸作的区别在译文中永远都得不到体现。

美国评论家 Edward H. Schafer 在 *supposed "inversions" in T'ang poetry* 一文中曾批评道："比起那种试图传达诗人独特语言艺术的译文，我们的时代更愿意接受一种平淡中庸的阐释方法。"[5]（Schafer，1976：121）这样做的最大问题便是：从译文中很难再见到源语诗歌的美学特点，因为源语中的差异性、陌生性、他性被全部抹去或转换成为译语中的普遍性、一般性、共性。如果进行回译，得到的诗歌无论如何不会再有原诗简短凝练、朦胧多义、言短意长等审美感受，也就是说，源语诗歌的"作诗法"实际上已经在"常规化"的翻译过程中丧失。如果对这种现象听之任之，那么汉诗的"真我"特色在英译本中将永远无法得到体认，对于"诗家语"而言，英译时如果失去了"真"，也就失去了"美"。

此外，从译入语读者角度而言，译者应考虑到：既然有兴趣准备捧起一本中国古典诗词的英译本，那么读者想看到的应当不会是一本地道的英诗选集，否则他们尽可以直接选择阅读英诗。事实上，他们一定会着意寻找专属于中国古诗词的独特之美，体验中国诗词与英诗的相异之处，而"常规化"的方法只能传达文意，却冲淡甚至丢失"诗性"，其结果很可能导致译入语读者形成惰性思维定势，钝化其对不同语言特色的感受、降低其对异文化的欣赏水准。同时，对译入语来说，"常规化"的译文将外族语言中带有"异国情调"的表现形式全部抹煞，或改造成"本国情调"，这显然不利于译入语吸收外语中的新因素，限制丰富语言的进程。此举不仅背离翻译的宗旨，阻隔了文化间应有的平等交流，而且会滋生一种本族中心主义的倾向，不利于维护世界文化的多样性。因此，诗歌翻译者应不断自觉提高中英文的修养，尤其要提高自身对中、英诗的鉴赏能力和创作水准，"明了译语和源语各自独特的语言—审美效果（辜正坤，2005：29)，打磨自身的艺术感知力，对诗人创作时的生命冲动多加体悟，对一首诗的形成过程多所洞察，向"诗人"译者的目标努力，追求"运用之妙，存乎一心"的艺术境界，从而抑制不利于中国古典诗词对外传播的"常规化"英译模式。

---

5 中文为笔者译，英语原文为："In our time a bland and inoffensive paraphrase is always more acceptable than a version which attempts to convey the distinctive linguistic artistry of the poet."

5.2 源语与译语"美学功能"的近似

从哲学与美学的角度来说，普通语言指向语言之外的客观实体世界，强调的是信息的交际或工具功能，而诗歌则指向语言文字虚构的艺术想象世界，注重的是表情达意的"审美"功能，诗学审美是诗歌的一个重要标志，而"诗家语"可以说是这种功能的最集中体现。从"诗家语"的各种表现方式来看，它凝聚了模糊性、多义性、空白感、空灵感、延展性、形象性、歧义性、暗示性、含蓄性等最具有代表性的中国诗学特征，以及诗人词家为求"陌生化"阅读效果的积极创作追求，体现了中国诗人对世界的感知模式和美学旨趣。德国功能主义学者诺德在讨论文学翻译时曾说："译本应该再现原作的文学结构，让译语读者了解到原作的风格、艺术价值以及语言美，丰富译入语的语言表达，使译语读者明白原文之所以值得翻译的原因。"6（Nord，2001：89）这一段论述充分说明，对于"诗家语"的英译，最佳的途径便是寻求原、译文"美学功能"的近似，这将比"直译"与"意译"、"异化"与"归化"之争更有意义。

根据诺德提出的"忠诚原则"（loyalty principle），译者的"忠诚"不仅是对原文而言，对接受者亦是如此。换言之，"诗家语"的译本，不应该是原作扭曲的影子或回声（钱屏匀，2020：99），而应该是一个独立的、与原作等量齐观的艺术品，是原作的"投胎转世"，可以与原作平起平坐，虽"躯壳换了一个"，但"精魂依然故我。"（钱锺书，2002：77）而译者的职责就是探究、确立可以在最大程度上再现、重构源语美学功能的译入语表达方式。

具体来说，首先，译者应当关注"诗家语"本身的句式、语汇、诗学理念能够以何种方式拓宽、提升诗歌的美学价值；其次，译者应努力探索何种英语的句式结构、语言表达、表现手法能够有助于实现这种美学价值。如果保留原文形式、结构、语言搭配的方法能够较为顺利地实现原文和译文之间"美学功能"的相似，那么就应该尽可能地以"异化"方式将原文的独特表现手法转化至译文；如果这样做只能使译文变得晦涩难懂、不明所以，连基本的通顺达意都无法做到，那么译者就应该适当地"变通"，在"异化"和"读者接受"二者间选择、调适、补偿，甚至"重构"译文。事实上，在"诗家语"的英译中，

---

6 中文为笔者译，英文原文为："the translation should reproduce the literary structure of the original, informing the target readers about the genre, artistic value and linguistic beauty of the original, enriching the target language and making the target readers understand why the original text was worth translation."

译文以完全"异化"的方式进入译入语的情况并不多见，因为汉英语言在文化传统、审美心理和价值体系上本身就存在着巨大差异，更何况"诗家语"又是为使读者获得深度精神愉悦和审美修养提升而对源语常规和习见表达的"突破"手段，因而不加分辨地在译语中输入"异质"，往往会令译语语言和文化出现某种程度的"反抗"或"冲突"。荷兰诗人、汉学家汉乐怡（Lloyd Haft）认为：英译汉诗时过度关注形式会让翻译变得不可靠，因为："被过度关注的形式最终会颠覆词语之间的意义关系，从而使形式变得毫无意义。"（转引自孙艺风，2006：87）这就决定了"诗家语"的英译需要译者以客观、开放的心态既尊重源语的"异质性"，又兼顾译语的"承受力"，不断地在"保留"与"变通"、"创造"之间协调、周旋、取舍，直至找到最适宜的"度"，既留存古诗词的异质性，又能再现原文中的各种诗美效应。

同时，凸显"诗家语"异质、追求"美学功能相似"的翻译原则也建立在对整个汉诗英译目的充分考虑的基础之上。汉诗英译的目的主要是为了弘扬中华文化，推动中国诗歌的世界化和经典化，促进中西方文化的汇通与交流，这就意味着译者在实际操作中要同时兼顾"真"与"美"两个方面。既要尽可能地在译入语中留存汉诗之所以为汉诗、而不是英诗或别国诗歌的特质，又要兼顾读者的阅读兴趣和感受，以最终传达汉诗最令人激赏、最耐人寻味的美学特性为目标。尽管把握其中的平衡殊非易事，但"真"与"美"绝不应被视为"非此即彼"，而应当看作是制约、调控译者翻译手段的有效矛盾统一体。保留"诗家语"的"真质"并不意味着要屈从于佶屈聱牙的译文；重构"诗家语"的美感也并不代表一定要随心所欲、任意发挥。事实上，要在西方读者中传播、弘扬中国古典诗歌的异趣美，译者必然要根据语境、读者群等具体因素不断地游移、筹谋于这二者之间，以开放、多元的视角对"诗家语"的英译作出"真、美"俱存的处理。其中具体的英译方法虽无法尽述，但有几条基本原则却是译者值得注意并遵循的：

首先，译者在英译"诗家语"时，不应以译文的流畅自然为第一考量，而应以能否体现原文因"异质"带来的美学价值为首要依据。为此，译者应对原作的艺术形式给予更多关注，有时可以适当突破英语的规范，以体现"诗家语"的特异性。

其次，对源语"异质美"的保留不能以造成译文的较大理解障碍为代价，即："异化"应以不造成诗意的晦涩为限。这就要求译者既要真实再现源语特色，丰富译入语表达，同时还要对其中"放荡不羁"的成份进行适度的加工和改造，将之转换为可以令读者接受的有效成分，避免发生语言"超载"的现象。

最后，"异化"不仅在于表层形式，更根植于深层文化和审美感受中。"异化"作为一种宏观的文化翻译策略，其视角应该较之具体的"直译"方式更宽泛，而不能简单地理解为对原文形式、结构的保留。真正意义上的"异化"应更多考虑如何在译入语中以有效方式传达"诗家语"中含有文化、审美心理联想的元素，考虑"异化"的译文是否能在新的文化土壤里生根发芽，考虑如何扩大"异化"文本的文化适应阈，以更好地契合语用性而得以"涵化"（acculturation），从而更有效地达成两种文化之间的共通与交流。

尽管翻译标准至今仍是一个存在分歧的问题，但有一点是译界普遍认可的，即翻译必须忠实于原作。对于诗歌翻译而言，"忠实"不应狭隘地理解为仅仅忠于原作的内容和意义，还应更多地包含忠于原作的表现方式和美学价值。朱光潜先生认为："对原文忠实，不仅是对浮面的字义忠实，对情感、思想、风格、声音节奏等必须同时忠实。"（朱光潜，2009：35）可见美学家眼中的忠实，实际上已经包含了"达"和"雅"，是高层次、全方位的"忠实"，这应该成为每一位诗歌译者的努力方向和目标。

5.3 "诗家语"美学英译研究的创新之处

在国内汉诗英译研究领域，"诗家语"受关注程度有限，译者很少留意到"诗家语"特殊美学效果在汉诗英译中的重要性，因而翻译中偏重译"意"，轻视译"美"，表现为外在系统中"常规化"或过度"异化"的翻译模式，以及内在系统中明显的叙事感、机械化和表面忠实等倾向。这些都是汉诗英译国际化进程中的"硬伤"，对体现中国古典诗词的"真美"形成掣肘。本研究针对这一现象，首次将"诗家语"这一具有极强汉诗"异质美"价值的成分从汉诗英译的大范围中专列出来，成为一个独立的研究对象，从搜集、分类、探索"诗家语"的美学意义出发，摸索、归纳、总结如何在英译中再现、重构此种美学意义，力图展现汉诗本身的"诗质"与"诗味"，为汉诗英译提供一个全新的视角。本研究致力于在常识和习见中发掘人所未到之处，探索个案背后的成因，实现从个案到现象，从现象到本质，从本质到学理，从学理到规律的提升式认识，建构系统性的一家之言。同时，本研究摒弃了国内翻译学界一味堆砌理论学说的倾向，文中配备了大量的实例以及建立在系统思考基础上的译文分析。在此过程中，本研究没有蹈袭传统他评的陈规，而是在每一章节中都提出了自己的原创性译文，以实践贯彻自己的翻译主张。相对于目前翻译研究中重理论、轻实践的做法，本研究具备相当明确的实践指导意义。

5.4 "诗家语"美学英译研究的后续工作

本研究沿用了中国传统文论的言说方式，评判标准较为宏观。但译文读者对本文所倡翻译方法的接受与反应是检验译文有效性与合理性的一条重要标准，这也正是本文在成书之时因各类条件所限而留下的遗憾与未尽之处。为进一步优化评价模式，丰富评论要素和成分，在后续工作中，笔者将会以中国古典诗词中"诗家语"英译在西方的影响和接受为切入点，深入考察和梳理其中在英美国家成为本土化传统的成功案例以及国外出版社古诗词教材书籍选编倾向和读者评价反馈，以期为中国文学外译提供镜鉴。

考察的依据将围绕中国古诗词对输入国知识阶层的影响和大众读者群体的反应两方面展开。前者包括中国古诗词英译本身成为英文诗作的经典案例、对西方诗人创作的冲击和改变，以及对西方作家和知识分子思想认知的影响等三个层面。后者包括研究国外主要出版社在中国古典诗词选材上的倾向和原因、紧跟编纂者在文本选择、评价体系和阐释框架上的动态，从历史语境、意识形态、审美取向等多方面对其作出理性评估，以做到"沿坡讨源"，心中有数。同时充分考量读者评论，因地制宜地提出引导性推介策略，对选编者的选择视野逐步施加影响，切实从接受角度探讨如何以更有效的翻译方法深化读者的认知和欣赏水平，以进一步提高"诗家语"在西方的认可和接受，丰富译入语的文学系统，为中国古典诗词英译"走下去"疏浚障碍，提高长线效应。

此外，在条件允许时，本研究将建立科学合理的"诗家语"语料库，以更为系统、科学和开放的方式对不同译者的译文进行科学量化分析和各项比较研究，以使"诗家语"的美学特点受到更多译者和评家的关注，助力更多中国古典诗词在异国他乡找到知音，进而融入西方文学体系，实现其经典化和世界化进程。构建起贯通微观翻译策略、中观译学思想和理论以及宏观文化对话和交融的高层次、系统性古诗词英译研究体系。

参考文献

1. Abrams, Meyer Howard. *A glossary of literature terms* [M]. Peking University Press, 2009.

2. Alley, Rewi. *Du Fu Selected Poems* [M]. Beijing: Foreign Languages Press, 2006.

3. Appiah, K.A. *Thick Translation* [J]. Callaloo, Vol. 16, No.4, 1993: 808-819.

4. Bassnett, Susan. *Translation Studies*[M].Shanghai: Shanghai Foreign Language Education Press, 2004.

5. Bassnett, Susan, Lefevere, Andre. *Constructing Cultures —— Essays on Literary Translation* [M]. Shanghai: Shanghai Foreign Language Education Press, 2001.

6. Birch, Cyril. *Anthology of Chinese Literature: from Early Times to the Fourteenth Century* [M]. New York: Grove Press, 1965.

7. Birch, Cyril. *The Language of Chinese Literature* [J]. New Literary history, 1972 (1): 141-150.

8. Bonnie S. Mcdougall. *A Golden Treasury of Chinese Poetry by John A. Turner* [J]. the China Quarterly, 1992(4): 8-9.

9. Budd, Charles. *Chinese Poems* [M]. New York: Oxford University Press, 1912.

10. Bynner, Witter, Kiang Kanghu. *The Jade Mountain* [M]. New York, Knopf, 1929.

11. Catford, J.C. *A Linguistic Theory of Translation* [M]. Oxford: Oxford

University Press,1964.

12. Chaves, Jonathan. *On Translating Chinese Poetry* [J]. The Journal of Asian Studies, 1977(1):186-188.

13. Cooper, Arthur. *Li Po and Tu Fu* [M]. Great Britain: the Chaucer Press Ltd, 1973.

14. Dollerup, Cay. *Basics of Translation Studies* [M]. Shanghai: Shanghai Foreign Language Education Press，2007.

15. Eoyang, Eugene. *Beyond Visual and Aural Criteria: The Importance of Flavor in Chinese Literary Criticism* [J]. Critical Inquiry, 1979 (6): 99-106.

16. Fletcher, W.J.B. *More Gems of Chinese Poetry* [M]. Shanghai: the Commercial Press Ltd, 1925.

17. Frankel, Hans. *The Flowering Plum and the Palace Lady: Interpretations of Chinese Poetry* [M]. New Haven and London: Yale University Press, 1976.

18. Gadamer, Hans. *Truth and Method* [M]. Garrett Bandon & John Cumming (tr.) Beijing: China Social Sciences Publishing House, 1975.

19. Gentzler, Edwin. *Contemporary Translation Theories* [M]. Clevedon: Multinational Matters Ltd, 2001.

20. Giles, Herbert Allen. *A History of Chinese Literature* [M]. United States: C. E. Tuttle Co. 1973.

21. Graham, A.C. *Poems of the Late T'ang* [M]. Great Britain: The Chaucer Press Ltd, 1977.

22. Hawkes, David. *A Little Primer of Tu Fu* [M]. Great Britain: Oxford University Press, 1967.

23. Iser, Wolfgang. *The Act of Reading：A theory of Aesthetic Response* [M]. London and Henley: Routledge & Kegan. Paul, 1978.

24. Jenyns, Soame. *Selections from the Three Hundred Poems of the T'ang Dynasty* [M]. London: Lowe and Brydone Printers Ltd, 1952.

25. Kao, Yu-kung, Mei, Tsu-lin. *Syntax, Diction, and Imagery in T'ang Poetry* [J]. Harvard Journal of Asiatic Studies, 1971(31): 49-136.

26. Leech.G. N. *A Linguistic Guide to English Poetry* [M]. Beijing: Foreign Language Teaching & Research Press, 2001.

27. Liu, James J.Y. *The Art of Chinese Poetry* [M]. Chicago: the University of Chicago Press, 1962.

28. Liu, James J.Y. *The poetry of Li Shang-yin, Ninth Century Baroque, Chinese Poe* [M]. Chicago and London: The University of Chicago Press, 1969.

29. Liu, James J.Y. *Time, Space, and Self in Chinese Poetry* [J]. Chinese Literature: Essays, Articles, Reviews, 1979 (2): 137-156.

30. Liu, James J.Y. *The Inter-lingual Critic---Interpreting Chinese poetry* [M]. Bloomington: Indiana University Press, 1982.

31. Liu, Shihshun. *One Hundred and One Chinese Poems* [M]. Hong Kong, Hong Kong University Cathay Press, 1967.

32. Liu, Wu-chi, Lo, Irving Yucheng. *Sunflower Splendor* [M]. New York: Anchor Press, 1975.

33. Lowell, Amy. *Fir-Flower Tablets* [M]. United States: Houghton Mifflin Company, 1921.

34. Mair, Victor.H. *The Columbia History of Chinese Literature* [M]. New York: Columbia University Press, 2001.

35. Minford, John, Lau Joseph S.M. *An anthology of translations: classical Chinese literature* [M]. Hong Kong: The Chinese University Press, 2000.

36. Newmark, Peter. *Approaches to Translation* [M]. Shanghai: Shanghai Foreign Language Education Press, 2001.

37. Nord, Christiane. *Translating As a Purposeful Activity — Functional Approaches Explained* [M]. 上海: 上海外语教育出版社, 2001.

38 .Owen, Stephen. *the Great Age of Chinese Poetry—the High Tang* [M]. New Haven and London: Yale University Press, 1981.

39. Owen, Stephen. *Readings in Chinese Literary Thought* [M]. United States: Harvard University Press, 1992.

40. Owen, Stephen. *The Making of Early Chinese Classical Poetry* [M]. United States: Harvard University Press, 2006.

41. Pound, Ezra. *Cathay* [M]. London: Chiswick Press, 1915.

42. Rexroth, Kenneth. *One Hundred Poems from the Chinese* [M]. United States: New Directions Publishing Corporation, 1965.

43. Rexroth, Kenneth. *Love and the Turning Year—One Hundred More Poems from the Chinese* [M]. New York: New Direction Books, 1970.

44. Schafer, Edward H. *Supposed "Inversions" in T'ang Poetry* [J]. Journal of the American Oriental Society, 1976(1): 119-121.

45. Snell-Hornby, Mary. Translation Studies — An Integrated Approach [M]. Shanghai: Shanghai Foreign Languages Education Press.

46. Steiner George. *After Babel: Aspects of Language and Translation* [M]. Shanghai: Shanghai Foreign Language Education Press, 2002.

47. Tytler, Alexander Fraser. *Essay on the Principles of Translation* [M]. Amsterdam: John Benjamins B.V, 1978.

48. Venuti, Lawrence. *The Translator's Invisibility：A History of Translation* [M]. New York: Routledge, 1995.

49. Wagner, Marsha L.*Review of Chinese Poetry: Major Modes and Genres by Wai-lim Yip* [J]. Journal of the American Oriental Society, 1978 (3): 292-295.

50. Waley, Arthur. *Translations from the Chinese* [M]. New York: Alfred A. Knopf, Inc, 1941.

51. Waley, Arthur. *A Hundred and Seventy Chinese Poems* [M]. New York: Alfred A. Knopf, Inc, 1925.

52. Watson, Burton. *The Columbia Book of Chinese Poetry: from Early Times to the 13th Century* [M]. United States: Columbia University Press, 1984.

53. Xu,Yuanchong. *Songs of the Immortals: An Anthology of Classical Chinese Poetry* [M]. Beijing: New World Press, 1994.

54. Yang, Xianyi, Yang, Gladys. *Poetry and Prose of the Tang and Song* [M].Beijing: China International Book Trading Corporation, 1984.

55. Yip, Wai-lim. *Ezra Pound's Cathay* [M]. Princeton: Princeton University Press, 1969.

56. Yip, Wai-lim. *Chinese Poetry: Major Modes and Genres* [M]. California: University of California Press, 1976.

57. Yu, Pauline. *Hidden in Plain Sight? The Art of Hiding in Chinese Poetry* [J]. Chinese Literature: Essays, Articles, Reviews, 2008 (12): 179-186.

58. 蔡立胜，译者在诗歌翻译中的创造性发挥——以李商隐的《锦瑟》英译为例［J］，天津外国语学院学报，2006（4）：14-20。

59. 曹顺发，走近"形美"［M］，北京：国防工业出版社，2007。

60. 常耀信，美国文学简史［M］，天津，南开大学出版社，1994。

61. 陈大亮，古诗英译的思维模式探微［J］，外语教学，2011（1）：99-103。

62. 陈君朴，汉英对照唐诗绝句150首［M］，上海：上海大学出版社，2006。

63. 陈福康，中国译学理论史稿［M］，上海：上海外语教育出版社，2002。

64. 陈铭，意与境——中国古典诗词美学三味［M］，杭州：浙江大学出版社，2001。

65. 陈跃红，比较诗学导论［M］，北京：北京大学出版社，2005。

66. 陈文忠，日常语·科学语·诗家语［J］，学语文，2004（4）：34-35。

67. 程洪远，诗家语的句式构成形式［J］，研究者，2007（11）：38-39。

68. 楚默，古典诗论研究［M］，上海：上海三联书店，2008。

69. 丛滋杭，中国古典诗歌英译理论研究［M］，北京：国防工业出版社，2007。

70. 丰华瞻，丰华瞻译诗集［M］，上海：上海外语教育出版社，1997。

71. 高友工，梅祖麟，唐诗的魅力［M］，上海：上海古籍出版社，1989。

72. 龚景浩，英译中国古词精选［M］，北京：商务印书馆，2007。

73. 辜正坤，中西诗比较鉴赏与翻译理论［M］，北京：清华大学出版社，2003。

74. 辜正坤，翻译主体论与归化异化考辩［J］，外语与外语教学，2004（11）：59-63。

75. 辜正坤，译学津原［M］，郑州：文心出版社，2005。

76. 郭著章傅惠生等，汉英对照《千家诗》［M］，湖北：武汉大学出版社，2004。

77. 郭著章等，唐诗精品百首英译［M］，湖北：武汉大学出版社，2010。

78. 顾晓庄，顾延龄，论汉诗英译与模糊词语［J］，天津外国语学院学报，2007（5）：43-47。

79. 海岸选编，中西诗歌翻译百年论集［J］，上海：上海外语教育出版社，2007。

80. 〔德〕汉斯·格奥尔格·伽达默尔，洪汉鼎译，真理与方法［M］，上海：上海译文出版社，1999。

81. 〔清〕洪亮吉，北江诗话［M］，北京：人民文学出版社，1983。

82. 胡建次，罗佩钦，中国古典词情论的承传［J］，中国文学研究，2010（1）：

48-52。

83. 胡赛龙，中英诗歌中水和风的自然意象对比 [J]，文史哲，2012（1）：114-118。

84. 黄志浩，"诗家语"的结构及其表达方式 [J]，名作欣赏，2006（8）：22-25。

85. 〔清〕蘅塘退士，唐诗三百首评注 [M]，西安：三秦出版社，2005。

86. 贾卉，诗歌句式变异的符号意义和翻译——以杜甫"香稻啄余鹦鹉粒，碧梧栖老凤凰枝"为例 [J]，湛江师范学院学报，2013（4）：140-143。

87. 蒋绍愚，唐诗语言研究 [M]，郑州：中州古籍出版社，1990。

88. 蒋童，韦努蒂的异化翻译与翻译伦理的神韵 [J]，外国语，2010（1）：80-85。

89. 蒋骁华，符号学翻译研究——文学语言的理据及其再造 [M]，北京：外语教学与研究出版社，2003。

90. 景晓莺，王丹斌，英语诗歌常识与名作研读 [M]，上海：上海交通大学出版社，2011。

91. 阚明坤，缪红叶，从诗歌语言变异看诗歌的诗性特质 [J]。探索与争鸣，2006（5）：136-138。

92. 康锦屏，论唐诗语言的审美特征 [J]，北京教育学院学报，1998（2）：22-28。

93. 康明强，黄惠聪，疑义相与析译文共推敲——读蒲柏《论批评》与译者商榷 [J]，中国翻译，1993（2）：38-43。

94. 邝文霞，论古诗英译中的"文本空白"与"期待视野"——接受美学关照下的一点启示 [J]，语文学刊，2012（4）：66-68。

95. 〔清〕况周颐。蕙风词话 [M]，上海：上海古籍出版社，2009。

96. 李宏霞，汉英古典诗歌中人称指示词显隐模式的探源比较 [J]，长春工程学院学报，2010（3）：100-103。

97. 李红心，论中国古典诗词意境的美学特征 [J]，中州学刊，2008（5）：275-276。

98. 里克编，历代诗论选释 [M]，北京：昆仑出版社，2006。

99. 李鹏飞，"名词语"句法的形成及其诗学意义 [J]，云南大学学报（社会科学版），2010（1）：25-30。

100. 〔清〕李渔，窥词管见［M］，北京：中国社会科学出版社，2009。

101. 刘国善，王治江，徐树娟，历代诗词曲英译赏析［M］，北京：外文出版社，2009。

102. 刘华文，汉语典籍英译研究导引［M］，南京：南京大学出版社，2012。

103. 刘华文，汉诗英译的主体审美论［M］，上海：上海译文出版社，2005。

104. 刘军平，西方翻译理论通史［M］，湖北：武汉大学出版社，2009。

105. 刘宓庆，翻译美学导论［M］，北京：中国对外翻译出版公司，2005。

106. 〔清〕刘熙载，艺概［M］，上海：上海古籍出版社，1978。

107. 〔梁〕刘勰，文心雕龙［M］，内蒙古：内蒙古人民出版社，2009。

108. 陆志韦，中国诗五讲［M］，北京：外语教学与研究出版社，1982。

109. 吕家乡，汉字思维与汉语诗歌［J］，岱宗学刊，1998（1）：14-24。

110. 吕进，诗家语：一种特殊的言说方式［J］，重庆邮电学院学报，2005（1）：1-4。

111. 吕敏宏，英美意象派诗歌的中国情结——从庞德诗歌看英美意象派的创作原则［J］，西安外国语学院学报，2002（2）：52-56。

112. 吕叔湘，中诗英译笔录［M］，北京：中华书局，2002。

113. 马立鞭，诗艺随笔［J］，重庆教育学院学报，1998（2）：37-41。

114. 穆诗雄，跨文化传播——中国古典诗歌英译论［M］，合肥：中国科学技术大学出版社，2004。

115. 牛勇军，从《诗人玉屑》看五七言律绝的"炼字"方法［J］，文学研究，2011（2）：98-99。

116. 潘文国，译入与译出——谈中国译者从事汉籍英译的意义［J］，中国翻译，2004，25（2）：40-43。

117. 庞秀成，中国古典诗歌翻译叙事"主体"符码化的理论和实践问题［J］，外国语，2009（3）：86-95。

118. 钱屏匀，英译中国传统诗话"美学品格"之缺席——以《大中华文库·人间词话》为例［J］。外国语文研究，2021（4）：92-101。

119. 钱屏匀，似非而是的"误译"背后——以《三国演义》罗慕士英译本策略考论为中心［J］。外语教学理论与实践。2022（2）：148-160。

120. 钱锺书，七缀集［M］，北京：三联书店，2002。

121. 钱锺书，谈艺录［M］，北京：三联书店，2001。

122. 秋枫，中国诗学中感兴、意象、意境的解读［J］，诗词月刊，2007（8）：107-110。

123. 任治稷，余正，从诗到诗［M］，北京：外语教学与研究出版社，2006。

124. 〔宋〕沈括著，王洛印译注，梦溪笔谈译注［M］，上海：上海三联书店，2014。

125. 什克洛夫斯基，散文理论［M］，南昌：百花洲文艺出版社，1994。

126. 石民，诗经楚辞古诗唐诗选［M］，香港：中流出版社有限公司，1982。

127. 孙大雨，英译唐诗选［M］。上海：上海外语教育出版社，2007。

128. 孙力平，近体诗句法变异的韵律与语用分析——以杜甫诗为例［J］，南昌大学学报，2001（2）：81-88。

129. 孙艺风，翻译规范与主体意识［J］，中国翻译，2001（5）：3-9。

130. 孙艺风，离散译者的文化使命［J］，中国翻译，2006（1）：3-10。

131. 孙艺风，视角阐释文化——文学翻译与翻译理论［M］，北京：清华大学出版社，2006。

132. 孙迎春，汉英双向翻译学语林［M］，山东：山东大学出版社，2001。

133. 谭德晶，论古典诗借代的美学功能［J］，东方丛刊，2004（1）：136-149。

134. 谭献，复堂词话［M］，北京：人民文学出版社，1959。

135. 谭业升，论翻译中的语言移情［J］，外语学刊，2009（5）：137-142。

136. 唐正秋，中国爱情诗精选［M］，四川：四川人民出版社，2006。

137. 陶陶，从接受心理看诗歌意境产生的审美途径［J］，黄冈师范学院学报，2000（6）：71-75。

138. 汪榕培，李正栓，典籍英译研究［M］，保定：河北大学出版社，2005。

139. 〔明〕王夫之，古诗评选［M］，上海：上海古籍出版社，2011。

140. 〔明〕王夫之，姜斋诗话笺注［M］，戴鸿森，笺注，北京：人民文学出版社，1981。

141. 王国维著，李又安英译，人间词话［M］，南京：译林出版社，2009。

142. 王建开，翻译与比较［J］，贵阳师专学报（社会科学版），1990（4）：1-9。

143. 王建平，汉诗英译中的格式塔艺术空白处理［J］，外语学刊，2005（4）：84-90。

144. 王平，中西文化美学比较研究［M］，杭州：浙江工商大学出版社，2010。

145. 王守义，约翰·诺弗尔，唐宋诗词英译［M］，哈尔滨：黑龙江人民出版社，1988。

146. 王水照，"一蓑雨"和"一犁雨"——量词的妙用，文史知识［J］，1998（11）：28-30。

147. 王先霈，中国古代诗学十五讲［M］，北京：北京大学出版社，2007。

148. 王岫庐，试论"深描"法对翻译研究的启发［J］，中国翻译，2013（5）：10-15。

149. 魏晓红，接受美学视野下文学作品的模糊性及其翻译［J］，上海翻译，2009（2）：61-64。

150. 〔宋〕魏庆之，诗人玉屑［M］，北京：中华书局，2007。

151. 文殊等，唐宋绝句名篇英译［M］，北京：外语教学与研究出版社，1997。

152. 翁显良，古诗英译［M］，北京：北京出版社，1985。

153. 吴伏生，中英自然诗的意象结构［J］，天津师范大学学报，1989（3）：67-71。

154. 吴伏生，汉诗英译研究：理雅各、翟理斯、韦利、庞德［M］，北京：学苑出版社，2012。

155. 吴伏生，中英自然诗的意象结构［J］，天津师范大学学报，1989（3）：67-71。

156. 吴峤，从"情景互动"到"融情入景"［J］，鄂州大学学报，2006（4）：42-45。

157. 〔明〕吴景旭，历代诗话［M］，北京：京华出版社，1998。

158. 吴钧陶，杜甫诗英译一百五十首［M］，西安：陕西人民出版社，1985。

159. 吴钧陶，汉英对照·唐诗三百首［M］，长沙：湖南出版社，1997。

160. 吴畏，从构词成句方式看古诗词的艺术特色［J］，贵州社会科学，2009（4）：117-119。

161. 萧涤非，唐诗鉴赏辞典［M］，上海：上海辞书出版社，2004。

162. 肖曼琼，"陌生化"：从诗歌创作到诗歌翻译［J］，外语教学，2008（3）：93-96。

163. 谢辉，从《长干行》三译文看汉诗英译中的模糊美再现［J］，重庆邮电学院学报（社会科学版），2003（4）：73-76。

164. 谢耀文，中国诗歌与诗学比较研究［M］，广州：暨南大学出版社，2006。

165. 〔明〕谢榛，四溟诗话 [M]，北京：中华书局，1985。

166. 肖安法，汉英诗歌的主语人称差异及翻译 [J]，四川教育学院学报，2010
（3）：85-88。

167. 徐栋，论情景语言 [J]，中国韵文学刊，1997（2）：92-98。

168. 徐行言，中西文化比较 [M]，北京：北京大学出版社，2004。

169. 许山河，诗词的潜在信息 [J]，海南大学学报（社会科学版），1996（3）：
72-78。

170. 许山河，表里相形虚实相生——诗词审美信息略论 [J]，海南师范学院学
报（社会科学版），2003（5）：72-75。

171. 许渊冲等，唐诗三百首新译 [M]，北京：中国对外翻译出版公司，1997。

172. 许渊冲，文学与翻译 [M]，北京：北京大学出版社，2003。

173. 许渊冲等，唐宋名家千古绝句 100 首 [M]，长春：吉林文史出版社，2005。

174. 许渊冲，翻译的艺术 [M]，北京：五洲传播出版社，2006。

175. 许渊冲，杜甫诗选 [M]，河北：河北人民出版社，2006。

176. 许渊冲，唐诗三百首 [M]，北京：中国对外翻译出版公司，2007。

177. 许渊冲，许明，千家诗 [M]，北京：中国对外翻译出版公司，2009。

178. 许渊冲，中诗音韵探胜 [M]，北京：北京大学出版社，2010。

179. 许渊冲，最爱唐宋词 [M]，北京：中国对外翻译出版公司，2006。

180. 徐忠杰，唐诗二百首英译 [M]，北京：北京语言学院出版社，1990。

181. 许自强，诗家语与词家语 [J]，词刊，2008（4）：42-46。

182. 亚里士多德，修辞学 [A]，蒋孔阳译，伍蠡甫（主编）。西方文论选（上
卷）[C]，上海：上海译文出版社，1979。

183. 〔宋〕严羽，沧浪诗话 [M]，北京：中华书局，2014。

184. 〔宋〕杨万里，诚斋诗话 [M]，台湾：台湾商务印书馆，1986。

185. 杨静，杨柳，试论唐诗语序错综艺术 [J]，甘肃教育学院学报，2003（2）：
17-19。

186. 杨宪益，戴乃迭译，古诗苑汉英译丛——唐诗 [M]，北京：外文出版社，
2003。

187. 杨自俭，英汉语比较与翻译 [M]，上海：上海外语教育出版社，2004。

188. 〔清〕叶燮，原诗 [M]，南京：凤凰出版社，2010。

189. 叶维廉，道家美学与西方文化 [M]，北京：北京大学出版社，2002。

190. 叶维廉，中国诗学 [M]，北京：人民文学出版社，2006。

191. 余光中，余光中谈翻译 [M]，北京：中国对外翻译出版公司，2007。

192. 宇文所安著，王柏华、陶庆梅译，中国文论：英译与评论 [M]，上海：上海社会科学院出版社，2003。

193. 袁行霈，中国诗歌艺术研究 [M]，北京：北京大学出版社，2002。

194. 袁行霈等，唐宋词鉴赏辞典 [M]，上海：上海辞书出版社，1987。

195. 俞陛云，诗境浅说 [M]，北京：中华书局，2010。

196. 曾景婷，《锦瑟》英译中的诠释多元走向 [J]，河南理工大学学报（社会科学版），2009，10（2）：288-293。

197. 张梅，中西诗词特点析 [J]，理论导刊，2009（8）：123-125。

198. 张梅，唐诗直译加译注的策略分析 [J]，人文杂志，2012（4）：181-183。

199. 张万民，辩者有不见：当叶维廉遭遇宇文所安 [J]，文艺理论研究，2009（4）：57-63。

200. 张智中，"无灵主语"与翻译 [J]，英语研究，2003（12）：65-69。

201. 张智中，许渊冲与翻译艺术 [M]，湖北：湖北教育出版社，2006。

202. 张智中，汉英诗歌中字词的重要性 [J]，兰州文理学院学报（社会科学版），2014（4）：75-77。

203. 赵彦春，翻译学归结论 [M]，上海：上海外语教育出版社，2005。

204. 赵彦春，翻译诗学散论 [M]，山东：青岛出版社，2007。

205. 郑海陵，译理浅说 [M]，郑州：文心出版社，2005。

206. 中国翻译编辑部，诗词翻译的艺术 [M]，北京：中国对外翻译出版公司，1986。

207. 钟玲，美国诗与中国梦 [M]，桂林：广西师范大学出版社，2003。

208. 周桂君，从东方文化反观意象主义 [J]，文学评论，2011（2）：186-189。

209. 周红民，汉语古诗英译的"感兴"与"理性"——汉语古诗翻译之困 [J]，解放军外国语学院学报，2012（1）：39-42。

210. 周领顺，汉英语法差异在汉诗英译中的处理——J，刘若愚译论 [J]，外语与外语教学，1999（3）：37-40。

211. 周领顺，由《锦瑟》看模糊汉诗的英译——兼及J，刘若愚译论 [J]，外语教学，1999（3）：39-42。

212. 周湘萍，意境——意象派诗歌难以企及的境界 [J]，西安外国语学院学报，2005（2）：84-86。

213. 周振甫，诗词例话［M］，北京：中国青年出版社，2007。

214. 朱纯深，古意新声品赏本［M］，武汉：湖北教育出版社，2004。

215. 朱纯深，从句法像似性与"异常"句式的翻译看文学翻译中的文体意识［J］。中国翻译，2004（1）：28-35。

216. 朱光潜，诗论［M］，北京：北京出版社，2009。

217. 朱徽，中国诗歌在英美世界——英美译家汉诗英译研究［M］，上海：上海外语教育出版社，2009。

218. 朱华英，叶维廉"中国诗学"阐释的洞见与不见［J］，当代文坛，2013（1）：69-71。

219. 朱健平，翻译研究·诠释学和接受美学·翻译研究的诠释学派［J］，外语教学理论与实践，2008（2）：78-84。

220. 卓振英，汉诗英译中的"炼词"［J］，外语与外语教学，1998（12）：28-30。

后 记

　　"诗家语"体现的是汉语强大的意合特征和诗人对字词精益求精的推敲，反映了古诗含蓄模糊的艺术审美。清代诗论家叶燮曾说："诗之至处，妙在含蓄无垠，思致微妙，其寄托在可言不可言之间，其旨归在可解不可解之会；言在此而意在彼。泯端倪而离形象，绝议论而穷思维，引人于冥漠恍惚之境，所以为至也。"中国古典诗词之大忌在于坐实，亦即意随言尽，不留给读者想象的空间，虚实相生方是诗的最高境界。而英语文法要求句式明晰、逻辑分明、主次清楚，英译古诗时原诗的含蓄之意被科学界定，诗词文本原有的多解性在翻译中被坐实，名词叠加所能产生的无数镜头被限制成一个镜头，无主句必须安上主语，句式错综带来的模糊多义被限定，诗化辞藻失去了在原诗中的灵动，原文暗含的意境被明确化，读者的想象空间被束缚，译诗失去了朦胧美。读者对诗境的理解本来是不会穷尽的，但是语言体系迥异的英语却限制住了诗意的无限延展性，英译古诗之淡而无味、言外之意尽失恐怕皆源于此。

　　然而，文学翻译，尤其是诗歌翻译必定需要经历相当长的历史进程，需要文化交流的深入开展，需要异质文化互相学习和欣赏。因此，具有异文化最鲜明色彩的诗歌进入本文化，会在所难免地经历一段"索然无味"的时光，只有在经过不断地交流、碰撞、挣扎、困顿之后，在经过不断地复译和多家翻译之后，才可能逐渐摸索出既符合译入语表达习惯，又能体现原文特色和风采的翻译策略，异文化的哲思、情感、诗境才可能会逐渐为本文化所理解、赏悦、进而接受，古典诗词也才能在异域找到更多的知音同好。

　　有鉴于此，笔者认为：文学翻译最大的价值，并非表达的对等，而是原文与译文之间的互动。这种互动因文本的差异而显示出千姿百态的面貌。就汉诗英译而言，真正优秀的译作一定会真切地关照译入语读者的阅读感受，也一定会让读者从中感受到译者对于汉诗语言特色、民族认知、诗学倾向和情感模式的尊重与重塑。这样的译作，已经不是原文的依附和回声，而是有着鲜活生命价值、能够释放出多重讯息的独立个体。倾听它们的声音、感受它们的温度，或许就探寻到了翻译的真谛，帮助我们真正去理解译者的信念和坚守，去看见那些灼若星火、饱含热泪和深情的双眼，去真正触摸两种文化、两种文明生生不息的脉搏。